1　「17世紀にベール家の人々はオトランに住みつき，ここで一族の一傍系が始まる。」〔本書 5 頁〕

2　シェリュバン・ベールと推定される肖像画――「……アンリはごく早いうちから父を嫌いはじめた。……用心深く冷淡で小心な男だった。しかしシェリュバン・ベールは息子を本当に愛していた。」〔本書16，28頁〕
(写真　スタンダール・クラブ)

4　スタンダールの生家，グルノーブルのジャン－ジャック・ルソー通り14番地――「マリー－アンリ・ベールが生まれたのは，こんな，いちばん暗い通り，いちばん陰気な家のひとつにおいてである。」〔本書７頁〕

5　「スタンダールは家庭教師のライアヌ神父については嫌な思い出を持ち続けた。……嫌なやつそのものだった，と。」〔本書23-24頁，35頁〕

3　1799年以前のグルノーブル――「スタンダールは生まれた街に対して，ほとんど愛情ある言葉を口にしなかった。〈偏狭さの総本部，汚い肥だめ〉……いじめられた子供時代の思い出。」〔本書12頁〕（写真　シュド出版）

6　グルノーブルの河岸と，シェリュバン・ベールが恐怖政治下で投獄されたサント－マリー－ダン－オー。（写真　シュド出版）

7 「医師ガニョンは，孫息子からとても好かれていて，魅力と知性にあふれた人だった。」〔本書18頁〕

8 「中央学校では，少しずつ劣等感を忘れて，かれは同級生と付き合いはじめる……。かれは一念発起して勉強にかかり，驚くほどの進歩をとげる。」〔本書38頁以下，43頁〕（スタンダールと推定される肖像画，1798年ごろ，中央学校にて。）（写真　シュド出版）

9　「クレにある父の地所フュロニエールで，ベールは幼少時代で唯一本当に幸せな時を過ごした。」〔本書37頁〕

10 「好運にも，精力的なデッサンの先生を得た。過去の偉大な芸術家について熱心に話してくれるルイ－ジョゼフ・ジェイだった。」〔本書42頁〕（写真　シュド出版）

11 「父は自分の興味をアンリにも分け与えようとして……クレへ連れて行った。道々，かれに自然の美しさを感じとらせようとしたのだ。」〔本書28-29頁〕

12 「デュボワ－フォンタネルはベールに新しいもの，すなわち外国文学に目を開かせてくれた。」〔本書41-42頁〕

13　ポリーヌ・ベール――「スタンダールがかわいがった妹で，打ち明け話の相手だった。」〔本書25，28頁〕

14「子供時代の恋人ヴィクトリーヌ・ビジョンの家……」(サン－ティスミエ)〔本書68頁〕

15　ボワリーによるスタンダールの肖像画（1807年）。「栄光と愛と自由の夢につながる道へ一歩を踏み出す。」〔本書57頁〕（写真　スタンダール・クラブ）

最初の旅のアルバム……
〔本書55頁以下〕

16　ジュネーヴ

17　ロル

18　ボロメオ諸島〔本書130頁〕

19　ミラノのドゥオーモ

20 「ミラノは，幸福と理想美の同義語になっている。」〔本書65頁〕（スカラ座。）（写真　シュド出版）

21 「チマローザの音楽が，スタンダールの一生に重要な影響を与えることになった。」〔本書63頁〕

22 「ヴィクトリーヌ・ムニエはアンリと同い年だった。アンリは，少女に秀でた心を認め，たちまち恋に落ちてしまった。」〔本書68頁〕（写真　シュド出版）

23　グルノーブル──「グルネット広場は街の中心であり，二軒のカフェが向かい合って競争し，お洒落な身なりの散策者たちが行き交い，乗合馬車の発着で活気づいていた。」〔本書８頁〕（写真　シュド出版）

24　グルノーブルのシェリュバン・ベールの家。〔本書７頁〕

25　マルセイユのグラン－テアトル――「……メラニーは，グラン－テアトルでの契約を受諾したと告げた。恋人は，即座に答えた――〈ぼくも行きます……〉。」〔本書86頁〕

26　ミネット・ド・グリースハイム――「以後，かれにとって，ドイツはミーナの思い出によって具現化されることになる。」〔本書110頁〕（写真　シュド出版）

27 「友人のフェリクス・フォールはウィーンに旅行し，勤務中のスタンダールに会った。」〔本書113，152-153頁〕

28　ダリュ伯爵の所有地，ベッシュヴィル城。

29 「権勢を誇るピエール・ダリュがひとこと言っただけで，いとこの前にあらゆる扉が開くのだ。」〔本書99頁〕
(写真　ビュロ)

30　スタンダールの肖像，クネディ画（1807年）――「イタリアへ出発する直前，かれはアレクサンドリーヌ伯爵夫人にこんな言葉をかけるだろう。〈この旅行はどうしてもしなければなりません。あなたをとても愛しています。あなたのほうはぼくを愛そうとされませんが。〉」〔本書123頁〕

31　アレクサンドリーヌ・ダリュ，ダヴィッド画——「スタンダールはこの遠縁の女性の〈パティート〉〔気紛れな女に尽くす男〕になって，彼女から一歩も離れず，彼女のことしか考えない。」〔本書122頁〕

32 「アンジェーラ・ピエトラグルアは，周囲の人々を意のままに操るのにたけており，マジョーレ湖上へ小旅行に出発するようかれを説得する。」〔本書130頁〕——ベラジオの景観。（写真　シュド出版）

33 フィレンツェ……——「かれは1811年の旅日記を部分的に使って，数年後『ローマ，ナポリ，フィレンツェ』を書くだろう。」〔本書139頁〕（写真　シュド出版）

34 「ベールは皇帝への親書をあずかって，モスクワへ向けて出発した」。かれは首都炎上の目撃者となった。〔本書139頁以下，140頁〕（写真　ビュロ）

35　スタンダールの妹の夫ペリエ－ラグランジュの所有地であるチュエランの館。〔本書119，155頁〕

36　チュエラン。

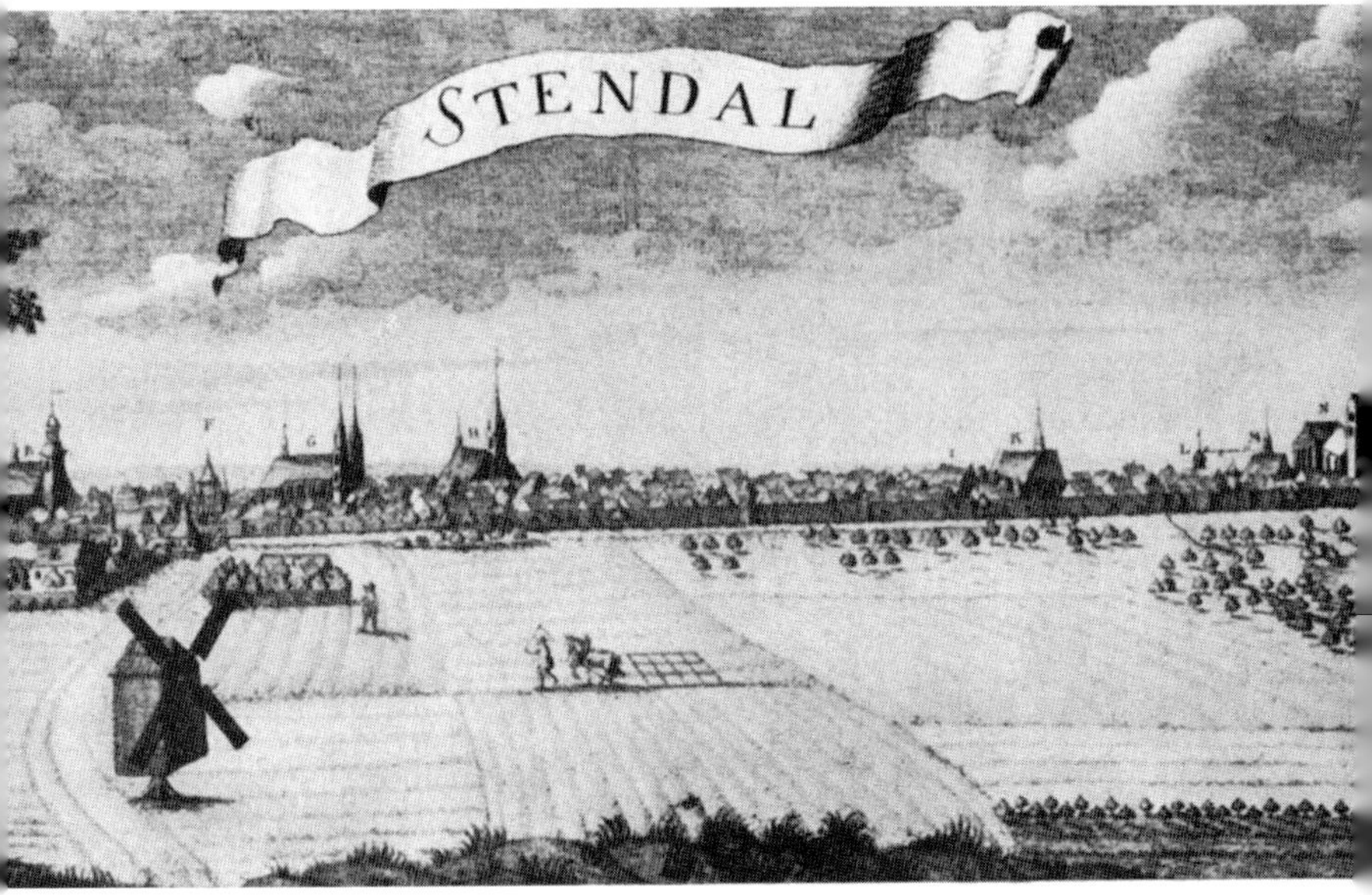

37 「このペンネームはかれの創作ではなく，〈シュテンダル〉はプロイセンの小さな都市である。」〔本書173頁〕——18世紀の版画より。（写真　シュド出版）

38　メティルド・デンボウスキー――「スタンダールの想像力から生み出されたヒロインたちは，すべてメティルドの特徴をもつことになるだろう。」〔本書183頁以下，200頁〕

39　「スタンダールは一時モン－ブラン通り，現在のショセ－ダンタンに住んだ。」（写真　シュド出版）

40 「クレマンティーヌ・キュリアルは激しい気性の女だった。ふたりの関係は二年間続いたが，波瀾に満ちていた。」〔本書214頁以下，215頁〕

41　〈1827年　美しきスタンダール〉，ヌヴェール陶器皿の肖像－戯画。（写真　シュド出版）

42　アルベルト・ド・リュバンプレ，または〈アジュール夫人〉――「……かれは彼女を熱烈に愛した。彼女も情熱を分かち合った。だが幸福は長く続かなかった。」〔本書218頁以下，219頁〕

43 「『ローマ散歩』で，このジャンルは完成の域に到達する……。幾世代にもわたって，旅行者たちはこの本を携えて〈永遠の都〉を訪問した。」〔本書229，230頁〕(写真　シュド出版)

44 ローマ，エスクイリヌス丘，ティヴォリの滝，当時の挿絵。(写真　シュド出版)

45 ジウリア40歳……。

「……ジウリア・リニエリは攻勢に出る。〈あなたがハンサムでなく，ずっと年上だとは以前からよく知っていますが，好きです〉――スタンダールは晩年になって，チヴィタヴェッキアという遠い地の職場において，長い期間，彼女のそばで慰めを見いだすことになる。」

〔本書220-221頁〕

46 ……もっと若いころ。

47 「スタンダールはチヴィタヴェッキアのフランス領事への任命を知って，大喜びするどころではない。」〔本書246頁〕――ヴィカールによるかれの肖像画。（写真　シュド出版）

48 かれが訪ねたころのシエナ。〔1832-1833年〕（写真　シュド出版）

49　マリー－アンリエット・イド・ド・ヌーヴィル彼女の娘とともに――「彼女はマティルド・ド・ラ＝モールのモデルとみなされている。」

50　「『赤と黒』の跳躍台の役割を果たしたもの――ラングという村で，元神学生がおかした情熱的な犯罪」――その村の教会堂〔本書232-234頁〕

55　1835年ごろ，フランス領事の礼服を着たスタンダール――「刺繍で飾られた礼服を着てゆくよりも，たわごとを書いているほうがましだ。」〔本書263頁〕（写真　シュド出版）

56　ドドルー・ドルシ作の肖像画，1839年。（写真　シュド出版）

58　デュシ作。(写真　シュド出版)
スタンダール——「〈なんでも知ることができる。ただし自分のことを除いて〉。それでもこの確たる目的に向かって，たゆまない努力は続けられる。」〔本書265頁〕

57　ゾダーマルク作，1840年。
(写真　シュド出版)

59　パルムの僧院，1848年の素描による。〔本書281頁以下〕（写真　シュド出版）

Ambassade
DE FRANCE
près le St Siège

Passe-port
N° 159

AU NOM DU ROI

Nous Ambassadeur de Sa Majesté le Roi des Français près le Saint Siège prions les Autorités Civiles et Militaires Françaises et les Autorités Civiles et Militaires des États amis ou alliés de la France, de laisser passer librement M. Beyle, Consul de France à Civitavecchia, Chevalier de la Légion d'Honneur allant à Paris par Marseille et Gênes et de lui donner aide et protection en cas de besoin.

Fait à Rome le 13 Octobre 1841.

SIGNALEMENT
Age de ans
Taille
Cheveux
Front
Sourcils
Yeux
Nez
Bouche
Barbe
Menton
Visage
Teint
Signes particuliers

Signature du porteur

Gratis

60　「かれは1841年８月，もう一度，休暇を願いでて，問題なく認可される。」〔本書297頁〕——スタンダールのパスポート，ラトゥール－モブールの署名。

61　1842年，チヴィタヴェッキアで描かれたスタンダールの肖像画——「かれの最後の感動的な肖像画が残された。というのもレマンが８月８日にその絵を描き，スタンダールが署名した。」〔本書300頁〕（写真　シュド出版）

62　ナント・ホテル（カルーゼル広場），ここでスタンダールが死去。
〔本書301-303頁〕

63 「ついにアンリ・ベールが希望したように，美しい樹木の下で，静かな明るい場所に眠れるようになったのは，われわれにとっても大いなる喜びである。」〔本書304頁〕
（写真　マクス・ニコル）

叢書・ウニベルシタス　864

スタンダールの生涯

ヴィクトール・デル・リット
鎌田博夫／岩本和子 訳

法政大学出版局

スタンダールの生涯／目次

スタンダールのサイン

スタンダールの生涯

生きているスタンダール

スタンダールはあらゆる時代、あらゆる時期に属している。かれの個性は実に豊かで多様なので、どの世代でも、期待や欲求に応じる新しい面を発見させてくれる。そういうわけでかれの影響力は確固たるものとなり、名声は高まり続けた。同時代人からは無視され、いやむしろ誤解されたので、かれはむしろわれわれのほうに近いかもしれない。しかも、かれは二〇世紀の読者のために書いたのではなかったか。われわれにこそ、かれは必要欠くべからざる存在なのだ。

波瀾に満ちたかれの生涯とその感受性は作品と切り離せない。なぜならそれらが作品の多くを語り、明示してくれるからだ。おなじく、作品を知らずしてその人を真に理解することはできない。作品は人格を映し、思想や精神の面をいくらか解き明かしたり、発見させてくれるのだ。

スタンダールは尽きない教訓や精神的糧の源泉である。

ある人々はかれの作品の文学的な面に惹きつけられ、あるいは他方、かれの政治や社会論を研究するだろう。もちろん画家、音楽家や心理学者たちの興味も引くだろう。各人はかれの書き物のなかに役立つものを見いだすのだが、人物自体も劣らず魅力的である。真の自我、真の価値に触れた事柄についてはいつも控えめで謎めいているので、理解するのは難しい。臆病だから、臆病者に可能なかぎりの乱暴さと過激さでもって、かれははぐらかし、用心していなければだますことも多い。

自分の考えや深い感情を隠すために、かれはふんぞり返ってみせ、気取って、極端な理屈をこねながら、うんざりさせ、いらいらさせて、実際とは正反対の者だとみなされることが多い。

かれを理解し、仮面の下にその正体を見つける努力が必要である。無道徳性、無神論、あるいは恐るべき利己主義を高らかに言明していても、それを決してすぐ真に受けてはいけない。探求する努力をしてください。かれをよく知るためには辛抱してください。そうすれば信頼できる友、感じやすい心、誠実な魂が見えてくるでしょう。

第1章　出　自

プロヴァンス地方とアルプスのはざまで

グルノーブルの南西と北には非常に異なったふたつの山脈、シャルトルーズとヴェルコールが聳えている。そのうち、南のヴェルコールは、そそり立つ三つの細長い石灰岩帯から成り、南北に途切れることなく延びる障壁を形成している。それはかぐわしく、日に焼けたプロヴァンス地方の真ん中で、ディウワの山々まで続いている。

この驚くべき対照的存在に満ちた地方、ちょうどアンリ・ベールの精神とおなじような地方――紺碧の空、凍てつく風、燃える太陽、そして強烈な影――において、フランスの――いや、おそらくイタリア-フランス系の――農民一家の、スタンダールというゲルマン的な名のもとで有名にするはずの人物の直系祖先の足跡が、はじめて見いだされる。

それは一七世紀初めのことで、サン-ジャン-アン-ロワイアンだったと思われる。年月を経てベール家の人々は徐々に北へ移動したことが分かる。岩の稜線のあいだに残された狭い谷間に点々と並ぶ村々をさかのぼってゆき、ベール家は世紀半ばにはランに、それから最終的にはオトランに住みつき、ここで一族の一傍系が始まる。ジャン・ベールというランのラシャ製造業者に二人の息子、ピエールとジョゼフがいた。兄は谷あいのほう、グルノーブルへと移ってゆく。かれは運がよかったに違いない。というのも、間もなく公式文書のなかで「サスナージュ山地の城の警備隊長」の肩書きで指名されているからである。サスナージュは平野の最初の村であり、ほとんどグルノーブルの郊外だった。ピエールはベール家の長子系あるいは貴族家系の創始者だった。

ランのラシャ製造業者の次男は司法職についた。かれはベール家の末子家系の長であり、スタンダールはこの家系から出ている。この次男は高等法院検察官であったが、その職務を息子のピエールに譲った。ピエールの息子にして、スタンダールの父であるシェリュバンは、農民だった祖先への愛着を断たなかったが、土地には、いずれ破産をまねくことになる幻想的な投機の対象としてしか、興味がない。

シェリュバン・ベールは、一七八一年二月二〇日にアンリエット・ガニョンと結婚した。当時、グルノーブルで名医として誉れの高い医師、アンリ・ガニョン、しかも才知があり、寛容で、また懐疑的な人物の娘である。

ガニョン家も南仏、アヴィニョン地方の出身だった。若きアンリ・ベールは、南仏両血統を併せて受け継いだようであり、父と叔母セラフィー・ガニョンの性格や心の形成については、気難しく狭量な心のドフィネ的性格の配合に任せておく。

嫌われた故郷

グルノーブルは決して美しい町ではなかった。もともと、窮屈で陰気で街づくりも悪く、狭くて曲がりくねった道にはなんの特色もなく、豪華な外観や少しでも目立った家は一軒もなかった。そこでは世代が替わるにつれて、着実な作用によって、むかし存在していたと思われる装飾的な、あるいは興味深く珍しい構成要素が、破壊されたり、変質されてしまい、今日では古い街並みのうちで残っているのは、黒ずんで、飾り気もなく、荒れ果てた建物の正面だけである。その正面まで、狭苦しい戸口を抜けて、真っ暗な腸――この地方では、婉曲表現と、おそらく区別の必要から、通路のことをそう呼んでいた――が通じていて、いまでもたいていそうなのだが、露天で汚水のどぶが流れている。事実このどぶは建物から出てくる流しの水や汚水を集め、そのまま歩道沿いの溝に流れ込む。吐き気をもよおさせるような通路の奥には、手探りで階段が見つかり、はじめは石段だが、次いでたいていは木製の段になり、踊り場ごとの窓ガラスのない開口部から直接外気と触れることになる。そのために建物は冷やされてしまうが、少なくとも、むかつく臭気を薄めてくれるという利点はあり、それがなくては耐えられないだろう。これらの大きく開いた開口部が、内庭になんとなく南方の風を入れる。そしてプロヴァンス地方が遠くはないことを思い出させてくれる。

ヴィユー゠ジェジュイット通り

こんな、いちばん暗い通り、いちばん陰気な家のひとつ、つまり現在のラ・ファイエット通りへ抜ける道を除けば一八〇年前とまったく変わっていない場所で、一七八三年一月二三日、マリー゠アンリ・ベールは生まれた。当時はヴィユー゠ジェジュイット通りと呼ばれていた。のちにはジャン゠ジャック・ルソー通りと命名された。それは一七六八年に『エミール』と『新エロイーズ』の著者がここに滞在したことを記念してであった。自分が生まれたこの通りと家は、スタンダールには、理由はいずれ分かるが、辛くて、嫌な感じしか想起させせないだろう。

……そしてグルネット広場

幸いなことに、母方の祖父ガニョン医師の家が父の家のすぐ近くにあり、自分の家とはまったく異なっていた。南と西向きで日当たりがよく、グルネット広場とグランド゠リュー通りの角に建っていて、明るく、心地よかった。

そのころ、グルネット広場は当時としては非常に高い家——五階や六階、ときには七階——が充分にあいだをあけて建っているまれな場所で、広場の名にほぼふさわしい間隙を残していたのだ。またこの広場は街の中心であり、二軒のカフェが向かい合って競争し、お洒落な身なりの散策者たちが行き交い、乗合馬車の発着で活気づいていた。ここに「自由の木」が立てられ、重要な革命期の示威運動が繰り広げられた。つきあたりにある医師ガニョンの住居の窓下には水汲み場があり、女中たちが水を汲みに来ていた。ポンプのキーキーという規則的な音はアンリ・ベールの記憶に刻み込まれていたに違いない。この調子いい軋み音と、街でいちばん大きなサン゠タンドレ教会の鐘の重々しい音は、かれにとっての最初の音楽的喜びだった。

自伝『アンリ・ブリュラールの生涯』のなかでかれはこう書いている——「わたしは祖父のところで暮らしていた。その家はわれわれの家から百歩と離れていなかった」。またこう付け加える——「祖父は当時金持ちだったはずである。自宅の裏にあるマルネ家の婦人たちの家を買い取ったのだから」。

「祖父はグルネット広場の家の三階と、マルネ家の婦人たちの家にあたる階全部を住まいとし、街でいちばん立派な住居にした。当時としては豪華な階段と、三〇坪余りもあろうかというサロンがあった。」

「スタンダールの葡萄棚」ラウー－ダルドレ画

マルネ家の婦人たちの家は北に延びていた。サラザンと呼ばれる巨大な壁にぶつかっていたが、これは実際ローマ時代の城壁の遺跡だった。医師ガニョンが居を構えた三階からは、この「五、六メートルの」厚さがあり、立派なテラスになっていた壁のてっぺんと同じ高さでつながっていた。「市民公園」の木々越しに(その高さは当然現在とは違っていたが)、ヴェルコールの北の最後の支脈である「サスナージュ山」や、夏はそこに日の沈むヴォレップ山峡や、バスティーユの岩壁を見晴らすことができた。

「わたしの祖父はこのテラスには相当お金をかけた。建具屋のポンセは一年間、博物学書斎(テラスを臨む)に来て住み込み、そこの白木の戸棚を造った。次に栗の木で幅五〇センチ高さ六〇センチの箱を造り、そのなかには良質の土や葡萄や花がいっぱいに入れられた。葡萄二株がペリエ－ラグランジュ氏の庭（つまり壁の下部と市民公園のあいだ）から生えていた。祖父は栗の木の小幅板で柱廊を据えさせていた……。祖父は毎日一度といわず二度、花に水をやっていた……。わたしはいつも祖父が花に水をやるのを手伝い、またかれのほうはリンネやプリニウスについて話してくれたが、それは、義務感からというよりは楽しそうだった。

「夏の夜はすばらしいテラスで過ごした。ここで祖父は大熊座や小熊座を指し示し、カルデアの羊飼いたちのことを詩的に語ってくれた……。」

冬には、家族は日当たりのよい広い部屋に集まった。「冬の午後はいつも、グルネット広場に面したエリザベット大伯母の部屋で脚を日光に当てて過ごしていた。」

「二月一五日を過ぎて、この陽気なら、日光に当たるのはいいことだ」と医師ガニョンは説明をしていた。

快適にゆとりをもって暮らし、だれからも尊敬されていた、この心地よい家庭環境のなかで、大革命にもほとんど悩まされなかったこの善良なブルジョア一家は、どれほど幸福な生活を送っていたことか。また、幼いアンリはどんなに伸びやかな子供だったことか！

＊父の結婚

一七八一年二月二〇日、本教会ならびにサン‐テューグ教会において公示されたのち、結婚当事者らはサン‐テューグ教会司祭ピゾン氏によって確認されたように、教会法ならびに民事法に照らしてまったく支障なしと認められ、司教猊下ならびにグルノーブル公の許可が得られたので、わたくしは、高等法院弁護士シェリュバン‐ジョゼフ・ベール先生、つまり高等法院検察官だった故ピエール・ベール先生と、サン‐テューグ教区在住で、ここに列席され、同意されるジャンヌ・デュペロン夫人との嫡子と、カロリーヌ‐アデライッド‐アンリエット・ガニョン嬢、つまりここに列席され、同意される医師アンリ・ガニョン先生と、同じく本教区在住の故テレーズ‐フェリーズ・レー夫人とのあいだの嫡子に対して、ここに、元ソワソネ連隊の精鋭隊長で、高貴なるピエール・ベール、およびグレジヴォダン裁判所の公認弁護士で、高貴なるシャルル・ドリエ、高等法院の上級弁護士で、高貴なるアレクシス・ピゾン、さらに同上〔グレジヴォダン〕裁判所の検察官クロード‐イザック・マラン‐ラリヴワール先生、以上すべての方々の同意と、当事者らの必要なる署名とともに、両人の結婚に祝福を与えたことを証明する。

ベール、アンリエット・ガニョン、ガニョン、デュペロン‐ベール、ベール、ドリエ、ピゾン息子、マラン‐ラリヴワール、サダン主任司祭

＊洗礼証明書

わたくしは、一七八三年一月二四日、前日出生の、高等法院弁護士、高貴なるシェリュバン‐ジョゼフ・ベール氏とカロリーヌ‐アデライッド‐アンリエット・ガニョンの嫡子マリー‐アンリに洗礼を施した。列席者は当市の医師で母方の祖父である代父アンリ・ガニョン氏、生前は当市の公認判事であった貴

族ジャン－バティスト・ベール氏の未亡人である代母マリ・ラビ夫人で、二人は父親と証人たちとともに署名をした。

ベール、ガニョン、ラビ－ベール、ベール、ゴティエ、ドリエ、マラン・ルイ、
マラン・ロマン、ペラン、サン－テューグ主任助司祭

＊ クラーロ

スタンダールの暗号法に通じていない読者は、この名前に驚くことがある。実際には、秘密などないのだ。スタンダールがいちばん古い呼び方で示している自分の生まれ故郷のことだ。ローマ人たちがグラティアノポリス（それがグルノーブルのもとになった）と命名する前に、アロブロゲス人たちは、ドラック川との交流点にあるイゼール川岸辺の小さな野営地に、クラーロの名を与えていた。スタンダールはそれを皮肉で使っているのだろうか？　判断は読者に任せよう。

＊ グルノーブル、嫌な街

スタンダールは生まれた街に対して、ほとんど愛情ある言葉を口にしなかった。次々にこう呼んだ――「偏狭さの総本部」「汚い肥だめ」「ねずみの巣窟」。このくらいにしておこう……。

言うまでもなくこの「アレルギー」は、抑圧された幼少時代から持ち続けた思い出に大部分を負っている。長年にわたって金銭問題で父親ともめたことも、その反感を軽減させてはくれなかった。しかし、こうした感情的な理由を別にしても、確かに一八世紀末や一九世紀初めのグルノーブルには魅力的なものは何もなかった。

生っ粋のドフィネ人、したがって偏見の疑いがないドフィネ人の、フェリクス・ジュルダン－クレ（そ

の家系はベール家と縁続きだった）が書いた記事から、説得力のある箇所を引用しておこう――

「わたしは一九〇〇年ごろにグルノーブルという古い都会の末路を想像したことがある。つまり、そのとき、サン－ルイの古い街並みが壊されはじめていた。わたしはいまでもあの街の路地や中庭の恐ろしい臭いが思い出される。どの路地でも小便は垂れ流しだった。それ以上用をたしたいときには中庭へ行ったものだ……。

ローマ時代から要塞のなかに取り込まれて、グルノーブルは高台になるように発展した。これほど制限された場所のなかで、通路は狭く、五、六階建ての家が多く、中庭は井戸のように狭く暗くじめじめしていた……。

街にはイゼール川とドラック川が流れていた。そこでもまた不幸にも、イゼール川の水はいつも、冬でさえ、汚く陰気な灰色をしている。ドラック川は大きな小石の河床で、どろどろし、黄ばんだ水をたたえている……。

この窮屈な街、五階建てで、各階に一家族か数家族が住む家々、そのすべてはおしゃべりをさかんにし、探り合い、監視し合い、噂がこの結構な環境でさかんになる。

生まれ故郷、子供時代を過ごしたこの暗く悪臭を放つ場所に対してベールが持ち続けた嫌悪感には、グルノーブルの醜さが大いに貢献したのだと思う……」（『ル・ディヴァン』誌、一九四二年四―六月号）。

さらにここにスタンダールの意見を裏づける文書がある。今世紀初めにかなり普及していたガイドブック、アドルフ・ジョアンヌの『ドフィネの旅行ガイド』からの引用である――

「自然がすばらしいだけ、そのぶん街に外来者はがっかりする。視覚と嗅覚には強烈すぎて耐えられない。これほどひどい光景や、悪臭には、子供のころから慣れてでもいなければ、抗議することなくがまんなどできるものではない。家々は街以上にさらに不潔だ。たいていの通路や階段がまるで公共ゴミ置き場なのだ！……。」

ジャック・ローランの著書『グルノーブル、いま・むかし』（一九四八年）において、スタンダールの時代を扱った章は次のタイトルである――「グルノーブル、あまねく軽蔑された街」。

＊一族の血を受け継いだドフィネ人アンリ・ベール

「……アンリ・ベールはドフィネ人の父から性格的特徴をかなり譲り受けていて、それが豊かな知性も作り上げてくれた。

身体的には、アンリ・ベールはドフィネ人の典型を示していて、地中海型の片鱗もない。つまり、顔だちは大づくりだ。皮肉そうなまなざしは、グルノーブルの博物館所蔵の肖像画で見ると、いぶかしげな様子の、丸ぽちゃ顔の農民そのものだ。いかにも、慎重に牛たちを曳くヴィラール‐ド‐ランの農夫だ。また、より裕福に見せるための借金は厭わないが、借金の返済にはあまり頓着しない……かれは盗作だって取引での不正と同じように楽しんでいるのだから。ヴェルレーヌのウプランド〔袖の長いゆったりした外套〕に身を包み、罵ったり当たり散らしながらも仕事を片付けてゆく姿が、すでに目に浮かぶ。山の住人、ベール家のひとりとして、かれは辛抱強く、冷静で、いくつもの偽名に身を隠し、権力には狡猾に立ち回り、アナグラムを使って読者に謎をかける。ただし、人間心理の機微を描く自分の書き物の意義は分かっていて、小説の筋にはそれほど興味がないかわりに、心理分析家としての腕の確かさには自信があり、自分の方法の価値を知っている。

一〇年余り、かれは資料を集めて草案をつくり、また数学の思考法に方法を求め、訓練を重ねた。かれにとっては心の悩みは解くべき定理に見えるが、その推論に厳密で確実な面があるとすれば、それは冷静で明晰なドフィネ人の性質のせいだ。完璧で見事な明晰さや明快な論理ほどかれを魅惑するものはない……。

本心を隠すのも、スタンダールはそうしないではいられないたちなのだ……。ドフィネ人は、ひと一倍、自分の手の内が見抜かれるのを嫌がる。自分の内面感情に入り込まれるのを嫌うのはなおさらだ……。」

この一節は、ドフィネ人のルネ・フェルナンダによるスタンダール研究からの抜粋である（『ル・ディヴァン』誌、一九二八年一二月号）。

第2章　幼年時代

最初の悲劇

七歳まで、この太った少年の生活は確かに幸福だった。母は陽気さにあふれ、魅力的で、才能に恵まれた人で、息子を熱愛していた。親しい人たちは、ほとんど毛のないかれの大頭をやんわりと馬鹿にしていた。アンリも母が大好きだった。早熟で感じやすい子供にはよくありがちの反応で、父に嫉妬し、ごく早いうちから父を嫌いはじめた。しかも不幸な父シェリュバンは、魅力に乏しい外見と――気難しそうで、「すごい皺で醜」かった――さらに息子に対する不器用な態度とで、それに追い討ちをかけていた。たいていのドフィネ人と同じように用心深く冷淡で小心で、自分の息子の激しい感情豊かな性格をあまり理解できず、絶えず叱責し小言を言っては、かれを傷つけていたが、その点では義妹セラフィーがシェリュバンの味方だった。医師ガニョンの次女で、性格は姉のアンリエットとは正反対だった。それでも、医師ガニョンが温厚だったおかげと、さらにふたりの妹たちが生まれたので、坊やも気が紛れた。すべてが平穏な生活のなかで調和し合えるはずだったのだ。恐ろしい悲劇が起こって、この一家の喜びと調和を永久に破壊することさえなければ。

アンリエットはまた身ごもっていた。下手な医者の過失で、彼女は、一七九〇年、産褥で亡くなった。

アンリは七歳だった。

「彼女は一七九〇年、若さと美しさの盛りに亡くなった。二八か三〇だった」と『アンリ・ブリュラールの生涯』のなかでスタンダールは悲しみのうちに記している。

そして、何もかもが母とともに死んだと思われた。息子の絶望は凄まじかったが、父の絶望も同じくらい大きく深かった。アンリはそれを認めるべきだし、この不幸な男には大いに同情の念を抱かずにはいられない。早くから気苦労を抱えた暗い青春時代のあと——ごく小さいときに父親を亡くし、唯一の男の子として、六人の姉妹が身を固めるまで面倒を見なければならなかった——、愛情表現が苦手だったにしても愛していた妻を、あまりに早く奪われたのだ。

「……母の死で、父はこの上なく熱心に馬鹿ばかしい信仰にのめり込んだ。かれは、司祭の祈禱のすべてを唱えることをみずからに義務づけた。三、四年間、修道会に入ることまで考えたが、たぶん自分の弁護士職をわたしに継がせたいがために思いとどまった。「上級弁護士」〔高等法院の弁護師団から選ばれ、貴族待遇を受ける〕になろうとしていた。これは弁護士仲間では、立派な栄誉だ。」

シェリュバンは妻の部屋を閉めた。だれにもそこへ入らせなかった。数年経って、数学の勉強のために静かな場所を探していた息子に、そこを使うことをやっと許した。

「部屋は母の死後一〇年間閉まったままだった。父は一七九八年、そこに蠟引きの布を張った板を置いて数学の勉強をすることをしぶしぶ許してくれた。しかし使用人はだれも入らなかった。厳しく叱られていたのだろう。わたしだけがその鍵をもっていた」。それからブリュラールは、いやいや付け加える——「この父の気持ちは、いまよく考えてみれば、かれの評価を大いに高めてくれる」。しかし、この反省をするのは、五〇年もあとのことなのだ。一七九〇年には、子は父をいっそう嫌い、孤独そのもので、まもってくれる者もなく、家族にのしかかる悲しみの空気のせいで窒息しそうだった。

「母の死をきっかけに、家族は世間との関係をいっさい断った。わたしにとっては退屈のきわみだったが、それ以後ずっと孤立して生活した。」

アンリ・ガニョン、「フォントネル風の知恵者」

妻の死に打ちのめされ、三人の子供たちの教育の責任も突然肩にかかってきたために困り果て、シェリュバン・ベールは妻の実家に助けを求めた。

片親を亡くした三人の幼子のもとに集まることになった大人たちには、想像を絶する性格の違いがあった。

医師アンリ・ガニョンは、孫息子からとても好かれていて、魅力と知性にあふれた人だった。優れた教養人のかれは、読書が好きで、ヴォルテールを心から尊敬し、その辛辣さを好んでいた。しかも同時に、街のためになる企画にはすべてかかわっていた。善良で、もの分かりがよく、自分に頼ってくる貧しい人々を献身的に看護し、その報酬を絶対に受けとらなかった。その点で娘婿とはまったく違っていた。こちらは仕事でも性格上も、わずかのお金のためにいつも「策を弄し」ようとしていた。

ただし医師ガニョンの賢明さは「フォントネル風の知恵」だった。それによってかれは、片方に味方したり、権力にたてついたり、意見表明の必要があることには、決して口を出さないことにしていた。子供たちに関することはすべて黙って婿に任せ、その代わりをしようとは考えていないとはっきり分かるようにした。しかも、婿はかれとあまり気が合わなかったのだ。

「祖父は他人のすることに対して、決して怒らなかった。ところでわたしの教育は父にかかっていたので、ガニョン氏は父の学識を評価していないぶん、それだけ父親としての権利を尊重していた。」

エリザベット・ガニョンあるいは「スペイン気質」

医師ガニョンの姉エリザベットは、家族のなかで、シェリュバン・ベールがいちばん気が合いそうにない人だった。彼女は気品をただよわせていた。賛嘆の念を表わしたいときのお気に入りの言葉は、「ル・シッドのようにすばらしい！」だった。六四歳で、「すらりと痩せた背の高い女性で、イタリア的な美貌をもち、完璧な高貴さを備えた性格だった。ただその高貴さは、スペイン的なこだわりや良心的な細かい気遣いを伴っていた」。それからブリュラールはすぐに付け足す——「この点では彼女がわたしの精神を形成した。わたしが人生のはじめの三〇年間、スペイン風の気品による恐るべき欺瞞に陥っていたのは、大伯母エリザベットのせいだ」。

子供のころに魅せられて、スタンダールが大いに引きずっているこの「スペイン気質」は、あらゆる妥協の拒否、ブルジョアたちの日々の下品な振る舞いの数々に対する嫌悪、偉大な感情や偉大な行為へのあこがれとして現れた。

この誇り高い老嬢にとって、シェリュバン・ベールは軽蔑すべき階級に属していた。つまり金のことしか考えない連中だ。

「本当に愛想のない男だった。いつも領地の売買のことばかり考え、とても細かく（言い換えれば抜け目なく）、農民相手に売り買いをする、根っからのドフィネ人だった。この男ほどスペイン性に欠け、気品のない者はいなかった。だから大伯母エリザベットに嫌われていたのだ。」

息子が父を嫌うにいたったのには、彼女にも少し責任があるのではないだろうか。

ロマン・ガニョン、田舎のドン・ファン

それでは、ほかにだれが、シェリュバン・ベールを助け、補佐して、いずれにせよしっかりやり遂げねばならない仕事をできたというのか。もちろん義弟ロマン・ガニョンは無理だった。少なくとも肩書きは同じ弁護士なのだが。ただ、とりあえず愛想のいい軽い男で、いつでもだれか、いや数人の美しい女性を追いまわすのに忙しく、何より自分の身だしなみで手いっぱいだった。

ロマン・ガニョンはグルネット広場に面した家の三階に住んでいた。許しが出れば、子供はその家へいそいそと行った――「かれはわたしと一緒に笑い、そして夜の九時、夕食の前に、そのすてきな服を部屋着に替えるところを見せてくれた。それはわたしにとって、えも言われぬひとときで、すっかりうれしくなって帰ったものだ」。

セラフィー、「女悪魔」

シェリュバン・ベールは悲しみのなかにあっても、妻の実家のうちただひとりのそばでだけ、支えを見いだした。それがセラフィーだった。医師ガニョンの次女で、ガニョン家の人々とはまったく違う身体的特徴を、何かの血縁で受け継いだらしい、変わった人物だった。

アンリは彼女のことを、「女悪魔」「イエズス会修道女〔偽善者〕」「こちこちの信心家」と書いて、哀れな犠牲者にしてしまった。彼女の姉が死んだときは、三〇歳だった。気性が激しく、圧制的、威圧的で、なんでも自分で決めて、なんでも取り仕切ろうとし、母を亡くした子供たちだけでなく義兄の身の振り方にまで、自分が責任をもちたがった。彼女が完全に教育係を引き受けても、家族内で反対にも抵抗にもあ

わなかったので、それはごく自然な成り行きだった。アンリは、父とセラフィーとの仲の良さを、極端な信心家二人が出会ったためだと考えた。たぶんそこには、子供にはぼんやりとしか分からない、それ以上の何かがあったのだろう。悲しみは深く真摯なものだったにせよ、シェリュバンは、絶えずそばにいる義妹に無関心ではなかったはずだ。しかも彼女は決して醜くなかった。

「いま思えば、父は彼女に恋をしたんだろう。だからグランジュでのあてどもない散歩が始まり、そこではわたしは邪魔者扱いされ、ボンヌ門を渡るとすぐにさりげなく四〇歩ほど前を歩かされていたのだ。」

これはいじわるな当てつけでしかないだろうか? 結局、ここにはさほど特別なこと、咎めるべきことは、何もないのだろう。いずれにしても確かに、シェリュバンとセラフィー──なんと運命的な名前!〔どちらも天使の名〕──はすばらしく気が合っていた。よく、家族が医師ガニョン宅のテラスで夕べを過ごすとき、義兄と義妹は風邪をひかないようにと、隣の部屋に行って話していたものだ。

この友情──または愛──は、孤独な男には本当に慰めになったはずだ──「かれは女性と話したいのにその前ではうろたえて黙り込む……。かれはセラフィーとしか素直に話せなかった……。わたしに二、三度言ったことがある……、この年になって家に慰めがないのは寂しいと」。

しかし、不器用でぎこちないのは相変わらずで、シェリュバンは大きな間違いをおかして、セラフィーの言いなりになり、子供たちの教育についての権限を与えすぎてしまった。この子供たちに、彼女は厳しすぎる態度をとっただろうか。彼女の威圧的な気性からすれば、そうだったかもしれない。そのためにアンリ少年は、思いどおりに少しもさせてくれない者がいるのが嫌で、すぐに、いじわるだ、迫害だ、「専制」だとわめきたてた。言うことを聞かず、反発した。叔母はそうとう苛立ち、たぶんすでに病にも冒されていたので――わずか数年後に亡くなるはずだった――怒って、どなりちらした。させた。

「わたしが彼女に頑強に逆らったので、何度も大喧嘩をした。理屈を言うので、それが彼女を激怒させた。

親戚のロマニエ夫人とコロン夫人のことはわたしは大好きで、そのころ三六歳から四〇歳くらいだった……よくうちにきて大伯母エリザベットの相手をしていた。この婦人たちはわたしとセラフィーとの喧嘩に驚いたものだった。そのせいでよくトランプのボストンゲームが中断するほどだった。婦人たちはこの気違い女よりも、はっきりわたしのほうに軍配を上げているようだった。」

子供が扱いにくい性質だったにしても、確かに叔母の態度は病人の、つまりノイローゼ患者のものだった。ある日など、彼女は実の父親に向かってひどい言葉を吐きはしなかったか。もちろんいつものようにアンリのことでだった。

「……ある晩、わたしは大伯母エリザベットの箪笥の上で、祖父が貸してくれた『アンリヤッド』か『ベリゼール』を読んでいた。そのとき、彼女が叫んだ――

「なんでこの子にこんな本をやるの！　だれがこの本を渡したの？」

立派な祖父が、わたしがしつこく頼むので、親切に、寒さをおかして、家の反対側の端にあるテラスに面した書斎まで一緒に行って、その晩どうしても読みたかったこの本をくれたのだった。

……祖父は自分の娘の横柄な非難に、肩をすくめてただこう答えた――

「病気だね。」」

叔母が患っていた病気は、それがなんだったのかは分からないが、悪化した。彼女は四〇歳を待たず、一七九七年一月九日に亡くなった。

「危険が迫り、司祭たちが駆けつけてきた。冬の晩だったと思う。わたしは夜七時ごろ、台所にいた……。だれかが来て言った――「亡くなられました。」わたしはひざまずいた……この大きな解放を神に感謝するために。……死者へのミサと祈りの最初の一週間が過ぎると、家ではみな、ほっとして解放感を味わった。父でさえすっかり気楽になったと思う……。」

「ライアヌの圧制」

シェリュバン・ベールがおかしたもうひとつの過ちは、父と息子の溝を広げる一因になったもので、アンリ少年の家庭教師としてライアヌ神父をあてがったことだった。この選択にセラフィーの圧力を見るべきだろうか。それとも、どんなに抜け目ないドフィネ人でも、うっかり俗物根性を起こすことがあるという一例にすぎないのだろうか。たぶん両方だろう。

ライアヌ神父は、一七五六年にアヴィニョンで生まれたのだが家系はドフィネ人で、カジミール・ペリエやその大勢の兄弟たちの教育を終えたところだった。未来の大臣を出す家は、地方きっての金持ちで通っていた。

「父はどうも虚栄心から、かれを雇った……。グルノーブル高等法院の弁護士がペリエ家から出てきた家庭教師を息子のために雇うなんて、なんという名誉か！」

シェリュバンの意図は、おそらく息子が考えていたよりは純粋なものだっただろう。この聖職者のなかに、かなり扱いにくくなってきていた息子の教育にふさわしい人物を見たに違いない。ああ！　地獄は、善意の石で舗装されているのだ！

スタンダールは家庭教師のことでは嫌な思い出を持ち続けた。かれを描くには、どんなひどい言葉を使っても足りない。

「ライアヌ神父は嫌《いや》なやつそのものだった。かれが犯罪をおかしたとまでは言わないが、こんなに冷たく、誠実さとかけはなれ、人間らしい感情のかけらもない者はいない……。背が低く、貧相で、痩せて、顔色は青く、ずるそうな目にぞっとする笑いを浮かべていた。」

おそらくこの無気味な笑みで、かれはこの生徒に教えを施していた。その教えは、子供の崇高な心を逆なでするものだった。たとえばある日、師はかれに「言うことが軽率だ」と諭した――

「「でも先生、本当です、そう感じているのです」とわたしは言葉を換えて言った――

「そんなことはどうでもいいんだよ、そう言ってはいけない、ふさわしくないからね。」」

この教えの「偽善」はどうも腑に落ちない。神父には、本当にアンリ・ベールが信じ込ませたがっているほど悪意があっただろうか。誇張があったのだと考えて、かれが安らかに眠れるようにしてあげよう。かれは冷たく、厳しく、狭量で、繊細さもそれほどの聡明さもなかったには違いない。それで充分だ。

「ライアヌの圧制」は三年続いた。いやおそらく四年だった。スタンダールの心情や精神に刻印された辛い思い出の数々に比すれば、わずかなものだ。ただ、子供の生活における三、四年は途方もなく、ほとんど永遠だから、反抗心がかれをとらえ深く痕跡をとどめたことは理解できる。この子供は、批判精神が極端に旺盛だった。おそらくは間違った極端な判断ではあるが、その能力があったからこそ、「暴君」とみなす者たちや、かれらの行為を判定していたのだ。

『アンリ・ブリュラールの生涯』に描かれているちょっとした場面は意味深い――

「ある日、祖父がライアヌ神父に言った――

「ところで先生、間違いだとご存知のプトレマイオスの天文体系を、なぜこの子に教えるのですかな。」

「それがすべてを説明してくれ、しかも教会から承認されているのです。」

祖父はこの答えに納得できなくて、よく同じ質問を繰り返していた。」

そしてスタンダールはこう批判する――

「わたしは父とライアヌ神父が教えることすべてを憎んでいた。」

この話はあとからの作り話ではない。何よりの証拠が、一八〇三年、かれのかわいがっていた妹ポリーヌ宛の手紙の一節にある。

「パパにお願いして、天文学者プトレマイオスの勉強はただちにやめさせてもらいなさい。馬鹿なライアヌ神父がぼくにそれを教える愚をおかした。そのせいで、ぼくは天文学では間違った考えを身につけてしまったんだ。」

つまり、家庭教師の愚かしさと無知が、教育に関する父と叔母の方針をさらに補強したのだ。その結果、「哀れないじめられっ子」は、子供時代「なんの楽しみもなかった」と語ることができる。

楽しみを知らない子供時代

「むかしは、子供時代の他愛もない楽しみとか、この年頃の軽はずみ、青春初期の、人生にとってかけがえのない本物の幸せの話を聞くと、心が締めつけられたものだ。わたしはこういうものを何も知らなかった。それどころか、この年齢はわたしにとって、不幸、憎しみ、叶うことのない復讐願望が続いた時期だった。わたしの不幸のすべては簡潔に要約できる。同年代の子と決して話をさせてもらえなかったこと。親たちが、世間と縁を切ってしまった退屈のあまり、いつでもわたしにかまっていたこと。このふたつのせいで、他の子供たちには愉快きわまりないこの時期に、わたしは意地悪で、陰気で、常識がなく、要するに言葉の最悪の意味で奴隷だった。そしてこの状態を少しずつ感じていた。わずかの幸せでも手に入れたら、それを嘘をついてでもまもっていた。」

　このような「教育者たち」にかかれば、アンリ・ベールは、いまなら正真正銘の不良になっていただろう。家出だってしかねない。実際かれはそれを目論んでいた。しかし、いかにもドフィネ人らしい本性を見せて――これは覚えておこう――、冒険を前に尻込みする。「お金はどこで手に入れよう?」とかれはため息まじりに言う。そして嘆くばかり。心のなかでは恨みをつのらせてゆく。何不自由なく甘やかされた子、その子が角で靴屋を営むバルテレミー夫人の甥を羨ましがる。いつのまにかかれは、反動的で偏狭な思想をもつブルジョア家庭の息子、自分も本来そうなったはずの息子とはまったく違った目で、社会や政治的事件を眺め、判断する素地をつくってゆく。

　幽閉されたおかげで、子供はいつでも祖父を訪ねられる、というメリットもあった。「祖父にはなんでも話した……。まさに無二の親友だった……。こうしていつも接しているうちに、祖父の文学崇拝がわたしにも伝授された」。ほかにも幼い少年が当時は気づいていなかったこと、たとえば繊細さや節度といった、要するに一八世紀紳士的な精神にも感化された。

　物事には裏があるもので、子供は無防備のまま人生に向かうことになった。確かに、子供の仲間を親たちが奪い取ったことにかれは不満だが、その仲間とて、かれが夢見るような「幸福」を与えてはくれなかったろう。ただ、同世代の騒々しい連中と一緒なら、神経が落ちついて、かれの血の気の多い性格の極端な激しさを、いい方向に向けてうまく利用できたかもしれない。何よりも、子供どうしで毎日遊んでいれば、作り話をでっちあげることなどもなかっただろう。

かれがやっと逃亡に成功して市民公園で遊ぶ連中の仲間に入った日には、少年たちの粗暴さに傷ついてしまった。やがて中央学校に入学し、ついにあれほど望んでいた同級生をもったときも、同じ反応が起こった――「思い描いていた、愉快で親切で高潔この上ない仲間、そんな者はおらず、そのかわりとても身勝手な悪童どもがいた」。そんな仲間が見つからなかったのは、ごく単純に存在していなかったからだ。まれな例外がいたとしても、それは完璧と美点だらけの怪物のようなやつだ。そいつは気高い精神と大貴族的な物腰――スペイン気質――に加え、快活さや子供らしい率直さも備え、しかも何より心と知性の並はずれた資質を持ち合わせた子供だ。

「この手の失望を、わたしはほぼ一生を通じて味わい続けた」とスタンダールは振り返る。付け足しておこう――すべての領域において、と。子供のころは同級生に対してだった。次は思いを寄せ理想とした女性に失望した。それから、パリの最初の印象が引き起こした辛い幻滅。パリは何年ものあいだ、かれにとってただ一つの救いの地と思えていたのだ。それを夢見ることで、どんなに辛いときでも励まされた。しかしついにそこに着いたとき、かれは死ぬほど絶望したのだ。

幻想を抱きやすいこの性向のせいで、事態を明確にとらえ、自分にとってより正しい理想を打ち立てるために、かれは一生、不断の戦いを続けねばならなかった。空想や想像やまことしやかな偽りをはねつけ、大変な苦痛をたいてい伴うものではあったが、真実つまり人間や物事の本質を求めたのだ。その結果われわれにとってのスタンダールは、かれがあまのじゃくになるわけが分からないために、矛盾に満ちた、厄介で、いらいらするやつになってしまった。スタンダールは冷徹な理論と無駄のない文体を備えながら、突然、狂わんばかりの情熱の高まりを見せて意表をつき、それをまたすぐに、皮肉な毒舌で鎮める。実のところ、この毒舌は自分自身に向けて発しているのだ。自分の想像力や、飽きもせず妄想を繰り出してしまう能力のせいで、またもや罠にかかってしまわないように、用心しているのである。

シェリュバン・ベール、嫌われた父

先に進む前に、セラフィーやライアヌと並んで、スタンダールが幼少時代のあらゆる不幸の原因だと考えている人物の肖像を仕上げておきたい。実の父シェリュバン・ベールである。この恨みは、のちの年月で和らぐどころかますます悪化するだけに、長く続くことになる。

『アンリ・ブリュラールの生涯』にはこう書かれている――「たぶん、偶然一緒になったふたりの人間で、父とわたしほど根っから反感を抱き合う者はこれまでいなかっただろう」。すでに、この反感の主な理由はいくつか見てきた。ここで強調すべきは反感がいわば一方通行であることだ。多くの言動からして、シェリュバンは息子を本当に愛していて、名ばかりのときたま自分の面倒を見てくれる相続人としてしか関心を寄せなかったわけではないと考えられる。かれが優しい心根をもっていたことは否定できない。やもめになったのちは、毎晩、次女のゼナイッドを膝に乗せて眠らせていた。そのせいでアンリとポリーヌはゼナイッドを憎んでいたのだ。父は厳しく毅然とした態度を見せることが、子供のためになると考えていた。しかし子供のほうは、愛や優しさでなら手なずけられただろうが、父の注意をいじめととって、すぐさま反抗するのだ。父は自分の興味をアンリにも分け与えようとして、よく農業経営計画の話をした。かれをクレにあるフュロニエールの立派な地所へ連れて行った。道々、かれに自然や景色の美しさを感じとらせようとした。しかしそうすることで、まさに逆の方向へいたってしまうのだった。息子は、父に抱いた反感のせいで、父が助言し教えることには決まってことごとく正反対の道をとるようになった。次の二つのエピソードはかれの態度の典型的なものだ。

「父の愛と子の義務についてのいつもおなじ説教を、我慢して聞かなければならなかった。ある日、父の大げさな言い方にうんざりして、かれに言った。

「ぼくをそんなに愛してるのなら、毎日五スーずつくれて、あとは好きなようにさせてよ。それに、ひとつのことは信用していいよ。大人になったら義務を果たすよ。」

父はわたしに歩み寄ってきて、たたきのめそうとするかのようだった。かれは逆上していた。

「おまえはなんて罰当たりなやつだ」と言った。」

「わたしは自分用にツグミを飼っていた。それはふだん食堂の椅子の下にいた。喧嘩で片足をなくしていて、ぴょんぴょん跳びながら歩いていた。猫や犬に立ち向かうこともし、みなから見守られていた。それはわたしにはとてもありがたかった。というのもツグミは、床のそこらじゅうに汚い白い染みをつけていたからだ。このツグミには、台所の桶で溺れたシャプルパン(流しの汚水の入った桶で溺れたゴキブリ)を餌にやっていた。

同年代のだれとも絶対に会わせてもらえず、年寄りとしか暮らしていなかったので、この他愛もない遊びがわたしには魅力だった。

突然ツグミがいなくなった。だれもそのわけをわたしに言おうとしなかった――だれかがドアを開けたときにうっかりつぶしてしまったのだ。わたしは父が意地悪で殺したのだと思った。かれは、それを知り、その考えに苦しんだ。ある日かれは、かなり遠回しの微妙な言葉で、わたしにそのことを話した。

わたしは立派だった。白目のところまで真っ赤になったが、口は開かなかった。返事を促されたが、黙り続けた。だが、あのころはとても表情豊かだったわたしの目が、よく語っていたはずだ。

さあこれで復讐したぞ、圧制者め……。一カ月以上のあいだ、わたしはこの復讐を誇らしく思っていた……。」

＊「わたしは母に恋していた……」

「母のアンリエット・ガニョン夫人は、魅力的な女性だった。そしてわたしは自分の母に恋していた。

急いで付け足すが、わたしは七歳で母を失ったのだ……。

わたしは母を接吻で覆いたかったし、服がなければいいとも願った。母もわたしを情熱的に愛し、よく接吻してくれ、その接吻にわたしがあまりに激しくお返しをしたので、母は逃げ出すしかなくなることがよくあった。父がやってきてわたしたちの接吻の邪魔をするときには、かれを憎んだ。わたしはいつも母の胸に接吻したかった。わずか七歳で、母を産褥で亡くしたことをどうか思い出してくださるよう……。

母を愛していた、とわたしがあけすけに言っても、母は怒らないはずだ。いつかまた会えたら、改めてそう言ってあげよう。そもそも、母はこの愛に少しも協力的ではなかった……。」

この「愛」の告白は、危険な感情やスキャンダラスな趣味の表れだとみなされたこともあった。確かにそうかもしれない。『アンリ・ブリュラールの生涯』のなかで、人生の遠いこの時期を想起しながら、壮年の男はわれ知らず——スタンダールは露出狂などではない——子供の感情や反応を誇張したに違いないのだ。

＊母の死

母の死に際し、子は深い絶望を味わった。それは決して記憶から消えることはなかった。以下は『アンリ・ブリュラールの生涯』でももっとも感動的な箇所のひとつだ——

「……母が死ぬ前の日、妹のポリーヌとわたしは、モントルジュ通りへ散歩に連れ出され、この通りの左側（北側）の家々に沿って戻った。わたしたちは、グルネット広場に面した、祖父の家に住まわせられていた。わたしは、窓と暖炉のあいだの、床に敷いたマットレスで寝ていた。未明の二時ごろだったが、家の者がみな、すすり泣きながら帰ってきた。

「どうしてお医者さまたちはお薬を見つけてくれなかったの？」とわたしは老マリオンに言った（まさにモリエール風の女中で、主人たちの友であり、しっかり文句も言った。ごく若いころの母を知っていて、その一〇年前（一七八〇年）に結婚したのも見ていたし、わたしをとても愛していた）。ヴィネー出身のマリー・トマソは、まさに典型的なドフィネ人の性格をしていて、マリオンの愛称で呼ばれていた。わたしのベッドの傍らに座ってその夜を過ごし、さめざめと泣きながらも、わたしを慰めようとしているようだった。わたしは悲しみよりも驚きのほうがはるかに大きかった。死が理解できなかった。死の存在をほとんど信じていなかったのだ。

「なんだって！　ママにもう二度と会えないの？」とマリオンに言った。

「墓地に運んで行かれるというのに、どうやって会うのですか？」

「じゃあ墓地はどこ？」

「ミュリエ通りですよ、ノートル＝ダム教区の。」

この夜の会話はすべて、いまもありありと生きている。それをここに書き写せるのはわたしだけだ……。

……わたしは眠り込んだ。翌日目が覚めると、マリオンが言った。

「お父様にキスをしにいかなければ。」

「なんだって、ママが死んだって！　どうしてもう会えないの？」

「お黙りなさい、お父様に聞こえますよ、大伯母様のベッドにおられます。」

いやいやそのベッドのある小部屋へ行ったが、そこはカーテンが閉めてあったので暗かった。父には反発を感じ、キスをするのも嫌だった。

間もなくレー神父がやってきた。とても背が高く、冷静で、天然痘の痕があり、知性はないが人はよさそうで、鼻声で話す。少しあとで司教になった。うちの家族とは親しかった。信じてもらえるだろうか。司祭という肩書きのせいで、わたしはかれを毛嫌いしていたのだ。

レー神父は窓のそばに立った。父は起き上がり、部屋着をひっかけ、緑のサージのカーテンで閉めきられた寝室から出てきた。白糸で刺繍したピンクのタフタの美しいカーテンが二枚あり、日中はそれがほかのカーテンを隠していた。

レー神父は黙って父を抱いた。わたしは父をとても醜いと思った。目は腫れて、涙がたえず浮かんでいた。わたしは寝室に残っていたので、それがよく見えた。

「これは神の思し召しですよ」と神父がやっとのことで言った。この言葉は、わたしが大嫌いな男の口から、ほとんど好きでもない男に向かって言われたので、深く考え込んでしまった。

鈍感だと思われるだろうが、わたしはまだ母の死にただただ驚いていた。死という言葉が理解できなかったのだ。それ以来、マリオンがよくわたしに咎める調子で繰り返していたことをあえて書いておこうか？　わたしは神の悪口を言いはじめたのだ……。

翌日は埋葬だった。父は、顔つきが見る影もなく変わってしまっていた。わたしに黒いウールの外套のようなものを着せ、首のところを結んでくれた。この場面はヴィユー＝ジェジュイット通りの父の書斎で起こったことだ。父は打ち沈んでいた。書斎全体が陰鬱で見るもおぞましい二ツ折判の本で覆われていた……。

大きな音がした。かわいそうな母の棺が、居間で抱え上げられ、運び出そうとされていた。

「ああ！　そうか、こういった儀式の順序は分からないね」とピゾン氏は立ち上がりながらどうでもいいように言った。それはわたしにはかなりショックだった……。

居間に行って、黒布で覆われた母の棺を見ると、どうしようもなく激しい絶望に襲われた。わたしはやっと死の意味が分かりかけていた。
叔母セラフィーは、わたしに情がないといって、とっくに責めていた。

サン゠テューグ教会で見せたわたしの絶望のありさまをこと細かに読者に話すのはやめておこう。わたしは息をつまらせそうだった。わたしの嘆きようがあんまりうるさかったので、仕方なく連れ出されてしまったようだ。このサン゠テューグ教会とその隣の大聖堂は、二度と冷静に見ることができなくなった。一八二八年にグルノーブルに帰省したときも、大聖堂の鐘の音を聞いただけで、暗い、冷たい、容赦ない哀しみ、つまりあの怒りにも似た哀しみに襲われた。

ミュリエ通り近くの稜堡に囲まれた墓地に着くと……、わたしが狂気の沙汰をしたと、のちのちマリオンが話してくれた。どうやら、母が苦しがるからと言いはって、棺に土をかけさせないようにしたらしい……。」

＊母の死亡証明書

一七九〇年一一月二四日、弁護士シェリュバン゠ジョゼフ・ベールの妻カロリーヌ゠アデライッド゠シャルロット・ガニョンの埋葬を執り行なった。この者は、前日享年およそ三二で逝去した。立会人は、クロード・シャラヴァルおよびクロード・パリウ、両人とも教会使用人にて、無筆。

サン゠テューグ主任司教ペイラン

＊「女悪魔」セラフィー・ガニョンの死亡証明書

共和暦四年雪月二一日〔一七九七年一月九日〕、公証人のわたくしが立ち会い、ジャン・コロンおよびルイ・ロマニエが市役所に出頭した。両人は、成人にして元仲買人であり、グルノーブル、グランド゠リユー通りに住む。両人は、市民ガニョン医師の娘マリー゠フランソワーズ゠セラフィー・ガニョンが昨夜一〇時、グランド゠リュー通りの父宅にて享年およそ三六で死亡したと届けた。この届け出と死亡について確認ののち、本証書を作成した。届け出人はわたくしの立ち会いで署名をした。

コロン、ロマニエ、公証人シュミナッド

＊「おまえは醜い……」

中背でずんぐりしたスタンダールは、美男子ではなかった。かれが語るには、一歳のころ、「叔父が、わたしの醜さのことで姉（わたしの母）をからかっていた。わたしは頭でっかちで髪の毛がなく、ブリュラール神父に似ていたらしい、……伯父か大伯父で、わたしが生まれる前に亡くなっていた人だ」。

そのうち、中央学校の同級生たちがかれを「歩く塔」と呼ぶだろう。

しかし、才気に輝く目が、醜さをただちに忘れさせた。祖父は（または叔父、この言葉はどちらのものともされている）、ある日かれに言った。

「おまえは醜い。だがその醜さをだれも決して非難しないだろう。」

＊圧制者ライアヌ

ライアヌ神父は、たぶんスタンダールが言うほど「偽善者」ではなかっただろう。ともかく、狭い見方をすれば「鞭打ちじいさん」だった。数年後の一八〇〇年、かれはグルノーブルで寄宿学校を開いた。規則書が発見されたので、ここにその一部――「休日」に関する条項――を抜粋するが、哀れな寄宿生たちがどれほど厳しい規律のもとにあったかが分かる。

「第一三条――休日は、冬は六時半、夏は五時半に起床すること。お祈りのあと、各自髪をとき、名簿に示された順に二人ずつ並び、静粛に教会に行き、恭しくミサを聞くこと。ここでよそ見をしたり話をした者は、その日の散歩を、もし散歩がなければ休憩をなしにする。教会へ行ったときと同じ順に並んで帰宅すること。朝食をとり、一時間の休憩とする。

第一四条――休憩後、昼食まで勉強しに行くこと。昼食後、天気が良ければ散歩に行く。さもなくば、三時まで屋内で休憩する。

第一五条――日曜もしくは祝日は三時に晩課を唱える。その他の日はおやつの時間まで勉強し、そのあと五時まで遊ぶ。

第一六条――五時に勉強に戻り、自分の仕事を終える。道徳についての話がある。公教要理についての質問がある。宗教に関する朗読がある。お祈りをし、夕食をとり、就寝する……。」

結局は、好き放題にしていた自宅にいるかわりに、もしライアヌ神父の経営する学校の寄宿生になっていたなら、アンリ・ベールはどんな反応をしただろうか？

＊ 早熟のマキアヴェリスム

『アンリ・ブリュラールの生涯』で、もっとも示唆的なエピソードのひとつに「希望大隊」のことがある。この子が生きていた雰囲気を伝え、さらにかれの反応や感情も示唆してくれるのだ。

新政体が一丸となって、その体制の基礎となる諸原理を若者に植え付けようと躍起になっている。グルノーブルの共和国政府は、サン‐キュロット〔下層民〕の若者たちを、「希望中隊」と呼ばれる準軍隊の養成に取り込んでいた。この中隊は――その法規が見つかっていて、一にして不可分のフランス共和国暦二年花月一五日付だ――医師ガニョン宅のテラスの下の市民公園で訓練をしていた。

アンリ・ベールも、ほかの「若き市民」たちみなと同じようにリストにあったが、青少年義勇軍への入隊を親たちは許さなかった。それは共和主義者たちとかかわり合うことなのだ！ テラスからじっとのぞき見ては、羨ましくて仕方なく、——それらの中隊は、銃で武装し、先頭には鼓手が立ち、砲手たちまでいた！——哀れな隠遁者の頭に名案が浮かんだ。親たちが、待望の許可をくれるように無理やり仕向けるのだ。そこで、かれは通知書をしたためる。それは医師ガニョンに孫を「希望中隊」に入隊させる督促だった。督促状はゴルドンの名前で署名された。それは街でもっとも急進的なジャコバン主義者のひとりで、親たちが、ひそひそとおびえた様子でその名を口にするのを、子供は聞いていたに違いない。

この贋の通知書は家中を恐怖に陥れた。そして、詳しく調べて、ようやくそのごまかしがばれた。犯人にはどれほど高くついたことか、ご想像に任せよう。

このとき、アンリ・ベールは九歳だった。

＊ フュロニエール

グルノーブルから二里離れた、クレにある父の地所フュロニエールで、ベールは幼少時代で唯一本当に幸せな時を過ごした。ここでは嫌なことすべてを忘れていた。ヴィユー＝ジェジュイット通りの陰気な家も、セラフィー叔母も、ライアヌ神父のことも。どんな束縛からも解放されて、好き勝手にはしゃぎまわれた。それに、ここではだれも強制しないおかげで、木々、山々、グレジヴォーダン谷といった自然を愛でるようになった。何年も経って、すでに人生の下り坂にさしかかったころ、かれはある日クレに戻った。秋のことで、葡萄の収穫をしていた。このときは人手に渡っていた地所に入って行き、農夫にひと房の葡萄を所望した。かれのいとこで伝記作者のロマン・コロンが、この訪問のことを書いている——

「幼少時代でもいちばん美しい時を過ごした、まさにその場所で葡萄を食べ、それがもたらした恍惚感を、ベールはとてもうれしそうに、繰り返し話してくれた。」

フュロニエールの館は、ほとんど改築されずに、樹齢百年の菩提樹の並木道とともに、いまも残っている。一九五三年に、館を買い取ってスタンダール博物館にするための募金が始まった。計画は頓挫した。

第3章　中央学校

解　放

間もなくページがめくられた。中央学校の創設が、家庭の息づまる空気から少年を解放したのだ。中央学校はかつての神学校に代わるものとされ、大革命の成果である。各県の中心地に一校ずつ開設されることになった。

医師ガニョンは、常づね芸術や教育全般のことに積極的に関心を寄せていた。かれの精力的な働きのおかげで、グルノーブルに、現図書館の原形となる公立図書館が開設されたばかりだった。それで、かれはイゼール県中央学校組織委員会の委員に任命された。ブリュラールの証言にしたがえば、セラフィーは、父が委員を引き受ければ、必ずやとげとげしく反対を叫び、非難したことだろう。彼女の目には、それはジャコバン主義者たちと妥協することだった。彼女にはきな臭い名だ。人のいい医師は、持ちかけられた職務を引き受けた。同志の市民たちの役に立てるし、それに、たぶん共和政府の神経を逆なでしないためでもあった。となれば、いまの言い方をすれば学齢に達していた医師ガニョンの実の孫が、この新設学校に入学しないことは考えられなかった。シェリュバン・ベールは当然反対した。この子は悪い仲間と付き合うだろう、反宗教主義を身につけるかもしれない、要するに堕落しかねない、と。かれの言い分は聞き、そのうえで、かれのほうから断れば、街で陰口をたたかれるだろうとの反論があった。かれの名前は公然たる不審者リストに載っていたことを忘れてはならない……。

アンリ・ベールは喜びにわれを忘れていた。自由！　仲間！　五、六年来の夢が、一挙に実現しようとしていた。

学校は街の中心部にある、元イエズス会神学校の建物に設置されていた。リセ通り、つまり当時のヌーヴ通りだ。それはとりたてて特色のない灰色の大きな建物だった――より正確に言えば、建物である、というのもそれはいまもあって、リセ・スタンダールという女子高校！　が入っているからだ――。唯一の魅力は、建物の裏から城壁と田園に直接通じていたことだ。現在のヴェルダン広場一帯は、当時は存在していなかったのだ。窓からはベルドンヌ山地やドラック川の峡谷やヴェルコール山地のすばらしい景色が楽しめた。

心臓をどきどきさせながら、アンリは一七九六年一一月二一日、盛大な入学式に出席し、祖父による開校の挨拶を聞いた。授業は、そのあとすぐに始まった。「学校生活を始めるのは、わたしにとってはとても変な感じだった……。そこには一〇人以上の仲間がいたのだ……」。有頂天の状態はあまり続かなかった。そのわけは、すでに見た。現実が、すぐさまかれの孤独な想像でつくられた「途方もないイメージ」よりもはるかに劣った様相で現れたのだ。数日も経たずして、かれは同級生たちとはうまくいかないと気づかざるを得ない。かれらを、育ちが悪く、下品で粗野だと思う。かれらのほうはこっちを、不器用で気取った変なやつだと思っている。

同級生

「同級生とはあまりうまくいかなかった。いまなら分かるが、そのころのわたしは、傲慢と遊びたい欲求とを、実に滑稽に、ない混ぜにしていた。かれらの容赦ない乱暴な利己主義に対して、わたしはスペイン貴族風の考えで応じてしまった。かれらの遊びから除け者にされるときは、悲痛な思いだった。いっそうなさけないことに、わたしはこれらの遊びをまったく知らずに、そこに魂の崇高さや上品さを持ち込んでしまった。完全にいかれているとかれらには思われたはずだ。利己主義、それも桁外れの利己主義だと思うが、それによる機微やすばしっこさだけが、子供のあいだではうまくいくのだ。」

失望は辛かった。が、大したことではない。それまで、文字どおり家族に甘やかされてきたアンリ・ベールは、人生の、一三歳半の少年にとって普通の人生の、修行を始める。

かれは、中央学校でまる三年を過ごした。知的教育を完成させてくれた、実り豊かな年月だった。文学史家――またそう自称する者――たちが、スタンダールは一生を通じて、素養がないことで苦労したと書いているのをたびたび目にする。かれの思想の独創性は疑わないが、教養にむらがあり、気紛れで多くの重大な欠落があるということらしい。要するに、スタンダールは知性の点では独学者なのだろう、というのだ。現実はまったく違う。現在なら、優秀な生徒がすでに自宅で充分高度な教育を受けたあとで中学と高校の優れた教育で学べる程度のことを、中央学校はかれに授けてくれた。

確かに、中央学校は制度上まったく完璧ではなかったが、授業編成はよくまとまって充実していた。人

「黒板に向かう」アンリ・ベール　自筆

文学が主要部分を占めていたが、それだけではなかった。文芸と並んで多くの時間が数学、物理学、化学といった理系学問に割かれていた。一方で一八世紀の感覚論哲学が古い倫理に取って代わっていた。この時代としてはよくできていて、生徒たちはしっかりした知識を身につけて卒業していった。

一般文法の教師ガッテル神父は、われわれの思考の脈略のつけ方、つまり論理学を、ベールに教えた。ガスパール・デュボワ＝フォンタネルは文学ジャンルの歴史とフランス文学の歴史を教え、また何よりも、新しいもの、すなわち外国文学に目を開かせてくれた。その話を聞いて、スタンダールは、シェイクスピア、アディソン、ポープ、オシアン、ゲーテ、メタスターシオ、アルフィエッリ、ゴルドーニなどの名に親しんだのだった。

ベールにとってもうひとつの好運は、ルイ＝ジョゼフ・ジェイというデッサンの先生を得たことだった。精力的で自分の芸術に情熱をもち、生徒を「燃えさせる」こつを知っていた。この先生はデッサンの初歩を教えるにとどまらず、過去の偉大な芸術家についても熱心に話した。それは、スタンダールがヌーヴ通りの陰気な建物の一階で受けた、本物の芸術史の講義だった。未来の小説家が執筆し、出版することになる初期作品の一冊が『イタリア絵画史』と題することに驚くべきだろうか。

数学

ついにベールは中央学校で数学を発見した。実を言えば雷の一撃ではなかった。あとでも見るが、「専門にする」ことを決めたのは、それが理工科学校へ進学する、つまりグルノーブルから外に出る手だてになると分かった日にすぎない。

最初の年、アンリ・ベールは特に目立った生徒ではなかった。いつもの迫害意識から、かれは自分の成績不振を数学の授業でのえこひいきのせいにした。かれの言うには、デュピュイ・ド・ボルド先生は、貴族の前ではへこへこしていた。

「学年末に、審査員と、県の役人と思われるもうひとりを前に、試験があった。わたしはつまらない佳作賞しかとれなかったが、それさえも、審査員長ガニョン氏と、ガニョン氏とは親友の審査員ドース氏とを喜ばせるためだったと思う。

祖父は面目をつぶされた。そして実に丁重にさりげなく、わたしにそのことを告げた。ごく単純な言葉は、わたしに絶大な効果を与えた。かれは笑いながら付け足した——

「おまえはわたしたちに、大きなお尻を見せることしかできなかったね！」

この見苦しい格好は、数学教室の黒板の前で見られたのだった……。

年度中ずっとデュピュイ氏は、いつも黒板のところに貴族のド・モンヴァル兄弟や、貴族で超王党派のド・ピナ、アングレ、貴族のド・レンヌヴィルばかり呼び出し、わたしはまったく、いや一回だけしか呼ばれなかったのだ。」

先生のえこひいきは、それ自体よくあることだが、この子はそれまでの育てられ方のせいで、はじめはわけが分からず、慣れるまでそうとう苦労したはずだとたぶん言えるだろう。

二年目からは巻き返しをはかった。少しずつ劣等感を忘れて、かれは同級生と付き合いはじめる。「大きいやつ」と決闘までしたし、グルネット広場に立っていた「友愛の木」に仕組まれた陰謀にも加わる。この仲間との生活が続いていれば、かれはまず間違いなく平凡な人間になっただろう。幸い（われわれにとっては）、かれはスタンダールになる宿命であり、やがてまた孤独に陥ってゆく。だが、先回りはやめておこう。

ほぼ完全な失敗を恥じて、かれは一念発起して勉強にかかる。数学や、もっと広く言えば思索の才能に特に恵まれていたわけではない。たゆまぬ勤勉のおかげで進歩を遂げるのだ。さらに、ひとりの「天才」が困難を乗り越えるべく手を差し伸べてくれた。デュピュイ・ド・ボルド先生に不満で、かれはシャベールという人に個人授業を頼んでいたが、結果はまったく思わしくなかった。こんな状態で、「なんとかこの泥沼から抜け出さなければ」と繰り返し自分に言いきかせ、かれは幾何学者ガブリエル・グロに声をか

n'offre plus, au lieu d'un tableau régulier et plein d'instruction, qu'un cahos informe, impossible à débrouiller. — Le grand avantage qui doit résulter de cette étude, est de nous faire tirer, de l'expérience des siecles passés, d'utiles leçons pour le présent et l'avenir, de nourrir en nous l'amour de la vertu et de la liberté, par le spectacle des maux que le vice et le crime, le despotisme et la tyrannie, ont fait dans tous les temps à l'humanité. — L'Administration a vu avec satisfaction que les éleves de ce cours se sont livrés avec assiduité, application et zele à cette étude; pénétrée de son importance, elle espere que les jeunes citoyens s'empresseront d'y aller puiser les vrais principes de la liberté et de l'amour de la patrie.

COURS DE BELLES LETTRES.

Le Cit. DUBOIS-FONTANELLE, *professeur.*

Le citoyen BEYLE a mérité le premier prix. — *Les Œuvres d'Homere, traduites par Bitaubé.*

Le citoyen TEISSEIRE, le prix d'honneur,

Et le citoyen BENOIT, la mention très-honorable.

L'étude des belles lettres se divise en deux branches principales, l'éloquence et la poësie; l'une et l'autre n'ont jamais brillé d'un plus grand éclat que dans les républiques anciennes; c'est en effet dans les gouvernements libres qu'il importe de les cultiver avec soin, par rapport à l'influence qu'elles exercent sur la prospérité de l'état et des par-

A 8

中央学校受賞者名簿の一ページ

けた。

「数学を熱愛するなかで、少し前からある青年の噂を聞いていた。名だたるジャコバン主義者、大物の大胆不敵な追求者で、デュピュイ氏やシャベール氏よりもずっとよく数学を知っているのに仕事にはしていなかった……。

しかし、わたしは気後れしていた。どうやって近づこうか。それに授業料はおそろしく高く、一回一二スーだ。どうしたら払えるのか。

わたしは思いのたけをすべて、大伯母エリザベットに話した。彼女はたぶんそのころ八〇歳だったが、優れた性格や抜群の頭のよさは、わずか三〇歳と言ってもいいくらいだった。彼女は気前よく、わたしに何枚もの六フラン銀貨をくれた。しかし、あくまでも公正でデリケートな誇りに満ちた彼女にとって、高くついたに違いないのはお金ではない。わたしが父に内緒でその授業を受けねばならなかったことだ……。」

かれにとってグロの授業はまさに「天の啓示」だった。やっと「物事のなぜ」が分かり、「もはやそれは、方程式を解くための、わけの分からない薬の処方箋のようなものではなかった」。

優れた教師への賛美には、勇者、熱烈な愛国者への賛美も重なっていた。

「大ニュースのあった日、わたしたちは授業中ずっと、政治の話をした。すると、終わりに、かれはわたしたちのお金を受けとろうとしなかった。シャベール氏やデュラン氏といったドフィネ人教師たちのさもしいやり方にすっかり慣れていたので、しごく単純なこの行為にわたしの賛美と熱狂は倍増した。」

この賛美と熱狂は、すぐに消える火とはならないだろう。スタンダールはのちに、ガブリエル・グロを

『赤と黒』の一登場人物のモデルにし、その名前を与えるだろう。

つかの間の勝利

アンリ・ベールは、驚くべき進歩をみせた。三年目の終わりに、正真正銘の勝利を手にして、デュピュイ・ド・ボルドを仰天させた。現在なら審査員賛辞付きにあたる特別賞で、同点一位だ。

これで理工科学校は大丈夫だ。平時なら、検定試験のためにわざわざパリから試験官が来てくれていた。この年は、事態は異なっていた。

ボナパルト将軍がエジプトにいるあいだに、フランスの敵国は態勢を立て直していたのだ。同盟軍は国境に近づいていた。グルノーブルには援軍がぞくぞくと来ていたが、統制がまったくとれていなかった。試験官は来なかった。検定試験は、デュピュイ・ド・ボルドに任された。候補生は、パリでもういちど試験を受けるという条件付きだった。デュピュイ・ド・ボルドには、この栄誉があまりうれしくなかった。葡萄の収穫に忙しかったので、かれはわざわざ時間をとることもなく、大変立派な推薦書を交付した。「かれはもったいをつけ、聖職者然として、でたらめを証明する立派な証書をくれた。すなわち、理工科学校入学のために、わたしは改めて試験を受け、見事に選ばれたことになっていた」。日頃の行ないは大切だ……。

一七九九年一一月初旬の暗い朝、アンリをパリへ運んで行く乗合馬車の前で、父と息子は別れの言葉を交わした。シェリュバン・ベールは目に涙を浮かべていた。愛するこの子と別れ、現代のバビロンにひとりきりで放り出すと思うと、涙も当然だった。アンリはといえば、喜びにわれを忘れていた。やっと自由だ、と感じていた。栄光と愛の征服に向けて旅立とうとしていたのだった。

＊ 優等生名簿

イゼール県中央学校生に授与された賞の記録
一にして不可分のフランス共和国暦四年実月四日および六年熱月一日付、上記の県中央官庁布告の執行。

文芸
市民デュボワ－フォンタネル教師
市民ベールは一等賞ビトーベ訳『ホメロス著作集』を受けた。

共和暦七年総合試験
数学　第二クラス（実月一三―一四日）
以下の者が試験を受けた。市民アンリ・ベール、フレデリック・ジエリ、H・レンヌヴィル、イザーク・フォール、ポール・バラル、マルセラン・シャルヴェ、Ch・シュミナド、ジョゼフ・ランベール、F・フォール、J・ミエージュ、L・クロゼ、Cas.・マチュー、J－J・ブレ。

順位と賞
一位　ベール
シャルヴェ
ブレ
マチュー
F・フォール
ミエージュ
以上が一等賞を受けた

ジエリ
クロゼ
シュミナド　　　　　　　　　　　　　}

ただし、市民ベールの答えの正確さと計算能力により、審査員は、抽選なしで、この者にウレール著のラテン語版『微積分学入門』を与える決定をした。

＊数学者

生涯、スタンダールは数学的な資質を活用した。代数から引用した表現やイメージを好んだ。ところで、かれは実際、生まれつき数学の「才能」があったのだろうか。スタンダール研究者で理工科学校卒業生でもあったフランソワ・ミシェルは、否定的な答えを出した（『スタンダール・クラブ』一九六三年七月一五日号）。グルノーブル中央学校生徒アンリ・ベール少年についての架空の成績表に、かれは次の評価を記入した――

「代数学はかんばしくない生徒。科学には確かに興味をもつが、集中していないのが分かる。暗記した公式を使うほうが、想像力や考察力を必要とする正確な推論より、得意である。難問に当たっても、特に指摘されたときだけ気をつけるが、思考のひらめきを真に発揮することはない。図形の置き換えは、明らかに得意だ。一般化の能力はある程度もっているが、それに不可欠な慎重さはない。」

第4章　人生を発見するために

パリ、辛い失望

パリはアンリ・ベールにとって、この世にあるかぎりの美しく洗練され崇高なものの、ある種の象徴となっていた。読書をとおして夢見ていたような魅力、エスプリ、偉大な魂、ロマネスクな情熱が、そこにはあるに違いなかった。精神と感情を極上の美酒で潤し、生を味わい尽くせるのは、ここしかない。この地上の楽園、天国の至福をことごとく予示する地へと、かれは出発する。いまだ自分の成功にぼうっとし、自由に酔いしれながら、ふたつの明確な計画を抱いて。それは戯曲作家、つまり「史上もっとも偉大な詩人」になること、それから、ドン・ファンのような女たらしになることだった。

こんなわけで、かれは馬車に揺られながら夢を見る。理工科学校なんてどうでもいい。家を出るために家族を説得する口実でしかなかったのだ。ここを受けようとは、考えたことはなかったのだ。いや、もっと正確には、試験は受けない、という固い意志をずっと持ち続けた。「理工科学校へ無理やり入学させられるのではと、死ぬほど怖かった。芝居を書くことではもうパリで生活できなくなったころのことだ」とかれは言っている。

六日間の旅ののち、馬車は首都に近づいてゆく。かれは、扉ごしに食い入るように眺める。景色はすっかり変わった。山々は地平線の彼方にかすんでしまった。なんの変哲もないみすぼらしい丘、森、見渡すかぎりの畑、すでに貧しい場末の気配がただよう醜悪な村々。それが、かれの見たものだ。それから泥だらけで暗い路地、煙の充満した騒々しい巨大な市街地、忙しげで不機嫌な群衆。それじゃあパリにはいったいいつ着くんだ？　え、どうした？　馬車が止まるぞ……。まさか？　ここがパリの通り？　かれは、すっかりあっけにとられて、馬車を降りる。父の知り合いで旅のあいだ付き添ってくれたロセ氏が、行ってしまう。さあ、ひとりぼっちだ。急ぎ足の人々がかれを突き飛ばして行く。宿は汚く、召使いたちは詐欺師だ。かれは茫然自失する。

続く日々も、事態は好転するどころか、その反対だ。

「パリ界隈はぞっとするほど醜く見えたのだった。山がひとつもなかった。この嫌悪感は、日々、どんどん大きくなった。

わたしはホテルを出て、節約のために廃兵院の五点形植え込みの見える部屋を借りた。」

かれはグルノーブルの仲間たち数人と再会した。すでに理工科学校に入った者もいれば、同級生でこれから入学試験を受ける者もいる。案内をしてもらい、助言を受け、面倒を見てもらう。それでも孤独で、意気喪失し、心の底から失望する。「心の友、それがわたしにはなかった……優しい友の微笑みが」。

かれはひどい鬱状態に陥って正しい判断ができない。風景や歴史的建造物を、見ようとも、理解しようともいう気になれない。自分の妄想と、何も隠されていそうにない無味乾燥な現実とのあいだには、あまりに深い溝があるので、かれは目眩や、精神と肉体の不安にとらわれる。

到着後すぐに、かれは親戚のダリュ家を訪問した。実家のほうでは、その援助を大いにあてにしていたのだ。暖かく迎えられたが、ここでもまた、繊細すぎて社会生活にはまったく不慣れなこの少年は、何事にも気後れし、うろたえてしまう。

そこで、予想どおりの反動がくる。たちまち気力が萎え、病気になるのだ。治療をするのは無学のヤブ医者である。

「医者は黒い薬をくれた。わたしは、寝室にひとり打ち捨てられて、それを飲んでいた。寝室には牢獄のように、二メートル半くらいの高さにひとつ窓があるだけだった。煎じ薬を床に置き、鉄製の小ストーブの傍らで悲しげに座っているわたしの姿が目に浮かぶ。

しかし、この状況で何より辛かったのは、絶えず浮かぶ次の考えだった。違うんだ！　なんて誤算だ！　でも何を望めばいいのか。」

病気はかなり悪化し、もう少しで死ぬところだった。最初の訪問以来、かれがいちども会っていなかったダリュ家のいとこ〔正確にはアンリ・ベールの母のはとこ〕たちは、知らせを受けて、かれの枕元に、パリいちばんの名医アントワーヌ・ポルタルを連れてきた。この医者は「肺水腫」、たぶん肋膜炎だと考えた。哀れなアンリは、介護人を付けられて、部屋を変わり、一カ月近く寝たきりになった。

回復の兆しが見えると、ダリュ家は、この降ってわいた親戚の子を家に置いてやった。その性格や振舞いはかれらにはかなり奇妙に思われたはずだ。アンリの軽挙妄動や忘恩は、当然理解できなかったにもかかわらず、かれらは心配りを決してゆるめず、援助を欠かすこともないだろう。

ダリュ家

ここで、スタンダールの人生の初期に重要な役割を演じた、ダリュ家を紹介しておくべきだろう。

ダリュ家はドフィネ地方の出身だった。かれらとガニョン家のあいだには、すでに女系の遠い姻戚関係があった。スタンダールの祖父アンリ・ガニョン医師と、伯爵ピエールおよび男爵マルシアルの父ノエル・ダリュとは、いとこどうしだった。

ノエル・ダリュは一七二九年にグルノーブルで生まれ、法学を修めた。弁護士として採用され、モンペリエに出て、ラングドック地方長官でおなじくドフィネ出身のド・サン＝プリエスト伯爵に仕えた。経理部長の職務を滞りなく果たし、一七八七年に退職した。まずヴェルサイユに住んで、恐怖政治末期には、リール通りに館を購入していた。一七九九年、親戚のアンリ・ベール少年を迎えたのがここである。

ノエル・ダリュはモンペリエ出身のシュザンヌ・プリエと再婚した。彼女は九人の子をもうけた。そのうちのひとりが第一帝政下で非常に華々しい出世を遂げることになるのだ。ベールがリール通りにやってきて住んだころは、ピエール・ダリュは軍備監査官および陸軍事務局長だった。それから次々に国務院評定員、大陸軍経理部長、国務院官房長官に任命されることになる。ナポレオンは、かれを帝国の伯爵にするだろう。王政復古期には、かれは皇帝への忠誠をまもって、公的生活から退くだろう。仕事の鬼で、「自分にも人にも猛烈な男」は、怒りの激しさで恐れられていた。それも、かれの肩にのしかかる数々の重責のせいだった。「軍隊ではみな、ダリュ氏の執務室に近づくと震えていた。わたしなど、ドアを見ただけで恐ろしかった」とスタンダールは書いている。この「恐怖」を、これからかれがダリュの指揮下で参加するどの遠征でも、感じることだろう。横柄ですぐかっとなるピエール・ダリュは、「いいかげんなやつ」に見えるスタンダールを、決して理解できないだろう。それを大目に見て援助を続けるのは、親族の情からにすぎない。あとで見るように、スタンダールは、ダリュの妻アレクサンドリーヌに、一八〇七年から一八一四年まで恋をするだろう、あるいは、したと思い込むだろう。

ピエールの弟マルシアル・ダリュ男爵の性格は、まったく別だった。ベールよりも七つ年上だが、いつも良き相棒、誠実な友で、いとこが自分勝手な性格のせいで軽率なことをし、兄のピエールを激怒させたときには、まるく収めてくれたものだ。ベールは長いあいだ、特にブラウンシュヴァイクでは、かれと一緒に働くことになる。社交界に通じ、派手でほどほどに遊び好きな、何より気立てのいいこの男とは、とても気が合った。かれのことをこう言っている。「頭の良さや才気はないが、気立てがよく、だれかの気を悪くすることなどあり得なかった」。

「変な問題……」

紹介はこのくらいにして、話の本筋に戻ろう。

ひとたび回復すると、ベールはリール通りの家で苦しんだ。なにくれとなく気を遣われるほど、サロンや食堂に入るたびに、ほんもののパニックに襲われたのだ。口を開くこともできなかった。いぶかしげな視線が自分に注がれるのを感じた。「ダリュ家では、わたしは変な問題だったに違いない」とかれはのちに認める。「その答えは「こいつは頭がおかしい」か「こいつは馬鹿なんだ」のどちらかだったはずだ」。困難に立ち向かう努力をしないで、かれは嘆いてばかりいる。「……自分がサン＝プルーでもありヴァルモンでもあると思っていたこのわたし……。愛し愛される資質が無限にあると思い込み、チャンスがないだけだと考えていたこのわたし……。それが、ある社交界で、何をやってもだめでへまをしていると分かった。その社交界は陰気で退屈だと思っていたのだが、どんなに感じのいいサロンでもおなじだろう！要するにあんなにあこがれていたパリとはこんなものだったのだ！……」。

困惑がつのり、ノエル・ダリュは自分の遠縁の若者に、パリには理工科学校に入るために来たことを改めて言った――「きみが持ってる証書だと、合格した七人の同級生よりもずっと優秀なのだから、きみが合格すれば、きょうにでも、すぐにかれらが受講している授業で追いつけるだろう」とかれは言った。ベールは理工科学校に入る気など微塵もなかったので、ダリュ氏が「コネを使って特例措置を受けるのに慣れた人として話していた」だけに、ぞっとした。そこで、聞こえないふりをした。しかしノエル・ダリュはもういちど念を押し、一週間後に決めるよう命じた。決断を迫られて、若者は恐怖でしどろもどろに答えた。「ぼくの親は、ぼくにたいていの決断は任せています」。「そんなことは分かっている」という冷たい返事だった。

数日後、ノエル・ダリュはかれをそばに呼んで、断固言い渡した。「息子がきみを陸軍省で一緒に働かせてくれるそうだ」。

それは命令だった。したがうしかなかった。

陸軍省で

こうして、グルノーブル中央学校の優等生アンリ・ベールは執務室のしがない書記になる。

この時期を振り返って、スタンダールは、あれだけ世話焼きであれだけ厳しく監視の目をゆるめなかった親たちが、パリではそれ以上自分を監視せず、旅立ちの唯一の動機であった理工科学校の入学試験への出頭にもこだわらなかったことに、自分でも驚いている。「分からない。出来事の三七年後にこのことを書いていて、はじめて気づいた。どうして父は無理に試験を受けさせなかったのか。わたしの数学に対する大変な情熱をかれも見ていたので、おそらく信用していたのだろう。それに父は自分の近くにあるものにしか心を動かされなかった」。

確かに、家族の怠慢は説明がつかない。態度が矛盾していたこともだ。徹底的な用心のあとは、徹底的な放任主義になったのだ。

いつもベールは、課せられた下っ端の仕事をおとなしく引き受けた。というのもこの仕事は決定的に理工科学校の脅迫を遠ざけてくれたからだ。

執務室に収まっても、居心地はちっともよくなかった。周りの職員たちは「間抜け」だった。主任ときたら、「食料品店員の素質と顔つきをもっていた」。こんな人たちが、仕事を何も知らないからと、かれを高慢な態度で見ていたのだ。

一八〇〇年二月から五月初めまでの三カ月が、こうして過ぎた。かれによると、この期間で唯一の慰めは、陸軍省の庭の菩提樹に同情することだった。

「庭の端に念入りに刈り込まれたかわいそうな菩提樹があった……。それがパリでの最初の友達だった。わたしはその運命に同情した。こんなに刈り込まれるなんて！ 山奥で幸せに暮らすクレの美しい菩提樹とそれらを比べた……。菩提樹は芽をふき、ついに葉をつけた。わたしは心の底から、感動した。パリにも友達ができたんだ！……。この友人たちを見ると、心が癒された……。」

しかし、予想に反し、一時期陸軍省にいたことはたんなる時間の無駄ではなかった。そのおかげで行政を間近に知ることができたのだし、この知識はかれの役に立つだろう。なぜなら――しかも、それがスタンダールの個性のうちでも無視できない大きな矛盾なのだが――夢見がちな性向であっても、現実感覚も受け入れるようになるだろうから。

予備軍で

間もなく人生の流れを変える諸事件が起こった。

ボナパルト将軍がエジプトから戻り、敵国からがんじがらめにされていたフランスの解放作戦にかかっていた。かれは、予備軍と呼ばれるディジョンで編成された軍隊を指揮して、北部イタリアを再征服する準備を進めていた。ピエールとマルシアル・ダリュは軍備監査官に任命された。ふたりとも間もなく出発し、ベールは数日おいてかれらを追いかける。肩書きも任務もない出発だ。かまうもんか！　ずっと夢見てきた自由な人生、ロマネスクな冒険、そのすべてがいきなり手に入ったのだ。かれは狂わんばかりだ。「ディジョン方面の予備軍へ向かう出発については、わずかの記憶さえ残っていない。喜びのあまり、すっかり消えてしまったのだ」。

そのとおり、かれは正気を失っているが、それなりの蔵書をトランクに詰めることは忘れない。小型判の本三〇冊！

ディジョンから、ジュネーヴにたどり着く。心は『新エロイーズ』のことでいっぱいで、到着するや、ジャン＝ジャック・ルソーの生家を探しに駆けてゆく。遠征軍を予感させる活気や興奮や混乱は、新酒のようにかれを酔わせる。

この少年は、ほんの二、三カ月前にはまだあれほど厳しく家につながれていて、自由への最初の企ても苦い失望に終わり、結局陰気な執務室にたどり着いたのだった。それがいまや、逃げた若駒のように、監視も抑制もなしで、いきなりひとり放たれたのだ。

このとき、本当に爆発が起こる。子供時代の打ち上げ花火だ。幼稚だとまでは言わないが、確かに子供時代のものだ。孤独、抑圧、反抗、いじめで過ぎたあの年月がすべて消え去り、実現しなかった夢が、いま突然よみがえる。それは狂喜乱舞のうちに息を吹き返す。生まれてはじめて、アンリ・ベールは幸せな子供そのものになる。

幸せすぎて頭のなかがめちゃくちゃだ。想像は駆け巡る。喜びに沸き立つ心のなかでは、無数に読んだ本の英雄たちがひしめいている——これらの読書は、自由への渇望を癒す唯一のものだっただけに、いっそうしっかりと心に刻み込まれていた。そしていま、かれ自身がル・シッドであり、ドン・キホーテであり、アリオスト、タッソ、コルネーユ、シェイクスピアの猛り狂う高潔の英雄たちだった。かれはファブリス・デル・ドンゴの前身だ。なぜなら、四〇年近くのちに生まれることになる主人公のなかに、かれは、この春の朝自分のものだった激しい喜び、あの情熱、あの冒険への好奇心、あの若々しい熱狂をよみがえらせるのだから。この朝かれは、すでに巨大な鞍嚢が積まれたスイス産の立派な馬に軽々と乗って、イタリアへの道、栄光と愛と自由の夢につながる道へ、一歩を踏み出す。

幸福の発見

アンリ・ベールがまたがる馬は、いとこのダリュのものだった。この馬は病気になりジュネーヴに残されていたので、アンリは数日間ここで馬が治るのを待ってから出発した。本当は、馬にはなんとかしがみつくくらいしかできなかった。危いことはいっさい避けて女の子のように育てられたので、かれは乗馬も剣も習っていなかった。こんな教育をすれば、ふつうは親バカたちが望む結果とは正反対になるものだ。つまり無防備なまま子供たちを人生に投げ込むことになる。この子たちは自分で「なんとかする」しかない。それができればの話だが。

したがって、この新米騎兵にも予想どおりのことが起こった。「この馬は、一カ月間厩舎から出ていなかったので、二〇歩も行くと興奮して手綱がきかなくなり、道をはずれて柳の植わった広大な畑へ向かって突進する」。

しかし運命は埋め合わせをしてくれたようで、旅のあいだ、万事がベールにはうまくゆくことになるとも書いてあった。何度骨折してもおかしくなかったが、道ばたで待機していた将校の従者が飛び出して馬を追いかけ、首尾よく捕まえてくれた。

　この将校、ビュレルヴィレール（スタンダールはビュレルヴィレールと書いている）大尉は、かれを自分の保護下に置いてくれた。

「大尉は背が高く金髪、壮年で痩せており、皮肉で意地悪に見えまったく無愛想だった、が実際は逆だった。……どうやらわたしはビュレルヴィレール氏の気に入ったようで、なんでも熱心に教えてくれた。そしてジュネーヴからミラノまで毎日四、五里を進む旅のあいだ、かれはわたしにとって若い皇子につけられた優秀な教育係といったところだった。毎日楽しく話して過ごしたが、突発事もあったり、ちょっとした危険だってあった。だから不安と無縁のふりはできなかった。この冷静でしたたかな人に、わたしの夢を話したり、文学を語ったりする気は起きなかった……。宿営地に着けば、かれとは離れたものだ、……こうして、落ちついて夢想に耽ることができた。」

　ベールは自分に合った理想的な生活を見つけた。湖のほとりで晩鐘を聞きながら甘美な夢想に浸ること、波瀾万丈で予期せぬ危険に彩られた冒険の旅。かれのロマネスクな想像をかき立てるすべてがあった——「わたしはすっかり酔いしれ、幸福と喜びに夢中だった。ここに、熱狂と完璧な幸福の時代が始まる」。

　まずグルノーブルで、次にはパリで閉じこもって暮らしたかれが、いまは全身で世界を吸収していると言える。夢見ていた冒険を、かれは生きている。ただ相変わらず——忘れてはいけない特徴だが——自分の夢想をとおした冒険だ——「わたしはイタリアに遠征するカルデロン〔一七世紀スペインの劇作家、詩人〕になった気がした、観察のため、ただしモリエールのように戯曲を書くために、軍隊に派遣された好事家のような気がした」。およそ一〇年後のロシア遠征のときも、かれの姿勢は変わっていないだろう。見るもの、体験するもの、発見するものすべてが、かれの資質を肥やし、天職と考えるものをしっかりさせる役に立つはずだ。

ただ、奇妙なことに気づく。やがて『パルムの僧院』を飾り立て、血をかよわせることになるこの時期を通じて、小説家になって自分の経験や冒険や夢を物語にしようとは、かれはただの一度も考えない。それよりも、かれが考えるのはいつも観念的な作品であり、性格のでき上がった人物を舞台に乗せる戯曲である。人物たちは、人生の直接観察や現実の人間の反映によってその性格をもつのでなく、合理的な理論や原則でていねいに練り上げ、数学的に組み立ててでき上がったものだ。そこでは、ベールを取り巻く生活やかれがしたかもしれない経験はもとにならず、たんに実験台でしかない。世間、社交界、人間は、かれにとって自分の理論を応用する場でしかない。

この考え方は、かれが受けた特異な教育方法の影響で、子供時代に徐々につくられたものだ。その一例がこの幸福な日々に現れたのだ。また生涯現れることだろう。かれは観察したり学ぶよりも、抽象的に練られた理論を現実に適用できるものにしようとするだろう。

しかもそれは、幻滅や失望の数々と引き替えになる。かれは何にでも、先入観や本で得た経験をもって近づいていた。自分の出会う状況や人々のなかに、本で読んだ人物や状況を見いだせると思っていたのだ。どんなに辛い失望も、それを改めることはなかった。それはかれの精神の深い傾向だった。かれは明晰だったからそのことは理解できたが、かといって治りはしなかった。

「ビュレルヴィレール氏と出会えずにひとりで歩いていたら、わたしはどうなっていただろうか。お金をもっていたのに、従者を雇うことを思いつきさえしなかった。『アリオスト』や『新エロイーズ』による甘い夢想にぼうっとして、慎重な忠告をどれも気にとめていなかった。そんなものはブルジョア的でつまらなくて、我慢できないと思ったのだ。」

戦火の洗礼

スイスではみな、フランス軍がアルプス山中でかなり苦労していると繰り返していた。

一世紀半以上前に、グラン＝サン＝ベルナールほどの高い峠を軍隊が通過するのはどういうことだったのかを想像してみよう。街道はもちろん、道らしい道さえない。かろうじて狭く険しい小道が一本あって、どこまでも狭くなってゆき、当時の言葉だと「ぶらさがった」岩壁の、上部が張り出した「ぞっとするような」断崖絶壁に沿っていた。武器や備品を運ぶ兵士たちは、数人ずつ、やっとの思いでのぼっていた。その兵士たちをベールは仲間と一緒に追い越そうとした。こちらが馬に乗っているのを見て、かれらはかっとなって罵り声をあげ、もう少しで馬を奪うところだった。「フェラギュスとレナルドの性格に重ねて、六年間見ていた英雄を夢想して」期待していた雄々しい友情ではなく、かれらの利己主義や悪意を見いだして、アンリは苦い失望を味わう。

ベールは馬を御するというよりむしろ引っ張られ、雪で覆われたころがりやすい小石の上をよろめきながら、山をよじのぼる。湿気にぐっしょり濡れて震えながらも、かれは幸せだ。「じゃあ、ぼくは困難に向かっているんだ」と幸せそうに繰り返す。かれを取り巻く雄大な風景の美に興奮する。はじめて、心おきなく賛嘆の念に身をゆだねる。「わたしはいつのまにか、風景の美しさに極端に敏感になっていた」とかれは認める――「自然は嫌いだと思っていたのに」。家族、特に父が、しじゅう「自然の美しさ」をかれに向かって讃えていたからだ。かれは抑圧から真に解放される。そして雄々しく危険な冒険についに身を投じるのだという幸福が、いっそうつのる。

「やっと、無限の彼方にまで続くかに思えた無数のジグザグ道が終わると、尖った巨大なふたつの岩壁の向こうに、通り過ぎる雲にほとんど包まれた低い家が、左手に見えた。宿泊所だ！　そこでは、全軍隊に対してそうだったように、われわれにもコップ半杯のワインが振る舞われた。それは凍っていて赤い煎じ薬のようだった。わたしはワインのことしか覚えていないが、たぶんそれに一切れのパンとチーズがついていたんだろう……。」

下りは上りよりもっと危険だった。一歩ごとに馬が滑り、転びそうだった。ただ、自然はその「いかめしさ」を和らげはじめていた。

「わたしはビュレルヴィレール大尉に言った。

「サン‐ベルナール峠って、これだけですか。」

かれは怒ったようだ。わたしが嘘をついていると思ったのだ……。

かれに新兵呼ばわりされて、それが侮辱に思われたことが、かすかにわたしの記憶にあるようだ。」

かれらは軍の主力からずっと遅れていると思い込んでいたが、それはアオステ谷のはずれに集結していた。バールの要塞が前進を阻んでいたのだ。

無気味で恐ろしいこの要塞は、今日でも隘路を塞いでいるもので、このとき、度重なる攻撃に耐えていた。砲撃が雷鳴のように谷間中に響いていた。われらが英雄は「興奮で浮かれて」いた。もたもたするとボナパルトの計画にとって致命的になる恐れがあった。要塞の左を回れという命令がふいに来た。もうしわけ程度の道が山の急斜面につくられたところだった。

「半里ほど行くと、こう忠告する声が聞こえた。

「馬が断崖に落ちても引きずられないように、手綱を二本の指だけでつかんでおけ。」

おっと！　じゃあ、危険なんだ！　とわたしは思った。

小さな台地で停止した。

「ああ！　ほら、われわれを狙っているよ」と大尉が言った。

「射程距離にいるのですか？」とわたしは大尉に尋ねた。

「こいつめ、もう怖がっているんじゃないか」とかれは不機嫌に言った。

その場には七、八人いた。

この言葉はまさに聖ペテロにとっての鶏鳴だった。わたしはじっと考えて、もっと敵にさらされるように台地の端に近づいた。そしてかれが進みはじめたとき、勇気を示すためにしばらくうろうろした。このようにしてわたしははじめて砲火を見た。」

チマローザ

翌日か翌々日、非常に高い山々が北東に現れ、そして右手にはイヴレアが見えてくる。ポー川の広大な平原が、見渡すかぎり豊かに青々と広がっている。それは、山岳部の大きな村にすぎないアオスタを除けば、ベールが出会うイタリア最初の町だ。劇場があり、開いている。チマローザの《秘密の結婚》がかかっている。

法外な金を自分からすられに行くことだと分かっていたビュレルヴィレール大尉が、忠告して用心するようにと言うのに、ベールは芝居に行くことにする。

いつもながら、かれは強すぎる感情を味わうと、それに伴う具体的な細部の記憶がすべて破壊されてしまう。かれは、この夜のことは、もう何ひとつ思い出せないだろう。それが本当にイヴレアでのことなのか、それとも数日後にノヴァーラであったことなのかさえも。何ひとつ、カロリーナ役を演じた女優の前歯が一本欠けていたこと以外は何ひとつ、「崇高な」幸福の感覚以外は何ひとつ。

質は相当ひどかったはずの公演でたまたま聴いたこの音楽が、スタンダールの一生に重要な影響を与えることになった。

「その夜、一生忘れられない感覚を味わった……。わたしの生活は一新され、パリでの失望はすべて永久に葬り去られた。

幸福がどこにあるのか、たったいまはっきりと分かった……。イヴレアの夜が、心のなかのドフィネを永久に打ち壊してくれた……。イタリアに住みこの音楽を聴くことが、わたしの考えすべての基礎になった。」

それは続くだろう。このときスタンダールのイタリアへの使命が生まれたのだ。それはもはや何ものも引き抜けないほどの強い力だった。

かれはパリ以来、休暇中の生徒のような幸福感、さなぎから出た昆虫の幸せといった、はじめての自由による陶酔を味わってきた。この、まったく身体的な開花に、チマローザの音楽が精神的な調べを運んできて魂を与える。

アンリ・ベールはこの瞬間から、もはや離れることのない道を歩みはじめる。そして、間もなく到着するミラノが、この理想の実質的な本拠地になるだろう。「ミラノ人、アリゴ・ベール」はこの地に、死後にいたるまで執着し続けるだろう。

ミラノ、あるいは約束の地

ここまで、ベールが現実に直面するたびに繰り返してきた言葉は、「なんだ! これだけ?」だった。それは、中央学校ではじめて同級生に会ったときの叫びだった。またそれは、パリが期待はずれと分かったときの醒めきった嘆きだった。先ほど見たように、恐るべきサン＝ベルナール峠越えと、はじめての砲火の試練をくぐった感想だった。

それに引き替えミラノは、ロンバルディアの豊かな平原は、チマローザの音楽は……。ああ! そこには幻滅はない。よくありそうな感想で簡単には済まされない。かれはえも言われぬ幸せな空気が自分を包み、染み込んでくるのを感じる。ここに身を浸し、沈んでみる。これほどの充実感を与えてくれるものはなかった。ここではかれは、水を得た魚のように輝いている。以後の人生において、すべてはこの感情に左右されることになる。恋愛や芸術——かれにとって唯一大切なもの——上の経験の価値はみな、この「完璧な美」と照らし合わせて判断されるだろう。ミラノにこそ幸福がある。そして苦しみも。まさにこの地でもっとも痛ましい失恋を体験するだろうし、全身全霊で本当に愛したただひとりの女性に出会うだろう。もっともこの女性はかれをこれっぽっちも愛さなかったのだが。

だが、感激に目を輝かせている少年に、そんなことは予想もつかない。かれは目をこらし、発見し、喜びを噛みしめる。汚なくて大嫌いな故郷とは、何もかも正反対だ。故郷では山々だけが美しいが、ミラノから見える山々はもっとずっと美しい。かれは、それを『パルムの僧院』のなかで想起するだろう。ファブリスはファルネーゼ塔の上からアルプスの雪に覆われた山脈を恍惚となって眺めるのだ。「……かれの目はうっとりと、アルプスの山々がイタリア北部につくる巨大な岩壁の頂のひとつひとつを、はっきりと見分けていた。頂はこのときの八月でさえ万年雪に覆われていて、焼けつくような平原のなかにいると、それを思い出すだけでなんとなく涼しくなる……」。

ベールが街で出会う人々は、荷担ぎ人足から大貴族にいたるまで、陰険、けち、ずる賢い、こせこせした、自分勝手、頭が固い、といったドフィネ人特有の性格をだれももっていない。かれは、自分の心を形成し想像力を満たしてきた小説の登場人物たち——それは突然、肉体をもった——に囲まれて、自分が変化する気がする。さらに、おそらく何よりもかれは建築に心を打たれる。偏狭さと対照的な荘厳さ、醜さと対照的な優雅さ、見慣れてきた無愛想で荒れ果てた城壁とは対照的な豪華さに。

三六年後に、スタンダールがチヴィタヴェッキアの陰気な領事館でこのミラノの初滞在を追想するとき、思い出が猛烈な勢いで浮かび上がってくるので、かれの話は支離滅裂になるだろう。途切れとぎれの問いを、紙の上に走り書きしかできなくなるのだ。

「あれほどの熱狂について、どうすれば少しでも筋の通った話を書けよう。どこから始めようか？どうやって分かってもらえるものにしようか。極度に興奮すると、いつもそうだ、ほら、もう綴りを忘れたぞ。しかも書いているのは三六年も前のことだ……。どんな立場をとろうか。狂わんばかりの幸福をどうやって描こうか。」

ミラノは、幸福と理想美の同義語になっている。そして、ついにはこの理想の地はひとりの女性の美しい姿で具現化する。

アンジェーラ・ピエトラグルアは、ベールの親しい同僚ルイ・ジョワンヴィルの愛人だった。あまりぱっとしないミラノの小役人と結婚していたが、フランス軍のために服を仕立てて財を成していた、この町の仕立て屋の娘だった。夫は控えめで、妻の輝く豊満な美しさが引き寄せていた多くの取り巻きを、決して邪魔しなかった。彼女の年齢は、ベールお気に入りのヒロイン、ブラダマンテとひとつ違い——二三歳——だった。彼女にもこのヒロインのような熱情があり、激しい性格で、魅力的なまなざしをしていた。グルノーブルの若者は一瞬にして「結晶作用を起こす」。かれは見つめ、崇拝する。ただし、密かに。彼女にお世辞や甘い言葉を囁く勇気が、どこにあろうか。やっと口を開けば、陰鬱な様子でこう言ってしまう——自分は「マントーヴァ平原でほどなく死体になっている」でしょうと。若い女には崇拝者が大勢いるので、無口で憂鬱げなこの若者になどかまっていられなかった。そもそも事態はこのように進んでよかった。征服失敗のおかげで、何年ものあいだ、スタンダールの想像力には無限の材料が与えられたのだ。

メダルの裏側

その間、ピエール・ダリュはいとこの将来を世話するという約束を忘れていなかった。かれを経理部で出世させようと考えていたのだ。そこなら直接のうしろ楯になれるし、時期がくれば、会計監査官の職につかせてやることもできる。そのためには、三年間の軍勤務を証明し、士官階級を獲得する必要があった。ダリュは自分のコネで、一八〇〇年九月二三日、ベールに陸軍少尉の仮免状を手に入れてやった。翌月から第六竜騎兵隊でポストがあいたので、のちにジュリアン・ソレルが夢見るような粋な軍服に、ヴィユー-ジェジュイット通りの「哀れないじめられっ子」はもちろん感動して袖を通す……。階級、軍服、サーベル、羽飾りつき軍帽、馬……。まだ二〇歳前の者にとって、これこそが夢ではないか。

メダルの裏側、それは軍隊生活には束縛があることだ。新米士官にとっていちばん煩わしいのは、隊に合流して、ミラノを離れることだった。当然かれは急がない。しかし一一月末にはどうしても出発しないといけない。ロンバルディアのきらめく首都に比べれば、駐屯する美しい村々バニョーロやロマネンゴも、かれには貧相に見える。クレモナやベルガモの街でさえ、興味を引くにいたらない。確かに、健康状態も少し心配だった。かれは腸管障害と、それにブレシアの売春宿でかかった病気の後遺症にも苦しんでいるのだ。そこで、ルイ・ジョワンヴィルがチザルピーナの第三師団を指揮するミショー将軍にかれのことを話してくれたので、好意に甘えてこの将軍の副官に任命してもらった。それは規則に反していた。ベールはこの職務に必要な年功も階級ももっていなかったのだ。だから、それを知ったピエール・ダリュは、かんかんに怒った。このいとこはやはり頑固者だった。

この不満をベールはものともしなかった。かれにとって肝心なことは、駐屯生活や雑役や、無骨で自分を理解しない仲間たちから離れることだった。参謀部でなら散歩ができるし、好きなこと、つまり読書に没頭もできる。このときにゴルドーニの戯曲『ゼリンダとリンドロの恋』を訳している。これをもとに「フランス喜劇の傑作」をつくるためだった。別の戯曲『取り違い』の下書きもする。かれは考える――「『兵士マニアあるいは軍人マニア』というタイトルの作品をつくれないだろうか」。

第六竜騎兵隊の指揮官がやってきて、この殿様暮らしを中断させた。士官は隊にいてもらわねば困る、という苦情だった。ベールはなんとかことを引き延ばそうとしたが、ついに上司の命令にしたがうしかなくなる日がきた。絶望のうちにブラに駐屯する連隊に合流した。

ブラは、とても感じのいい、ピエモンテの小さな町だ。ベールは新しいものを見る楽しみももてない。死ぬほど退屈で、その退屈のせいで、本当に病気になる。連隊が駐屯地を変え、ブラよりもっと風光明美な町サルーチェに移ったときにも、同じ反応が起こった。ここで医者に診てもらうと、「ホームシックと鬱病の兆候」が見つかり、「たくさんの運動とたくさんの仕事をし、決してひとりきりにならない」よう助言された。この医者は良識ある人だった。しかし良識とアンリ・ベールは別物だ。それに同僚との付き合いは、本当に孤独を破ってくれるものではなかった。

健康がすぐれないことを口実に、かれは療養休暇を願い出て、許可を得る。一八〇一年一二月、二年ぶりに――しかもなんという年月!――かれはグルノーブルに戻る。

グルノーブルで

きらめく軍服に身を包んだ「ベールの息子」の到着は、グルノーブルにセンセーションを巻き起こしたに違いない。かれが理工科学校に入学しないと分かったときには当然陰口が広まっていたが、それもこの到着で打ち砕かれた。グルネット広場の舗石の上で拍車を鳴らしながら、かれは、どれほど誇らしい思いで復讐を果たしたことか!

帰還の知らせに、ある心がおそらくもっと激しく動悸を打っていた。子供時代の恋人ヴィクトリーヌ・ビジョンだ。かれに思いを寄せ、その思いが愛に変わっていたが、心を打ち明けたことはなかった。やがて苦悩が、かわいそうにこの子には耐えられないほど激しくなるだろう。そして彼女は監禁されなければならなくなる……。

ベールの思いは、別のヴィクトリーヌに向けられる。ヴィクトリーヌ・ムニエだ。

ジョゼフ・ムニエは、グランド-リュー通りのつましいラシャ屋で、医師ガニョンの援助で勉学を修め、公認判事の地位を買っていた。全国三部会の議員になり、一七九〇年には亡命して、ワイマールに住んでいた。かれは息子エドゥワールと二人の娘とともに、フランスに戻ったところだった。姉のヴィクトリーヌは、アンリと同い年だった。アンリは、少女に秀でた心を認め、たちまち恋に落ちてしまった。

そのことは、なにも異常ではない。もっとずっと異常で注目すべきは、恋するベールの行動である。その行動は、かれの個性の典型的な一面だ。恋をするや、妙な気後れにとらわれて麻痺してしまう。思いを打ち明けられないばかりか、恋の相手に言葉をかける力さえなくなってしまう。かれは恋心を間接的に示すべく、こみ入った戦術に訴える。恋愛のこととなるたび、ごくわずかの変更を除けば、おなじシナリオが展開されるのだ。さしあたり、今回選ばれた方法は、姉の気を惹くために弟に長々として悲愴感ただよう手紙を書くことだった、とだけ言っておこう。

新たな出発

ムニエ家は、間もなくパリへ旅立つ。ベールがグルノーブルに長居する理由が、さらになくなった。しかし、軍隊に戻ろうとはしない。むかし理工科学校に入らないと決めたように、今度は軍人生活を捨てる決心だ。ピエール・ダリュが、人脈をフルに利用して階級を手に入れてくれたのに、自分の決断がダリュに多大な影響を及ぼすことなどいっさい気にもしないで、かれは辞表を出す。変な悪魔が——天職と呼ばれるのだが——「モリエールのように芝居を書いてパリで暮らす」考えにこだわるよう、かれをそそのかす。

ただ、この立派な計画を実現するには、まず肝心の細かい点を解決しなければならなかった。詩人の卵がどうやって食べてゆくのか。詩の女神を養うのは金がかかる。副業に頼る可能性など、かれの心には一度たりとも浮かばなかった。

かれは、この問題を気楽なずうずうしさで解決する。父は金持ちなのだから——少なくとも息子はそう思っている——よし！　父が下宿代を出しさえすればいい！　驚くことに、シェリュバン・ベールはずる賢くて金にはとても細かい人だったようなのに、非難も話し合いもせず、期限も設けないで、息子のパリでの生活費を保証することに同意した。父があきらめたいちばんありそうな理由は、本当のところグルノーブルのほうでは事態の成り行きにあまり満足していなかったことだ。確かにダリュ家はアンリの将来を引き受けて、よき親戚として動いてくれた。しかしその配慮も、かれを兵士にするのに成功しただけだった。それが気に入らなかった。軍職は常に危険を伴う。結局、一族の伝統からすれば、ベール家は法曹であって、軍人ではなかった。息子自身が望んで辞表を出した以上は、その要求をすべて認めてやって、勇気づけるだけだ。つまり、どんな犠牲も覚悟だった。仕方ない！　ふたつの不幸のうち、シェリュバン・ベールは小さいほうを選んだのだ。ここでもまた、息子が描いたよりも、父ははるかに悪意のない人に思われる。

＊ おかしな山地住民

ボナパルトの軍隊を追ってはじめてグラン‐サン‐ベルナール峠をのぼったとき、目の前に広がるアルプスの雄大な景色を発見したことはアンリ・ベール少年にとってまさに天啓で、興奮のあまり叫び声も出ない。

不思議なのは、かれが山岳地方出身ではないかのような行動をとっていることだ。しかし、グルノーブルからは三〇〇〇メートル近くあるベラドンヌ山脈の絶景が見られたし、町自体が二〇〇〇メートル近いムーシュロット山を望んでいる。

実際、この山地住民はそれらしくない。そのことでは家族に責任の大半がある。いつでも危険を考えてアンリを女の子のように育ててしまい、身体的運動、なかでも乗馬と剣の練習をすべて禁止した。周りの山々も、かれは遠くからしか見たことがなかった。しかも、これから先も永久に別の見方をすることはない。

＊ 竜騎兵アンリ・ベール。辞令……

「ミラノ参謀部、一にして不可分のフランス共和国暦九年霧月一日。

ダヴー、師団長、軍騎兵総司令官。

共和暦八年実月九日付、共和国執政官布告および陸軍省訓令およびイタリア軍総司令官ブリュヌ将軍の命令の施行により、市民アンリ‐マリー・ベールを第六竜騎兵隊陸軍少尉に任命、本等級の職務を遂行させる。本資格において遇され認知されること、共和暦九年霧月一日付で本等級に見合う給与および特権を有することをここに命ずる。

本辞令は暫定的であり、陸軍省に提出し議会の承認を受けるものとする。
イタリア軍総司令官が上記を読み、承認した。総司令官、師団長、参謀長の命により

ルイ・ダヴー

ウディノ」

＊……そして辞表

「下に署名のわたくし、第六竜騎兵隊陸軍少尉は、上記の隊における職務を辞職することを表明いたします。

H・ベール

サヴィリヤーノ、共和暦一〇年熱月一日」

＊イタリア、名誉と精力

一八〇〇年六月二〇日付、ミラノからポリーヌに宛てた手紙より——「イタリア人から、フランスでよりも、ずっといい考えをもらった。二、三人と近づきになったが、かれらの達観した思想や、何より名誉を重んじる心には本当に驚く……」。

三年後、アンリ・ベールはある三面記事がパリの新聞に詳しく載っているのを見て、メモをとる——

「またしても、イタリアのジェノヴァ近くで起こった『オテロ』の破局の一例だ。嫉妬にかられた男が、一五歳の類いまれな美しさの愛人を殺す。逃亡し、二通の手紙を書く——真夜中ごろ、父親の小礼拝堂に安置されていた、愛人のむくろのそばに戻ってくる。そして、愛人を殺したのと同じように、その場でピストルを撃って自殺する。」

かれはこう注釈する――

「この事件についての真実を探ること。

うるわしのイタリアは、いちばん感情の激しい国で、詩人たちの国だということが、こうやって少しずつ注釈される。」

＊ 情報収集不足

スタンダール研究のためには重要な研究材料が揃っている。目録、ファイル、伝記などだ。ただし、「利用者」がその存在を知っていることが必要だ。

たとえば、一九六〇年、スタンダールの名を冠して――そして鳴り物入りの宣伝で――モンマルトルのテルトル劇場で「唯一完成した戯曲」である『ゼリンダとリンドロの恋』が上演された。ゴシップ記者たちは、ほいほいと足並みを揃え、小説家の演劇的才能について長々と論じた！……

実際には、この作品はゴルドーニの喜劇の、純粋かつ単純な翻訳だ！ アンリ・ベールはこれを一八歳のときに書いたのだが、自身の創作部分はただぎこちなく間違いしかない。まずは作者がだれなのかを少し調査してみるのが賢明ではなかったか。

＊ 病状報告書

陸軍少尉アンリ・ベールが軍務にあった時期に毎日つけた日記には、生彩ある考察は極端に少なくて、健康状態についてのメモがほとんどだ。全部ではないが、そのリストである――「トコン〔催吐剤〕二五錠と吐酒石一つを飲んだが、一回だけ、しかも少ししか吐けなかった……」。「タマリンド、カッシア、センナ薬〔緩下剤〕を一つ飲んで、それを吐いた……」、「昨日から一日に二錠のキナを飲む。熱は相変わらず続いている……」、「下剤を飲んだ……」、「熱と激しい息切れがある……」、「いつも病気か病み上がりだ……」、「昨日下剤を飲んだ、それでだいぶ良くなった……」。

このように体を確かめたり、調べたり、特に飲んだ薬をすべて念入りにメモしたりしているのは、ひとり暮らしの老人ではなくて、一八歳の若者なのだ！　ベールの健康は一度も良好だったためしがない。肥満は頑丈なしるしではない。身体の不調という現実は疑えない。また忘れてはならないのが、よくひどい置きみやげを残してくれるあの売春宿のひとつで、少し前に蒙った辛い災難だ……。ただ、駐屯を余儀なくされた無気力な町で、やることもなく退屈でたまらなくて、自分の体を気にかけるようになり――ただひとつの気晴らし！――事態を深刻化させたとも考えられる。

第5章　栄光を追い求めて

放　蕩

　ベールは自分の粘り強さには、とても満足していた。目的に到達したのだ。つまり、パリで思うままに生きること。一七九九年のときは、経験不足のせいでやり方がまずかった。家族の監督から逃れるや、すぐにダリュ家の監督下に落ちてしまった。今度はきっと、自分の自由をまもってやる。自信だってある。二、三カ月後には不滅の傑作の数々がかれのペンから生み出されていて、栄光と金、しかも大金をもたらしているだろう。この確信は、バルザックに似ている。夢は奇妙にもおなじものだった。

　一八〇二年四月一五日、パリに着き、空気のごとく解き放たれて自由なのがうれしくて、まずはしばらくは暇をとることにする。

　ダリュとガニョン両家の親戚であるルビュッフェル家へは足しげくかよう。そこには一四歳の少女アデールがいて、もちろん、かれはたちまち惚れこむ。活発でお洒落で、色っぽくて、かれをあの手この手で挑発する。かれも大胆になる――情熱恋愛ではない証拠だ。娘の貞節をまもるために、若くて魅力的なアデールの母は、若者をまんざらでもない男だと考え、かれのもろい心をいとも簡単に揺さぶって、その情熱的な気性をうまく手なずけた。

原理の探究

この「感情」教育はまったく無駄ではなかった。それはベールに欠けていた経験を授けるのにひと役買った。しかし、野心的な計画から道を踏みはずさせはしなかった。間もなくかれは、くだらないことはやめて、敢然と仕事にかかる。「ぼくの目的は?」という疑問に、かれは、偽りない謙虚さで答える——「もっとも偉大なフランス詩人という評判を得ること、それもヴォルテールのような策謀は絶対に使わず、本当にそれにふさわしい者として」。この目的に達するためには、何よりもまず文学的理論が必要だ。

かれは一八世紀思想のなかで育ったので、「原理」の価値に揺るぎない信頼をもっている。それらの「原理」が「真実」で、合理的に分類されているほど、文学創造は子供だましの楽なものになる。原理とは、そこから傑作が生まれる鋳型である。そこで、ベールは新哲学と題する独自の理論づくりに没頭する。そのおかげで、やがてかれは不朽の名作を苦もなく創造できるようになるのだ。

かれの無邪気さは、たぶん微笑を誘うだろう。理論を創造に先行させたがるのは邪道だと気づいていなかったのか。これから経験する失敗が、かれの間違いを立証すると思われる。それでも、スタンダールのすべてが、この概念から生まれたのだ。しかもその概念は、かたくなに文学領域に閉じこもることはない。

何カ月ものあいだ、栄光へのわれらが志願者は、首都のさまざまな誘惑を避けて本と一緒に引きこもる。かれは、飽かず読書をし、日々の大半を哲学や歴史や文学批評の本を読んで過ごす。悲劇の次は小説、回想録の次は喜劇だ。古い作家も現代作家も、フランスの古典も外国の作家も、親しい仲間だ。こういった読書のすべてが無秩序に行なわれて、未消化のがらくたの山を築いたとは思わないでほしい。かれはごく早い時期から、ペンを手にもって読む習慣を身につけた。勉強熱心な生徒よろしく、細かくて几帳面な書き込みで何冊ものノートを真っ黒にした。それがわれわれのもとに残っていて、かれの思索の跡をたどらせてさえくれる。

モリエールを真似るのは簡単ではない

しかし、このたゆみない仕事による目に見える成果は、ごくわずかにとどまる。いくつかの実りなき試みのあと、ベールは叙事詩や悲劇を書くことを断念した。喜劇のほうがもっと手頃で、手に負えそうだった。処女作品『ふたりの男』を、少なくとも散文では、だいたい全部書けた。困難は、この散文を韻文に変える段になって始まった。韻文をつくるのは、まったくなんて厄介なんだ！ 言葉を選び、音節を数え、句切りを忘れず、何より韻を探さねばならない。韻とは、なんて残酷な発明だ！ 三カ月以上仕事をして、膨大な努力を払ったあげく、第一幕の三場面しか韻文にできなかった。その第一幕だけで、散文で書いたものは一〇場あった。調子のいい日は一〇行まで書けることもあったが、それは例外で、毎日の平均は三、四行だ。かれは自分で、次の統計をつくってみて、悲嘆にくれた。「今月は、一行に二時間五六分かかった」。あるとき突然、この辛い仕事を投げ出したのも分かる。かれは、一二音節詩句に深い嫌悪を抱き続けるだろう。

韻文をつくるのがこんなに難しいなら、それじゃあ散文喜劇を書こう。偉大な先駆者にも事欠かない。たぶん作品の完成度はもっと低くて、栄光の純度も少ないだろうが、デビューを飾るにはそれで満足だ。ベールは、別の作品『ルテリエ』に着手する。熱意も新たに再出発だ。「崇高な」アイデアをたくさん抱えて、登場人物の性格や筋運びのいくつかを、細かく検討する。この準備段階のあと、当然といえば当然だが、創造的段階が続かない。手の内に多くの材料はあるが、どう扱ったらいいか分からない。要するに、書けないのだ。

劇作家になるむなしい試みも――またしても、バルザックとよく似た特徴だ――無駄ではない。『ふたりの男』と『ルテリエ』の断片は、作者の無数の未熟さのうしろに新しい独創的な傾向をうかがわせてくれる。ふたつの作品が、時時性に深く根を下ろしている点だ。『ルテリエ』は、フランスで先頃認められた君主制（一八〇四年五月一八日、ナポレオンに皇帝位が授けられた）に対する風刺とも見えるくらいだ。ここで現れはじめた時時性という概念は、やがて確立されスタンダール作品のもっとも重要な側面のひとつになるだろう。おなじ時期に、ベールはそれを理論レベルでこう定理化している――「……われわれが気に入られたいのは、もはやルイ一四世時代のフランス人にではなく、一八〇三年のフランス人だ」。大変明解で率直なこの宣言は、ロマン主義到来の際にスタンダールがとった立場の前ぶれだ。

詩人……

栄光はなかなかやってこない。富もそうだ。ベールはじりじりする。できるだけ早く金持ちになりたい。詰まった財布の重みを感じたい。かれには、バルザックのような権勢へのこだわりはない。質素で倹約家だ。遊び人でもないし、女好きでもない。ひとつだけ金に糸目をつけないのが、服装だ。スノビズムというのでなく、自信をもつためだ。財布が空で「ひどい服装の」ときは、劣等感からぎこちなくなって、自分が恥ずかしくなる。

かれは自分の服装を、自己満足もあらわに細かく描写している。「ぼくがこんなにすてきだったことはないと思う……。チョッキ、絹の半ズボンに黒の靴下、青銅色と薄茶色の礼服、とても上等なネクタイ、美しい胸飾り……」。「デュガゾンのところへ、すばらしい格好で行った。大きくカールした黒い髪、堂々とした様子、顔もよし、ネクタイ、胸飾り、すてきなチョッキ二枚、申し分ない礼服、カシミアの半ズボン、麻の靴下、短靴。容姿について言うと、ぼくの人生で最高の日のひとつだ。最上流階級らしい上品で自信ある態度だった」。

かれの日記や手紙には、服装についてのほのめかしがたくさんある。素直な告白で、そのせいで滑稽にはならず、むしろきわめて「真実」のものとなっている。

しかし父からの仕送り――月に二〇〇リーブル――では、生活に最低限必要な経費、つまり部屋代、食費、本代、芝居、そして時折の友人たちとの食事代には充分にしても、仕立屋の勘定は払えない。しかも、この仕送りはかなり不規則だった。息子には父の苦境も、仕送りが父には重い負担になっていることも分かっていない。自分自身の窮状しか見えず、シェリュバンをけちで偽善者だと非難する。金の問題が、すでにお話しした反感に付け加わって、父と息子の関係を悪化させることになった。溝は日に日に深くなる。一八〇五年一月一八日付の日記に、全文を写しておきたいページがある――

「七カ月以上だらだら続いている熱がかなり上がって憔悴しきってしまったので、二時間のあいだ、ぼくへの父の振る舞いについてよく考えてみた……。ぼくは熱を治せなかった。第一の理由は、医者に払う金がなかったからだ。第二に、この泥だらけの都市で、ブーツがなくいつも足を水に浸し、薪も服もなくどう工夫しても寒さに苦しみ、貧困のせいでかからなくてもいいはずの病気にかかり、それを治すための薬で体を弱らせるのは、無駄で害にさえなった。

それから、精神的屈辱の数々、ポケットにはいつも二〇スーとか一二スーとか二スーだけ、ときには一文なしで送る生活の不安も付け足してほしい。このご立派な男がぼくをどんな状態に放ったらかしているか、少しは分かってもらえるだろう。

二カ月前から、ぼくの状態をここに記そうと考えてきた。でも、記述するにはよく見ないといけない。気晴らしをするにはこれしか方法はない。

悲惨さのきわみのせいで八カ月間続いた微熱が、すでに下腹部が閉塞して衰弱している体に与える影響の大きさを推し量ってほしい。そのうえで、父はぼくの命を縮めてなどいないと、ここに来て言ってほしいものだ！

学問がなかったら、いやそれよりも、いつのまにか心に芽生えた栄光への愛がなかったら、五、六回は頭にピストルの弾を撃ち込んでいただろう。

父は三カ月以上も手紙の返事をくれない。手紙ではぼくの窮状を説明して、服を着るために三〇〇〇フランの仕送りを、しかも、やつに二四〇〇フランに減らされていた仕送りを、ほんのちょっと前借りさせてほしいと頼んだのだ。この前借りも、ぼくがグルノーブルに立ち寄る春には、やつに手渡しで返せるのだ。

故郷から一五〇里も離れ、病気で寒さに苦しんでいれば赤の他人にだってまず断らないはずのこの前借りを頼んだのは、共和暦八年の葡萄月、つまり父がまだ手元に仕送り分二二〇〇フランをもっていたときだ。

以上のことや、もっとひどいあれこれの詳細を考えるに、父には美徳も慈悲もなく、ぼくには極悪人だ……。

この評価に驚く人がいたら、そう言ってくれればいい。そして、徳の定義から始めて、それをぼくに教えてくれ。その人には書面で立証してあげよう……。父はぼくに対し、不誠実な男、最低の父親の行動をした……。」

いつの時代にも、一家の息子は自分の欲求を満たすために借金をしたものだ。アンリ・ベールは伝統に忠実だったのだ——かれは一八〇四年秋に「服を着る」ために借金を負った。借りた額は一二カ月後に返済すればよかったが、しかしそんなに高くなかった。四〇〇フランだ。高利貸しの手には落ちなかったことを、かれの借方に記入しておこう！　この高貴な人間は、卑しいことはなんでも大嫌いだ。しかしまた、どんなときでも、最大の苦境の時期でさえ、働いていくらかのお金を稼ごうなどという考えは、頭をかすめもしなかった。かれは「若様」のように育てられ、人が年金以外で生活できるとは思ってもみない。時間をかけずに多額の金を儲ける、たとえば銀行家になる、といった活動に夢中になる以外は。

……そして銀行家

絶望的になればポンディシェリ〔インド〕へひと財産を成しに行くという可能性を残しておいて、ベールは中央学校のかつての同級生、フォルチュネ・マントと一緒に銀行起業の計画を立てる。かれらは、やはりドフィネ人のペリエ家が銀行業で莫大な財を築いた成功例を目にしていた。

ただし、計画にはひとつだけだがそうとう大きな弱点があった——まずは必要な資金をどこで調達するのか。時間をかけて探さなくてもいい。ベールには抜かりない手があった。それを一八〇四年一〇月に妹ポリーヌに説明している。「……パパは二四〇〇フランの仕送りをしてくれている。パパには、金利二四〇〇フランの回収見込みなしの元金を分担してもらうよう提案するよ。それが一〇パーセントにあたると考えれば、二万四〇〇〇フランだ。この取引で、パパには二万四〇〇〇フランだけ負担してもらうことになる。初年度は事務所や印刷などの費用がいるから、ぼくは借りた資金の利息で生活するのは無理だろうから」。

しかし、「パパ」は、この計画にまったく乗ってこなかった。自分自身のために投機をしていて、ほとんど現金をもっていなかったのだ。それに何より、事業に対する息子の素質にはかなり不信感を抱いていた。だから、きっぱりと断った。アンリはそれをとても苦々しく思った。その反応は、一八〇五年一月一三日に医師ガニョンがかれに書いた手紙でわれわれも知るところとなった。孫が、自分に頼らず、金がいるのを隠していたことにとても傷ついた、と言ったあと、こう続ける――

「アンリ、おまえがお父さんに抱いている気持ちがわたしにも分からなくはない。おまえが考えているようにすべてお父さんが間違っていても、おまえのその引用やほのめかしや比較は許せるものではない。証拠書類としておまえの手紙をとっておけと言うんだね。勘違いはするな。それはおまえが恩知らずだという証拠にしかならないよ。だから、残してはおかないことにする。記憶のなかにはしっかり刻み込んだ。腹立ちまぎれに手紙を書くものではない。結局、何が問題なのか？　息子に毎月二〇〇リーブル送っている父親か。何のために？　仕事につくためか？　パリで楽しむため、いろいろな欲求を抱くためだ。それも、金持ち連中に会って比べるとおまえは辛くなるのだ。説明もしてくれない計画を実行するために、二万リーブルをくれとお父さんに頼んでいるね。それをどこで手に入れよと言うのか。お父さんにはふたつの方法しかない。不動産を売るか、この額を借りるか。後者は無理だ。半額も工面できず、かれの信用を失わせることにしかならないだろう。売る？　何を？　シエーラスの土地しか考えられない。ところがこの物件は、妹たちに身を固めさせるためのもので、おまえにはそれ以外の不動産を残してやろうと考えていた。この計画はだれが見ても賢明だろう。何よりも、いいかね、お父さんはいまとても金に困っているんだよ。それはもう話したが、わたしの答えを意に介さず、おまえは相変わらず反論するのだね。お父さんはワイン一荷も売らなかったし、ばかでかい家は、いままでのところ大きな心配と出費の種にしかならなかった。状況からいってまずい投機だ。この冬お父さんは服ひと揃えが必要だったが、倹約したよ。妹たちはドレスが欲しかったが、不如意を察して断念した。お父さんは、自分のためにはいっさいお金を使っていない。地所の経営に必要な出費は当然のことで、いずれおまえの生活のゆとりを三倍にもしてくれるだろう……。」

しかしアンリは、いつか遠い日に手にするこの「ゆとり」を馬鹿にする。いますぐ人生を楽しみたい。父は同意したくないのだから、いつかくれるべきものを忘れてしまうことだってあるだろう。ただちにポリーヌに書く――「決心が固まった。お父さんには法的義務分の金額しかあてにしない。それはまず拒否できないはずだ。その二万か三万リーブルを銀行につぎ込んで、それから猛烈に掘り出してやる……」。

その間にまた恋に落ちたので、かれはいよいよせき立てられる。

ルアゾン

彼女はメラニー・ギルベールと言い、取り巻きには「ルアゾン」でとおっていた。ベールは、台詞朗読講習を受けていた俳優デュガゾンのところで彼女と知り合っていた。カーンの生まれで、二五歳だった。演劇を志していたが、適性からというより、人生の浮沈から仕方なくだった。一度関係をもった人がいたがうまくゆかず、幼い娘だけがその思い出として残り、大切に育てていた。田舎を捨てて彼女はパリにやってきたのだった。

はかなげで、内気で、控えめなルアゾンは「ギリシア風の顔」、「とても大きな青い目」、「しとやかさあふれる体」をしていた。アンリ・ベールを襲ったのは、古典的な雷の一撃ではなかった。台詞朗読の技術を学ぶのに気を取られすぎて、はじめはこの女友達にほとんど注意を払わなかった。練習仲間として付き合った。ルアゾンは「ぼくにはとっても優しい娘」だと、一八〇四年一二月末の日記には書き留めている。そして一カ月余りあとの一八〇五年二月三日には、「ルアゾンを家まで送って行った。彼女に言い寄ろうという気になりかけた。それはヴィクトリーヌへの愛から癒してくれるだろう」。彼女が愛情をこめて自分を見つめているように思われるだけにいっそう、しつこく声をかける。それにしても、彼女にはそれなりの心があるのだろうか。告白するには彼女のことを知らなさすぎる。仕方ない、いちかばちかだ。「感性豊かな女性ではなく、平凡な娘でしかない恐れはあるが、完全なものなど良くも悪くもたぶんあったためしはないのだ。いちかばちか賭けてみて、彼女の感性がまだ豊かでなくても、あれだけいい娘なのだから、いずれ現れてくると考えよう！」。

数週間が過ぎる。いまや、かれらは一日の大半を一緒に過ごしている。心地よい親しさ――しかも数回キスする以外はまったくプラトニックな――がふたりのあいだにでき上がっている。こんな描写がある。ある日、教室が終わってデュガゾンの家を一緒に出たときのことだ。「ぼくたちは、モンマルトル通りからテュイルリーまで大通りをいくつもとおって行った。最高の天気だった。ここでふたりとも死ぬほどおなかが減っていたのに、彼女はルガックの店に入ろうとしなかった（メラニーはこの流行りのレストランで朝食をとろうとしない。恋人が一文無しだと知っているからだ）。ぼくたちは彼女の家に行った。火がおこしてあって、小間使いがジャガイモの軽い食事を暖めた。ふたりのあいだに椅子を置いて、それを至福のうちに食べた。なにしろはらぺこだったし、このときぼくも彼女も互いにおなじくらい愛し合っていたと思うから」。

彼女は家族のこと、娘のこと、自分の計画のことを、かれに話す――「彼女は、財産の半分を食いつぶしていたので、娘と一緒に田舎に引きこもるつもりだと言った。ふたりとも胸がいっぱいだった。彼女は目に涙を浮かべていた」。つい犠牲心を発揮して、かれは一緒になろうと彼女に申し込む――「……彼女の行きたいフランスの片田舎で一緒に暮らそうと提案した。その意味を悟り、ぼくが彼女のためにすべてを捨てて彼女の娘の父親代わりになろうとしていることが分かると、彼女はしばし窓のほうへ顔を背け、泣くのを見られないようにした……」。

しかし、この申し出を本心からしたのだろうか。もっと正確には、本当に惚れていたのだろうか。恋愛の展開の一部始終が語られている日記をめくれば、そう問いかけたくもなる。こんな疑いを抱いてしまうのも、アンリ・ベール自身のせいだ。

ドン・ファンとサン＝プルー

読者にとって何より印象的なのは、ベールが性的衝動にまったく触れていないことである。この点について日記は沈黙している。ベールが彼女を腕に抱きたかったにしても、自分の欲望を慎重に覆い隠してしまったことに、反論のなきよう。なんであれ――これが長所だが――かれはわざと隠し事をしたことはなかった。かれの日記は、人に見せるのでなく自分のためにつけていたのである。

それでもまだ反論されるだろう。「ものにしよう」という断固たる覚悟でルアゾンの家へ行ったのではないのか。確かに、そうだ。だが念のためにはっきりさせておこう。かれは読書によって、男たるものはドン・ファンのようにしたたかな行動が評価されるものだと学んでいた。かれの本性は逆で、女の所有ではなく別のものを望ませた。それがのちに情熱恋愛と呼ばれるだろう。このふたつの傾向、つまり自然なものと作為的なものとが、いつもかれの内に同居している。かれの矛盾した態度やためらい、不誠実はそれらによって説明がつくのだ。ドン・ファンたるべく行動するために、かれは作戦計画を立てて役を演じた。そのことをかれは完全に自覚しているのがせめてもの救いだ。二月一一日、こう告白している――「彼女との愛の言葉は、どれも演じてしまった。本心からのものは、ひとつもなかった。彼女に話したことはすべて、フルリそのままだった（フルリはフランス座の有名な俳優だ）。仕草ひとつひとつの原典作品を示すことだってできただろう」。そしてこう付け足す――「……それでも、ぼくは彼女を愛していた。だから、見かけを信用してもいいですよ！」。嫉妬心を見せたせいで「罰を受けた」と思い込むと、かれは許しを得るための台詞や動作を綿密に準備する――「やるせない悲しみをたたえること。『人間嫌い』の役のなかでさえ、すっかり傷ついた悩ましげなふうをすること。そのせいで、役を台無しにしなければならない……」。このしたたか者は、実際にはサン＝プルー〔ルソー作『新エロイーズ』の主人公〕の心をもっていた。ぐっと親しくなれる状況になっても、かれには「攻撃する」勇気がなく、「純潔」だ。確かに優しいメラニーが好きだったが、この愛は、かれがまとっている紛い物をきれいに取り払うほどには、強くはなかった。

このマリヴォー風恋愛遊戯が、いつまでも続くわけがなかった。こんどもまた、偶然によって事態が収拾された。ある日、メラニーは、マルセイユのグラン＝テアトルでの契約を受諾したと告げた。恋人は、即座に答えた――「ぼくも行きます……」。

＊『ファルサリア』

アンリ・ベール青年は、大傑作によって文壇に登場するつもりだった。叙事詩で！

この叙事詩は『ファルサリア』と題し、『アエネイス』のように一二巻から成るはずだった。はじめの四場はイタリア、あとはマケドニアが舞台になる。ファルサリア戦の描写のあと、ポンペイウスの逃亡と死の物語が続く。詩はアントニウスの自殺で終わるだろう。

叙事詩創作に関するいわゆる文献収集のために、詩人の卵は膨大な文献表を作成した。そこにはサンスクリット語の詩と聖書、『千一夜物語』とコーランが並んでいた！

叙事詩の第一行目が書かれることはなかったと、付け足す必要があるだろうか。

＊宝くじと栄光

スタンダールは賭け事に熱中したことはなかった。賭博台に近づく機会がなかったわけではない。賭博狂いだった同郷人のルイ・ド・バラルに連れられて、もっとも有名な賭博場のひとつだった「一一三番」の敷居をまたいだことがある。バルザックが『あら皮』で描くのは、まさにここだ。しかし数回見事に「大損」して、こんなふうに有り金を使うのは馬鹿ばかしいと、すぐに教えられた。

そうは言っても、確かに若いころにはいくらかの金を手に入れるために運に頼ることがあった。ただ運試しは、ありきたりに宝くじだった。もちろん、フランスで一八世紀に始まって一八三六年に廃止された、むかしの国営宝くじのことだ。イタリアではロットと言い、いまも続いている。ルールは、一から九〇までの数字の可能な組み合わせにもとづいていた。これらの組み合わせはアンブ〔特定の枡目の横にふたつ並んだ当たり番号〕、テルヌ〔横一列に三つ並んだ当たり番号〕、クヮテルヌ〔同四つ〕、キヌ〔同五つ〕

といった名前をもっていた。

一八〇四年五月五日、アンリ・ベールは以下の奇妙な「布告」を制定する――

「布告

運命は大胆な人々を助ける〔ウェルギリウス『アエネイス』の「運命は勇者を助ける」のもじり〕、また、特別なことを何もしなければ、楽しむに足る充分な金は決して手に入らないと考え、以下を取り決める。

第一条　パリの宝くじ抽選すべて（五日、一五日、二五日）で、テルヌ1-2-3に三〇フラン出す。

第二条　毎月初旬、マントに三フラン返し、各抽選のクヮテルヌに一フランずつ賭けてもらう……。」

もし当たっていたら――それはなかったようだが――かれは、金をどういうふうに使っただろうか。夢見たものを手に入れることにだろう。つまり――

「部屋履き一足、バザン織の部屋着一枚、絹製部屋着一枚、コルネーユの豪華版、ラシーヌとドゥモンヴィルの四五フランの犢皮紙豪華版、一年間大通りの公園に面した立派な部屋を借りること、自分の家具を買うこと、反射鏡付ランプ。」

しかし運命は、継母のような陰険さでスタンダールを扱いはしなかった。自分自身のイメージにしたがい、かれは別のもっと大事な宝くじに賭けて、成功を収める。栄光という宝くじだ。かれはそれで大当たりをとるだろう。

＊グルノーブル訛り

アンリ・ベールがパリで台詞朗読の稽古を受けることにしたのは、グルノーブル訛りをなくしたかったからだ。一八〇三年一月二二日直後に、妹に書いている――

「ラシーヌを毎日一幕ずつ読むといいよ。フランス語を話すには、それしかない。グルノーブルできちんと話していると思ったらだめだ。ぼくは癖を直すのにすごい苦労をしている。グルノーブルではil fallait que j'allas〔わたしは行かなければならなかった〕と言うが、本当はil fallait que j'allasseとなる。

ペェール、メェール、ベェティーズと発音してるが、ペール〔父〕、メール〔母〕、ベティーズ〔馬鹿なこと〕と言わねばならない。paire、maire、baitiseという語があるかのようにね。おまえはふつう、アクセント記号を発音していないが、ついているのだから、それを感じさせなければならない。」

かれはこのことについて一年半後にまた言及している（一〇月二九日—一一月一六日）——

「パリに来れば、きちんと話すことがどんなに役立つか、分かるだろう。グルノーブルではかなりひどい話し方をしている。そっちだと、元気だったfus〔正しくはfusses〕のにきみは昨日何もしなかったfis〔正しくはfisses〕、となる。アヴィ（avis）のことをアヴィスと言ったり、スー（ceux）のことをスース、ドゥ（deux）のことをドゥスと言ったりする……。」

こういった南仏の影響の跡は、現在はなくなった。鼻にかかって間延びした調子が特徴のグルノーブル訛りは確かにあるが、ベールが示したような間違った発声法は、いまは聞かれない。

外国でさえ、グルノーブルは、いちばん正しいフランス語を話す都市であるという評判だ。スタンダールはいまならもう、台詞朗読の稽古はしないだろう！

＊内気を治すために

若いころの日記でいちばんよく出てくる言葉のひとつが、内気という言葉だ。「いったい、いつ内気が治るのか」と、ある日、悲嘆にくれて叫んでいる。

この「馬鹿ばかしい欠点」を治すために、こんな方法を考える。たくさんの金貨を持ち歩くこと。「自信がないのは、いつも金がないせいだ。

金がないと、どこに行っても気弱になる。ないことのほうが多いので、気弱になるのは見るものすべてのせいだとするよくない傾向が、ほぼ、ぼくの常になった。

なんとしても治さなければ。いちばんいい方法は、充分金持ちになって、少なくとも一年間、毎日金貨一〇〇ルイを持ち歩くことだ。いつもこの重みで金貨があると分かっていれば、悪の根源を打ち砕けるだろう。」

この考察は、とても微妙だ。心理学者の興味を引くことだろう。

＊ 共和主義者

スタンダールはナポレオンをこよなく崇拝し、初期のもっとも偉大な年代記作者のひとりになった。しかしずっとおなじ立場だったわけではない。

大革命の落とし子アンリ・ベールは、はじめ、はっきりと反体制派に名を連ねた。若いころの日記には、「暴君」に対する敵意がむき出しの箇所が山ほどある。とりわけ目立つ一節を引いておこう。ナポレオンの聖別式（一八〇四年一二月二日）に関するものだ。「……一〇時一五分ごろ、法王の十字架をぶら下げた小柄な衒学者がよく見えた。次に法王、一時間半後に皇帝の供回りの馬車と皇帝自身が来た。法王と皇帝がとてもよく見えた」。そして注釈をつける。「この日は一日中、いかさま師どうしのあまりにも露骨な結びつきについて、ずっと考えていた。宗教がやってきて、専制君主制を聖別する。それも、すべて人間の幸福の名において……」。

＊かれには現実感覚がある

スタンダールは、いつもぼんやりした懲りない夢想家だと言われすぎてきた。かれはよきドフィネ人として、現実感覚をもっている。なかでも、若いころの日記にそのことを証明するこんな格言がある――

「実益のために狩りをするなら、飛んでいる四〇〇羽のシギよりも、至近距離で二〇〇キログラムの猪を一頭殺すほうがましだ。」

＊演　劇

アンリ・ベール青年が才能を試したのは、悲劇と喜劇の創作だった。そのことでは時代の流行にしたがっていた。

いくつもの試作に失敗し、かれは悲劇にまったく向いていないと認めるしかなかった。そのかわり、人生のはじめ三分の二のあいだは、喜劇が自分の領分だと思い込もうとした。しかしそれもまた、失敗に次ぐ失敗だった。どんなに努力をしても、手がけていたふたつの作品『ふたりの男』と『ルテリエ』を完成できなかった。程度の差はあれ形を成さないこれらの作品の草案からは、スタンダールの、いわゆる演劇的資質のわずかの痕跡も見分けられない。

これらが興味を引くのは、別の観点からである。つまり、ごく若いころの、文学に時事性を持ち込む傾向を明らかにしてくれる。イデオロギー闘争で、「哲学者」ないしジャコバン派と「反哲学者」ないし反動派とが日々闘っていた時代に、アンリ・ベールはしっかりした足取りで文壇に降り立つ。喜劇『ふたりの男』は、実際、唯一よき共和主義者を育てることのできる、「哲学」の賛美である。喜劇『ルテリエ』は、「えせ信者」「新タルチュフ」「文学の現代のごろつき」たちを、時代を超えたおかしさで包もうとしていた。

こういった時事性への興味が、これらの未完の喜劇を、スタンダールがのちに書くことになる風刺文や小説に近づける。それがかれの作品全体の導きの糸なのである。

第6章　マルセイユ

二重の失敗　銀行……

こうして、ベールは自分から提案したように、みずからの運命をルアゾンに結びつけることで、将来を犠牲にしたのだろうか。もちろんそんなことはない。すでに少し前から、マルセイユの街で銀行家になるという考えに、取りつかれていたのだった。

この奇妙な計画がどうやって生まれたのかを説明するために、少し後戻りしなければならない。なぜ失敗することになるのかも、それで理解できるだろう。ベールが同郷人のフォルチュネ・マントと、時間をかけて銀行のことを話し合っていたことは見た。この男は、中央学校を卒業して理工科学校に入ったが、すぐにやめてしまっていた。職を求めながらパリで暮らしていたが、どんな職がいいか分からなかった。アンリの家族ののんきな、あきらめの態度とは対照的に、フォルチュネの母親は「有無を言わせぬ」女性で、とても活動的だった。息子が首都で送る放埒な生活をとても心配していた。そこで、フォルチュネと、マルセイユに植民地食品と仲買の会社をつくっていたドフィネ人シャルル・ムニエのあいだを取り持とうと、懸命になっていた。ベールとマントは――栄光への愛は別にして――似たような立場にあった。うるわしい連帯意識からはずみで、マントは友に協同組織の利益もリスクも分け合おうと提案した。その提案は、感激して受け入れられた。一八〇五年末にベールは書いている――「ぼくの資産計画はこうだ――一八〇五年七月にマルセイユへ行く。それから六カ月間マントと一緒に働き、ボルドーでも同じようにして、それから四カ月をナントで、それから八カ月をアントウェルペンで、それから最後にパリで。父が三万か四万フラン貸してくれて、一八〇七年にマント、ベール商会を設立する。そのころは二四歳だ」。

マルセイユへの出発が決まったとメラニーが告げたとき、ベールは、だから、面くらいはしなかった。愛と事業とをこんなに見事に両立させた運命に、感謝さえしたはずだ。かれの間違いは、自分自身の出発の本当の理由を完全に伏せて、愛だけが一緒に行く気にさせたのだと、哀れな娘に思い込ませたことだ。このとき隠し立てをしたことに対し、軽率なベールを非難しないでおこう。その一カ月前に、メラニーがマルセイユへ行って才能を生かすかもしれないとはじめて分かったとき、かれは日記で打ち明けていた。「四カ月以内にここでデビューしなければ、彼女はマルセイユへ行くだろう。ぼくにとっては、またとない偶然じゃないか。ぼくの計画もそこに行くことだったとは言わず、もし彼女が行くならぼくもついて行き、パリをあきらめると言った」。この対応は、まったくかれの名誉にならない。それは認めよう……。

しかし、アンリ・ベールは銀行家にはならないだろうとも書かれた。父はかれにわずかの資本金を託すことさえそれまでにないほど反対していた。アンリは、マルセイユに出発する前の五月半ばから七月半ばにグルノーブルで過ごした二カ月間で、それが分かりすぎるくらい分かった。聞く気のない者くらい、耳の遠い厄介者はいない。かれは自分の主張を熱っぽく弁護したが、だめだった。しゃべらせてはもらったが、返事は決してもらえず、「精神病院で」暮らしている気になるほどだった。家族の「卑しさ」が引き起こす「憤りを、いつも堪えねばならな」かった。マルセイユへは、手ぶらで向かった。

資本金がないせいで、シャルル・ムニエとマントとの共同経営者になるチャンスは、かなり危うくなっていた。マントの母親の介入が、そのチャンスを徹底的につぶした。

ここで余談になるが、ぜひひとつ事情説明をしておかねばならない。一九三〇年、ある優れた、ただしスタンダールのことを語るには、粗忽な少年として扱うのが気が利いていると考えたスタンダール研究家が、ベールのマルセイユ滞在を扱った著書の扉に、著者言うところのぴりっとしたタイトル『食料品屋スタンダール』と、コーヒーの袋や香辛料の商売を連想させるさまざまなイメージの装飾を施した。かれは確かに、著書のなかでは読者に向けて、「ベールは食料品店ではまったく働かないで」、それどころか「普段の仕事は事務所にいて、数字を並べたり商業通信文を送ったり、要するに、どこかの銀行に入ってもやっていたはずの、よく似た仕事に携わっていた」ことを知らせようとした。この確認にもかかわらず、不都合が起こった。批評家が選んだ不幸なタイトルは想像力に強く訴え、しかも読む時間のない多くの読者はそれだけを記憶にとどめた。エプロンを巻いたぽってりしたおなかで、マルセイユのおばさんたちの相手をする、食料品店員スタンダールのイメージが生き続け、広まった。いわゆる暴露本や漫画の多くの作者が、競ってそれを利用した。もっと重大なのは、あるスタンダール研究の大家が、章のタイトルにおいてそれを保証してしまったらしいことだ。

実際にはアンリ・ベールは、シャルル・ムニエ商会が食料品店などではなかったのだから、「食料品店員」だったことはない。はじめのころは、ムニエは植民地産物の輸入をしていたが、とりわけ委託によって仕事をしていた。つまり仲買業の役割だった。大陸封鎖のせいで海上輸送がほとんどゼロにまで縮小されたので、ムニエは事業を方向転換し、やはり仲買いだが、酒類の商売を始めていた。ベールがマルセイユにやってきたのは、こんな変化が起こっているときだった。したがって、かれの仕事は税関事務所へ行ったり、アルコール度数を測ったり、郵便物を発送したり、会計簿をつけたりすることだった。この最後の仕事は、為替や手形割引のとても複雑な問題に慣れさせてくれた。

それにしても、かれはどんな肩書きでシャルル・ムニエ商会にいたのか。もちろんいまも、これからも、共同経営者としてではない。フォルチュネ・マントの母親は反対していた。マント夫人は、息子の将来を切り開くのに躍起になっていた。フォルチュネが運命を共にするべくベールを呼んでいたことを知らなかった。「ベールの息子」もまたマルセイユにいるという知らせは、人づてに届いた。彼女はただちにペンをとって、怒りの手紙をムニエに書いて非難を浴びせた。自分の計画を危うくするかもしれないこの邪魔者を、こき下ろしていた。ムニエは当惑しきって返事を書き、ベールは自分のところではたんなる見習いと下宿人の資格だと請け負った……。富へのすばらしい夢は、完全に水泡に帰そうとしていた。マルセイユは、はじめからアンリ・ベールには袋小路なのだ。

……そしてふたりの生活

マルセイユ到着の当日、ベールはあんなに望んでいた「勝利」を手にした。忠節と情熱にほだされて、メラニーはかれを受け入れた。蜜月だった。かれは若い女性に対する役割を果たそうとし、自分の好みを伝えようとした。なかでも、熱心に勉強していたデステュット・ド・トラシーの『論理学』を絶賛することだった。ふたりは都市近辺を散歩した。九月一七日、かれはポリーヌに打ち明けた――「ぼくは幸せだよ。夢中になってあこがれている女性に心から愛されているんだ。美しい心をもった人だ。美しいっていうのはいい言葉ではない、崇高だ」。

しかし蜜月とは、周知のごとくはかないものだ。はじめ数カ月の幸福感のあと、満ち足りた愛の陶酔は崩れ落ちる。ルアゾンは、崇拝する偶像から、いつも将来の道や子供や自分の幸せの心配ばかりしている

スタンダールのスケッチ　マルセイユ近郊，モンフュロン草原
（1805年の散策の思い出）

悲しげな弱い女に戻ってしまう。マルセイユの劇場事業も、危機に瀕していた。いずれにしても、メラニーの控えめな演技は、もっと派手なものに慣れた観客たちの好みを満足させなかった。将来の不安のせいで、少しずつ、屈託ない幸せな愛は消えていった。一一月に、散歩をしながらかれは告げる――「きみは木蔦だ。小さな木にしがみつき、そのことに不安を感じている。心から信頼する大きな木に寄り掛かるべきなのに」。この陰気な秋の日に似つかわしい、憂鬱な確認である。

お互いの嫉妬も加わった。とりわけ双方の神経過敏の結果だった。ついに倦怠感がベールをとらえた。かれを魅惑した「崇高な」資質のことごとくが、いまやかれの日には色褪せてしまった。一八〇六年一月九日、かれは書く――「二週間前から、いつのまにか、メラニーとはもう何も話さなくなった。のろいし、しばらく待たせたあげく、特になんの意味もないことを言うので、嫌気がさした」。

グラン‐テアトルの閉鎖と恋人の態度とに途方にくれ、絶望し、メラニーは一八〇六年三月一日、仕方なくただひとりパリに戻って行く。ベールはマルセイユに残り、三カ月後に日記に書き留める――「メラニーは馬鹿なんだと分かってきた。知性がないことを証明する行為がたくさん思い出される。彼女の出発後、すぐに自由の喜びが湧いた。四〇日か五〇日後に、少し後悔した。いまは、はっきりと思う――とても好意をもっていた。ぼくを押さえつけず愚痴ばかりこぼさないように心がけてくれたときは、とても愛してさえいた。これが本心だ Ecce homo」。

物語は終わった。それでも灰はずっと熱いままだろう。その後、何年も経って、たまたま旅行中――メラニーはモスクワの劇団に入り、この地でロシア人将校と結婚する――恋人たちは再会し、つかの間、むかしの愛をよみがえらせるだろう。

人生の曲がり角

アンリ・ベールは、マルセイユで暗い時期を経験した。元同級生のプラナに、最高に効く毒について問い合わせたことを信用すべきなら、かれは自殺まで考えたことになる。二三歳にして、何も手に入れず、傷心していたのだ。数々の計画の失敗は、父のあきれ果てた吝嗇のせいだと、繰り返しても無駄だった。慰めになるどころか、それこそが未来を悲観する理由であった。いまや、証拠は示された。息子の援助を拒否する男には、何も期待してはいけない。

救いの道は、ひとつしか残っていなかった。またピエール・ダリュに頼ることだ。だが、窮地を乗り切るこの方法が、どれだけ辛く屈辱的なことか！ 裸足で首に縄を巻いて出頭し、軍を辞職した軽率さを認め、自分の非を認めて謝罪し、謙虚に懇願し、侮辱的な言葉に身をさらさねばならなかった……。権勢を誇るピエール・ダリュがひとこと言っただけで、ナポレオン支配下の無数の若者と同様、野心に苛まれはじめたこのいとこの前にあらゆる扉が開くのだ。しかし、その気になってくれるだろうか。恨みを忘れて、過去を水に流す気になってくれるだろうか。ベールは正攻法を企てる。まずダリュ夫人に手紙を書く。それから、ダリュ自身に手紙を宛てる。中央学校の元同級生シュミナドに頼んで、ダリュ夫人の親友であるかれの妹に、取り持ってもらう。叔父ロマン・ガニョンには、マルシアル・ダリュのほうへの自分の弁護をお願いする。なかでも、祖父には絶望と同時に脅しの混じった書簡を、何通も送る。かれは、自分の状況をドラマティックに描き、必要とあらば、ためらいなく真実を曲げ――たとえばメラニーの娘の父親を自分だとする――ルイジアナへ旅立つ用意もあると表明する。

感激し、慌て、医師ガニョンはいそいそとピエール・ダリュに手紙を書き、その手紙の内容を孫に伝える――

「まず、おまえの自尊心が過敏だと知っているから、尊重してやったよ。少しのあいだ、ちょっとした雲で光が隠れることもあったが、おまえの執念は続いていたと保証した。おまえの無分別な行動は年齢のせいにし、あれだけ強く頼み込んだ地位を放棄したことは、おまえが軍人になるのがわたしたちの気に入らなかったせいにした。できるだけのことはした。それから、きちんと計画を実行することや、二年前からの勉強のことを褒めておいた。おまえは分別を充分身につけたと保証し、粘り強さと首尾のよさにも太鼓判を押した。わたしは銀行の計画にはあまり賛成でなく、別の仕事に向いていると思うと言った……。とにかく、紙にびっしり詰めて書いた三枚半で、言いたいことだけは言った！　それでも、必要なことしか言わなかったし、依頼する件については、地位を名指すことはいっさいしないで、任命する栄誉をかれにあずけておいた……」。

四方から懇願されて、ピエール・ダリュは援助を断われなかった。しかし、最初の経験で痛い目にあっているので、深入りするつもりはなかった。求職者は職を得るだろう、そうとも、しかし思い上がりは抑えてほしい！

一八〇六年五月二八日、シュミナドがベールに書く――「ダリュ氏がきみにどんなポストを与えると思うか、との質問だね。かれ自身の言葉だと、選ぶのは、ほぼきみの自由に任せるようだ。かれは、きみが望むものを得る約束だけはするだろう。おそらく、国務院書記のポスト以外ならね。かれが皇帝に願い出たかどうかは怪しい。必ず手に入れてはくれるだろうが……」。

そしてシュミナドは友に、間接税制度のなかで創設されるポストのひとつに志願できるかもしれないと、親切に提案する……。この手紙は、ベールには、冷水を浴びたようなショックだった。かれは、国務院に席をもち、下っ端の下っ端である間接税——当時は集めた税 droits réunis と呼ばれていた——業務で暮らす自分の姿を、もう思い描いていた！　考えるだけで、背筋が寒くなった。

五月末、マルセイユ滞在をこれ以上延ばしても無駄だと判断する。グルノーブルに寄ってから、七月一〇日にはパリにいる。ピエール・ダリュは結局屈服させられ、かれは行政の仕事を始めることになり、それを帝国没落まで続けることになる。

＊アメリカの親戚

ベールは一生でいちばん危機的な時期——将来の見込みがまったくなかった——をマルセイユで送っているころ、ルイジアナに旅立つと言って、家族を脅している。

かれには、家族がうろたえるだろうと、はっきり分かっていた。脅しには根拠があったからだ。ベール家の親戚のひとりアルマン゠ガブリエル・アラール・デュプランティエが、一七七八年ごろ、まさしくニューオリンズに定住していた。かれは息子フェルギュスを、一八〇五年、教育のためにグルノーブルへ送り込んでいた。スタンダールはこの息子と知り合って、アメリカの親戚たちと交流をしていた。したがって、新世界に移り住む手助けを頼むのは、充分可能だった。

＊マルセイユの住まい

到着すると、かれはパラディ通りとのほぼ角にある、サント通りイル八八、一六番の、ランベールという卸売商の家に部屋を借りた。メラニーの出発後はそこを出て、トゥルニエ夫人の家に住んだ。サン゠フエレオル通り、イル七七、三一番、ヴァンチュール通りとグリニャン通りのあいだ、ラ・カヌビエール通りをおりた左手（現在の五八番）だった。

しかし、郵便物は相変わらず、シャルル・ムニエ宛にしてもらっていた。その事務所は、はじめパラディ通り（現在の三八番）にあり、それからヴィユー゠コンセール通り、つまり今日のヴァンチュール通り一四番に移った。

後者の建物の正面に、一九一六年、プレートが掛けられた。

「一八〇五年および一八〇六年　スタンダールが『パルムの僧院』を執筆する前に　数カ月間　こ

の家で生活した」
『パルムの僧院』は三〇年もあとで書かれたのだから、この記載には当惑する。狙いはよかったのだが……。

＊ マルセイユのグラン-テアトルでのメラニー

メラニーがマルセイユの契約を受けたのは、無謀ではなかったか。マルセイユの劇場の状態は、盛況とはとても言えなかった。一八〇五年一月四日付『ジュルナル・ド・パリ』紙によると——

「マルセイユ。三つの劇場のうち、ひとつはすでに閉鎖され、他のふたつは経営がうまくいっていない。そのために、観客の気紛れか、または軽率な相場師によって、名声を確立したあの美しい希望の星たちは、まず例外なく消えてゆく。」

いずれにせよ、メラニーは期待していた成功を得られなかった。内気と自信のなさが、失敗の大きな理由だった。それに、観客の質も原因だった。マルセイユ人には、劇場は演劇芸術の殿堂ではなく、むしろ待ち合わせ場所だった。

この点について、ベールの友人フォルチュネ・マントがこう語っている——

「……平土間席は部分的にパリの大通りよりひどい状態だ。どんな評価がくだされることになるのか、分かるはずだ……。わずかの金持ちでまともな男女は、専用ボックス席をもっている。それから、一階席と二階席は、ここで収入源を求め、そのために演技などまず気にしない娘たちでいっぱいだ。若い男たちはほとんどみな一階席に行って、聴くよりも、せっせと娘たちに話しかける……。」

観客の注意を引きつけてほしいと頼む支配人を喜ばせるために、メラニーはある晩「叫び声をあげる」ことに同意した。この案は受けが悪かった。なぜか。充分に大声で叫ばなかったからだ！

＊「……生涯あなたを愛します」

この言葉で、メラニーがマルセイユ出発の翌日にアンリ・ベールに書いた手紙は終わっている。彼女は、もうほとんど愛されていないとはっきり自覚しているだけに、この言葉はいっそう哀れだ。

「……疑惑のなかで生きるのはぞっとするし、恐ろしくて、耐えられません。口では言えないほど苦しんでいます。毎日泣きながら暮らしています。何よりも、あなたがわたしを愛していないこと、永久に愛してくださらないだろうこと、わたしたちの運命が互いに分かちがたく結ばれているとは思っていらっしゃらないこと、こういった考えに絶望しています。この考えは、わたしから希望のすべてを奪い、すべての苦悩を終わらせる死だけを願う勇気まで、奪ってしまいます。」

だから、愛が冷め、彼女をかなり邪険に扱っておきながら、スタンダールが生涯メラニーの優しい郷愁に満ちた思い出を持ち続けたのも無理はない。彼女の誠実さや心遣いの細やかさは評価していたからだ。

＊シェリュバン・ベールの羊

スタンダールによると、「農業熱」とメリノ羊が主な原因となって父を破産させ、そしてかれからも不自由なく暮らそうとあてにしていた財産を奪ってしまった。それは疑えない。シェリュバン・ベールは投機が好きだった。しかし、巨額の資本金を用意できなかったので、かれの計算によれば莫大な収益をもたらすはずの事業に投資するために、借金をしていた。実際には、事業では借金の利息分さえ払い戻せなかったのだ。こういった投機のなかで、いちばん大きいものがメリノ羊の飼育だった。一八〇六年初め、かれはこう書いていた——

「わたしはある種の収益を試したい。それは日々の活動をすぐに楽にしてくれるはずのものだ……。

二〇〇ルイは必要だ。四年後には驚くほどの利益になり、かなりの価値の財産を手にすることは確かだ。」

そこでかれは、多額の費用をかけて、ピエモンテから羊二群れを連れてこさせた。ひとつは三〇頭の雌羊と二頭の雄羊、もうひとつは五〇頭の雌羊と二頭の「極上種の」雄羊の群れで、それらのために、かれはクレの地所に立派な羊小屋をつくった。

設備費と、いまで言う運転費は大変なもので、あてにしていた利益を全部使い果たした。この間アンリ・ベールは、「幸福狩り」に行く邪魔をする父のあてどもない夢を心から恨んでいた。

第7章　ナポレオンにつきしたがって

活動的な生活

一八〇六年末、スタンダールの人生の新たな段階が始まる。活動的で波瀾に富み、意外性に満ちた生活である。ほぼ全国民を皇帝の側につかせてその命令下に駆り立てる大勢に、かれも引きずられる。幸運は大胆な行動によって生まれる。栄光は混沌のなかに捨て身で飛び込む人たちのものだ。ジュリアン・ソレルは野心的な平民だが、生まれるのが遅すぎたことで痛恨の思いにとらわれるだろう。兵士になれただろうに、戦場で肩章を手に入れただろうに、貴族の爵位をもらえただろうに、と。

アンリ・ベールは成り行きに任せる。野心に苛まれはしたが、批判的精神や、あの甘い夢想や、あの抜きん出た明晰さは持ち続ける。行政の仕事を大変立派に果たすことになるが、しかし、それが間もなく重くのしかかってくるだろう。密かなあこがれは変わらなかった。完全に自立し、好きなことに没頭して生きること。一見して、経理部での仕事は、かれの気質から想像できるものからもっともかけ離れている。実際には、その仕事によって、ヨーロッパの大部分、ドイツやオーストリア、ポーランド、ロシアなどを駆けまわることができ、広大な観察の場が与えられることになる。そのために経験を積むことができ、作品は豊かになり、そのおかげでたんなる文人にとどまる恐れから逃れるだろう。

待機

すでに見たように、一八〇六年七月一〇日にパリに戻ると、ベールはただちにダリュ家へ赴く。親切に、しかも心から歓迎されたが、願い出ていた地位についてはひとこともなかった。かれはじりじりする。吉報を知らせるために、ころを見計らって待っているのか。たんに忘れてしまったのか。プロシアでの宣戦布告の報が届いて、かれの状況をいっそう不安にする。首都は興奮に包まれていた。九月一八日、かれは日記に綴る――「みんなそわそわしている……。フォブール・サン‐ジェルマンの馬車はみなほったらかしだ。出発できなくて死にそうなヴァンセンヌの砲手、窓から飛び下りた陸軍士官学校の病気の歩兵たち。はっきりと示された衛兵の熱情」。この間、かれは気をもんでいる。「もしみんな出て行ったら、ぼくはどうなるのか。この冬はパリのブルジョアのままでいるのか。北方へ行って肩書きを取るか。そっちのほうに行きたい、特にマルシアルと一緒に……」。まさに、マルシアル・ダリュが窮地から引き出してくれる。九月二七日、かれが一緒に来いと勧め、それから必要な許可書を兄に頼みに行ってくれているあいだに、ベールは会見の結果について思い巡らす。「一、マルシアルのお供をする候補生　二、同じく会計監査官　三、別のところへ行く会計監査官　四、別のところへ行く候補生　五、もしくは何もなし、パリに残る」。

ピエール・ダリュの答えは曖昧だったに違いない。というのは、右に列挙した可能性のうち、どれも現実にならなかったから。ベールは一〇月一七日にドイツへ向けて出発することになるが、マルシアルのたんなる相棒としてである。

ブラウンシュヴァイク

一八〇〇年、アンリ・ベールは民間人の服装で、等級も職務もなしに、予備軍を追いかけてイタリアへ出発したのだった。一八〇六年、民間人の服装で等級も職務もなしに、大陸軍を追いかけてドイツへ出発する。驚くべき類似だ。ただ、まったくおなじではない。一八〇〇年には、ピエール・ダリュが自分に地位をくれるのをおとなしく待っていた。いまは、昇進を自力で手に入れるほかはないと分かっている。いとこが偏見を捨ててくれるために、能力、忍耐力、粘り強さの充分な証拠を見せねばならない。ベールは苦労して目的を遂げるが、ピエール・ダリュが保護し続けていたなら、どうなっていたのだろうかと想像してみたくもなる。

マルシアル・ダリュとベールはまっすぐベルリンへ向かう。ナポレオンが、敵を撃破してからここに入ったところだった。ベールも勝利を収める、もちろん自分なりに。陸軍会計監査官の臨時補佐に任命されるのだ。やれやれ！　突破口は開いた。今後は段階を追えばいいだけだ。やはりマルシアルの指揮下で、かれはブラウンシュヴァイクに送られる。ほどなくして、新ウェストファリア王国に併合された、もとブラウンシュヴァイク公領地の行政担当経理の職務を行なうことになる。

ラ・カヌビエール〔マルセイユのメインストリートの名前〕からブラウンシュヴァイクまでの遠いこと！　まずはじめにしたくなる問いは——かれは、ドイツやドイツ人にどう反応したのか、ということ。答えは簡単だ——同郷人の、以下のように図式化できる先入観を、ほぼ鵜呑みにした——ドイツは古めかしい国である。ドイツ人は貧しくて、フランス人より文明化がずっと遅れ、もったいぶっていて、感傷的で、要するにあらゆる点で滑稽である。

一二月三日、妹に書いている――「なぜか分からないが、中世がぼくのなかでは、ドイツという概念と結びつく。ブラウンシュヴァイク地方の農民たちは、シャルルマーニュ時代の服装をそのまま残してきた。北国は、春や秋は気にくわないが、冬は感動的だ。地味な装いにすっぽり包まれる。老いて雪を被った木々に囲まれたゴチック式教会は心を打つ。ちょうど隣にそんな教会がある。サン‐テジディ教会だ」。

当時の人々同様、かれもゴチック様式を粗野だと思っている。それで、ブラウンシュヴァイク住民の宣誓式典に列席したときにこう書き留めている――「権威者たちが住みつく建物の、ゴチック特有の醜さ」。

ドイツ人については、飾り気がないが冷淡で粘液質で個性がないと考える。かれはうわべだけで判断したのだということは、ここではっきりさせておこう。どうしても言葉が身につかず、理解できなかったので、直接付き合って意見を交わすことはいっさいなかった。足しげくかよったのは元廷臣の家だけで、かれらはフランス語を完璧に話し、礼儀上、フランス人と好意的に付き合っていた。たとえば大使ド・ミュンヒャウゼン氏、参事官ド・ストロンベック氏、狩猟長ド・シエストルプフ氏、侍従長ド・ボトマー氏、ド・グレイスハイム将軍などの家だ。いずれにせよ、みなドイツ人だ。フランス風の礼儀はたいてい、うわべだけだ。ベールはときどきへまをした。それに気づいたのは、そろそろ滞在が終わるころだ。一八〇八年九月二六日、かれは書く――「ブラウンシュヴァイクに来てもうすぐ二年になる。そこで、こんな反省をしている。いかにも青二才のフランス人として考えて、この国の人々を、先入観のない哲学者だと勘違いし、咎めるべきは咎め、かれらのひどい鈍さに軽蔑を見せさえしてしまった」。

かれは、数々のレセプションにも出席する。アマチュア俳優の小劇団を主宰する。狩猟パーティーに参加する。ブロッケン山、ハッセ山、ハルツ鉱山などの郊外に遠足をする。遠くはハンブルクまで行く。一八〇七年六月三日、かれは断言する――「いつも望んでいて、その欠如が退屈の原因だと考えていたものが、ここにはある」。そして一年後、ポリーヌに書く――「ぼくはここで、ひとかどの人物だ。ドイツ人たちがぼくを「閣下」と呼んでいるたくさんの郵便物を受けとる。フランス人高官たちは、ぼくを「経理官殿」と呼ぶ。到着した将軍たちはぼくを訪ねて来る。ぼくは、請願書を受けとり、手紙を書き、書記たちを叱りつけ、夕食会に行く……」。

それでは、かれは幸せなのだろうか。それほどでもない。軍服が与える権威に、陶酔もしていない。この種の満足は見栄を張りたがる卑しい人々のものだと考える。かれは退屈だ。それがいちばん恐れている苦しみだ。退屈はかれの想像力の翼を切り落とし、麻痺にも似た状態に沈めてバランスを崩させ、誤解される行為にかれを走らせてしまう。

退屈に対するいちばんの特効薬は恋愛だ。滞在初期のころ、ベールは、当然のごとく金髪で、絶世のドイツ美女、ウィルヘルミヌ・ド・グリースハイムに激しい情熱を抱いた。彼女を思って心ゆくまでため息をついたり泣いたりした。一方、別のブラウンシュヴァイク娘ド・トロイエンフェルス嬢が、若くさっそうとした経理官に悩ましげな秋波を送ってきた。二股の駆け引きは尻切れとんぼに終わった。ウィルヘルミヌには結婚の約束があったので、ベールは紳士らしく身を引き、もうひとりのほうも断わった。しかし、これもみな、楽しい暇つぶし以上の意味が大いにあった。「ミーナ」すなわち「ミネット」は、本当に心をときめかせてくれた。以後、かれにとって、ドイツはミーナの思い出によって具現化されることになる。「時が経てばぼくの考えもたぶん変わるだろうが、ドイツで気に入るものはすべて、いつでもミネットの姿をしている」。

いったん「治れ」ば、「燃えやすい」かれの心に空きができて、そのために再び退屈が訪れ苦しませる。

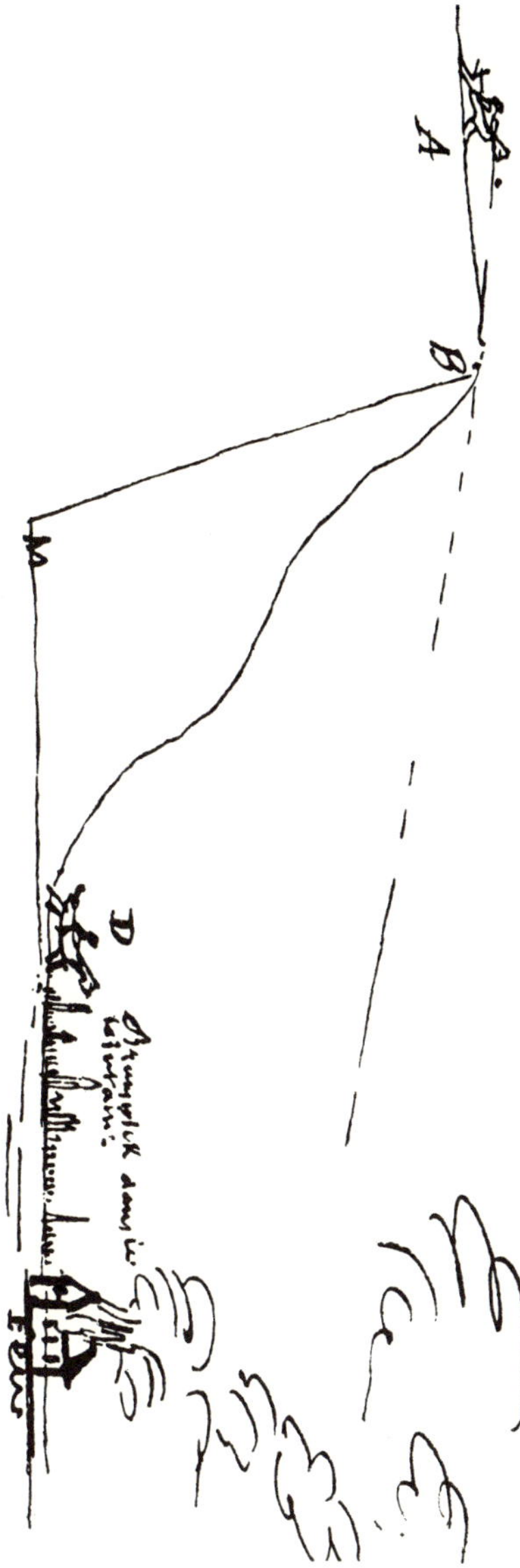

スタンダールのスケッチ　ブラウンシュヴァイクで，炎に包まれた家へ向かって駆ける自分自身

そこでかれは、「パリで、穴のあいたブーツ一足しかなく、冬のさなかに火もなくしばしば蠟燭もなかった」時期をなつかしむことになる。幸福はまったく見つけにくいもの、ということだ！

最初の遠征

一八〇八年一一月に入って二週間くらいで、アンリ・ベールはブラウンシュヴァイクを離れる。四カ月パリで過ごしたあと、ストラスブールに戻る命令を受ける。新たな遠征が始まろうとしていた。

そのときまで、かれの職務は純粋に行政畑だった。軍隊とはほとんどかかわっていなかった。一八〇九年は違っていた。四月と五月の約二カ月のあいだ、かれは本物の遠征に参加する。ワグラムの闘いで終わることになるものだ。会計監査官は、宿泊所や負傷者の移送や陸軍病院運営の任務を負っていた。したがって最前線のすぐうしろにいた。つまり舞台裏を知ることもできたのだ。スタンダールは行軍中の光景を興味深く眺める。諸部隊で混雑した街道、砲兵隊の列、負傷者の輸送隊などだ。宿営地インゴルシュタットの光景をこう素描している――「インゴルシュタットの様子は何とも異常だ。なかでもすごいのは、大砲や護送車に混じって、歌いながら部隊に向かう兵士、負傷して戻る痛ましい兵士、叫び声、あたりを覆う凄まじい喧噪。またすごいのは、ひるむことなく公演を行なう役者の一団だ。今夜は《「翼のある」（つまり浮気な）女》の三幕劇」。

珍妙な光景に、いかにも恐ろしい別の光景が入り混じる。戦いの翌日の戦場の光景ほど、荒涼としたものがあろうか。半ば壊滅した村々、略奪され焼かれた家々、変わり果てた死体やあらゆる残骸の散らばった地面、そして廃墟のただなかで暮らしている平然たるドイツ農民たち。

ベールは、遠征に参加することには、まったく不満はない。「荒くれ牛」ことピエール・ダリュの「叱責」はあったにせよ。かれは、できるだけすぐに、紙に印象を走り書きする。それらは旅日記の無味乾燥な情報でも、冗長な記述でもなく、生の強烈な縮図だ。その主要な価値は「目撃したもの」の範疇に属することだ。ワグラム戦——五〇万人が五〇時間戦った——に、健康状態のせいで参加できなかったことを、かれは嘆いた。その悔しさを、われわれもかれと分かち合おう。

フランス軍はドナウ川が流れる方向に沿って進んでいた。五月一三日にウィーンが降伏し、ナポレオンが入城した。同日、マルシアル・ダリュとアンリ・ベールもオーストリアの首都に身を落ちつける。

ウィーン

マルシアル・ダリュは、スペインから戻っていた。ウィーンおよび地方経理官に任命されて、いとこも自分のそばで働くよう頼んでくれた。ベールは陸軍病院の運営を任された。それはとりわけ報いの少ないポストだった。戦いは続いていたから、病院はいつもいっぱいだし、その機能についても、あらゆる類いの問題が山ほどあった。ベールはこれらの困難に対処した。一度ならず、かれは行政官としての資質を見せた。その直接の証言が、友人フェリクス・フォールの日記のなかにある。フォールはこの時期、オーストリアに個人旅行をした。ウィーンにはかなり長期間とどまって、勤務中の同郷人の姿を見た。職務は、繰り返すが辛かった。しかしおかげで、ベールはウィーンにいられたのだ。

この都市は、かの有名な魅力をかれにも振りまく。五月一八日に、こう書く——「ウィーン滞在のはじめごろには、イタリア以来ジュネーヴでしか思い出せなかったあの満足感と完璧な安らぎを覚えた。その気持ちは、慣れてくるにつれ、少し弱まってしまった。それでもぼくにとって、ウィーンはとても楽しい都市だ」。温暖な気候に、「崇高な」音楽の楽しみが加わる。ヨーゼフ・ハイドンが亡くなったばかりだった。ショッテン教会で荘厳な祭式が行なわれ、モーツァルトの《レクイエム》が演奏された。ベールは七月二五日付のポリーヌへの手紙で、作曲家と葬儀について話した。

「ハイドンはここで一カ月くらい前に亡くなった。かれはただの農民の息子だったが、感受性豊かで、自分の抱く感情を人に伝える方法を学んだおかげで、長じて不朽の名作を残すまでになった。死の一週間後、街中の音楽家たちがショッテン教会に集まって、かれのためにモーツァルトの《レクイエム》を演奏した。ぼくもそこにいた。軍服を着て、二列目に座っていた。一列目はかの偉人の家族で占められていた。三、四人の哀れな小柄な女たちで、沈んだ顔をしていた……。」

しかし、かれはハイドンの音楽には無関心だ。ハーモニーよりもメロディーのほうに敏感で、モーツァルトの《ドン・ジョヴァンニ》を聴くと、次第に恍惚感が高まる。「……ほぼ毎週ヴィーデン劇場でドイツ語上演されている《ドン・ジョヴァンニ》が、分かるようになってきた」。このときから、モーツァルトはかれの心のなかで、大好きなチマローザの隣に位置を占めた。

気候、音楽。ウィーンが象徴する魅惑の三幅対の第三面はもちろん、女である。ウィーン女性のとげのある美しさは、女の香りにとても敏感なベールを無関心にさせておくわけがなかった。「ウィーン滞在は楽しい」と繰り返したあと、かれは、いくぶん憂鬱げに付け足す。「それは独特な悲しさも引き起こす。愛へと誘いすぎるのだ。一歩ごとに美しい女性がいる」。われわれにはバベという名前だけが分かっている、美しく知的だったと想像できるウィーン女性が間もなく現れて、かれの孤独を終わらせてくれる。ただそのあとは、未来の小説家の精神構造は周知のことで、かれには美しい女がベッドにいるだけではだめなのだと見当がつく。「心の孤独」は別の孤独よりずっと重い。かれに好意的な神々が、間もなく想像力に糧を与えてくれた。想像力という言葉をあえて使おう。それは、のちにかれが「結晶作用」と呼ぶ現象において主要な役割をもつのだから。

ピエール・ダリュの妻アレクサンドリーヌ伯爵夫人は、一八〇七年にブラウンシュヴァイクに短い滞在をしていた。彼女は「友情のそぶりを見せて」かれを迎えてくれたのだった。彼女は一〇月二一日から一一月二〇日まで一カ月間ウィーンに立ち寄ったので、ここで再会し、ベールは彼女に夢中になりはじめた。日記のなかで詳しく語られる彼女の出発の場面は、あとでまた触れねばならないあの「情熱」の調子をよく表わしている――

「Z（ダリュ）夫人はM・D〔マルシアル・ダリュ〕とぼくが隣室から取ってきたソファの上に横になった。出発のとき、ぼくに同情しているように見えた。目に涙さえ浮かべていた。が、その涙はまず本心からではないし、ぼくのためだったとはなおさら思えない。

出発の時が刻々と近づく。ぼくはソファの足元に座っている。彼女の手袋をもてあそび、それを返し、こんどは彼女が返してくれる。一度はそれを返してくれと彼女は手を伸ばそうとしたのだが、とても優雅で、たぶん愛もこもっていた。ぼくはソファのほうへ頭を下げて、伸ばしかけたその手に接吻をした。優しさと愛情がこもっていたはずだ。行き過ぎない程度に、感情に突き動かされていたのだから。まったく遠慮もしなかった。すべてがぼくのほかの動作と同様、かなり無謀だった。目撃者がいれば、たぶん彼女がぼくを愛していると思うし、馬鹿なやつらならたぶんぼくが……したとまで思い込むだろう。

階下に降り、一時半に、馬車のそばで、彼女は左を振り向いて頭を伸ばし、ぼくに言った――「さようなら、いとこさん」。ぼくは彼女に接吻する。彼女のヴェールが接吻をふたつに断つ。でも、与えるほうは心をこめ、受けるほうも冷淡でなかった、とぼくにはそう思えた……。」

そうこうしているうちに、ウィーン講和条約の予備折衝が調印され、第五回対仏同盟に終止符を打った。皇帝フランツ一世は、フランス人が退却したウィーンを再び手にした。リンツで二週間ほど休止して、一八一〇年初頭、ベールはパリへ帰還する。

最高の地位に

一八一〇年一月から一八一一年八月末までパリで過ごした二〇カ月は、スタンダールの生涯でももっとも華やかな時代だ。かつての夢がみないちどきに実現する。ある日、こんなふうに描いていた夢だ——「パリ、書記官、八〇〇〇リーブルの年収、最上流の社交界で名を馳せ、女たちを手に入れる」。

大変な努力を払ったことを見たが、かれはうまくピエール・ダリュの反感を和らげて寵愛を取り戻してからは、「過ちをおかさない」ようにしていた。ピエール・ダリュは、怒りを爆発させてかれを軽薄呼ばわりすることはまだあったが、親戚の男の勇気、熱意、能力を認めないわけにいかなかった。そこで、この男が国務院のことをおずおずと口にしはじめたとき、もはや反対はしなかった。正式の座を手にし、一八一〇年八月五日、ベールは勝ち誇って叫ぶ——「勝利は完璧だ」。その数日前、ナポレオンは国務院に一三四人の新書記を置く政令に署名していた。アンリ・ベールの名は——より正確にはド・ベール、というのもわが英雄は、姓の前に小辞を付けはじめたので——選抜者リストに載っていた。かれはどうやってこの「勝利」を獲得したのか。ピエール・ダリュの「心をつかむことで」と、翌々日、ポリーヌに説明している。「いかにして?　ぼくを褒める言葉がどこでもかれの耳に入るようにし、言葉のあらゆる意味でかれに忠実であるようにして。四年間、たゆみなく行動し、そのためにしか出費はしなかった。ある月曜の朝、かれの部屋で、いまのぼくの地位をきっぱりと断わられた日以来ずっと、この地位につきたいと考えずに行動したことは片時もなかった……」。

ピエール・ダリュはその後かれにとても好意的になって、フランス併合に関係する問題を扱うために赴いていたオランダ王国から、ベールが自分の素質や好みに合った職権を得られるよう尽力してくれる。こうして八月二二日、新書記官は帝室費のもとに置かれ、帝室動産・建物監察官に任命される。この肩書きで、アンリ・ベール（失礼！　アンリ・ド・ベール）はフォンテーヌブロー宮殿動産管理の役目を負う。またルーヴル美術館（当時はナポレオン美術館と呼ばれていた）の目録作成の監督もする。

経験によって慎重になり、かれは陸軍省に手紙を書いて、書記に任命されたいま、会計監査官補佐の肩書きと年功序列も残しておきたいと願い出る。請願は受け入れられ、そのおかげで退役補佐の俸給を保持できるようになる。

こうしてパリに自分の地歩を占め、人生のあの華やかな時期をここで送ることになる。かれはヌーヴ－デュ－リュクサンブール通り（現在のカンボン通り）の瀟洒なアパルトマンに落ちついて、それを友人のペパン・ド・ベリルと共有する。二輪馬車、軽四輪馬車、数頭の馬、二人の従僕、それにすばらしい衣装戸棚まで所有する。日中の義務である数々の訪問の疲れを癒すために、夜はオペラ・ブッファ〔喜歌劇〕の楽しみに身を任せる。仕事に不足はないが、かれの執務室は「アンヴァリッドの五点型植え込みを見下ろすすばらしい位置にあり、彼方にはパリの西端にあるムードンの森も見えた」。

女性の存在なくしてのかれは想像できないだろう。アンジェリーナ・ベレイテルが公認の愛人だ。美しいユダヤ女で、「第二および第三女優」としてイタリア座の劇団に所属していた。音楽の才能があり、愛人にチマローザやモーツァルトのアリアを歌ってくれた。そのうえ、ぽってりして優しくて、素直な性格だった。それはスタンダールについて知られるなかで、いちばん長続きした関係である。実際、それが終わりを告げるのは、やっと一八一四年の帝国崩壊のときになるだろう。アンジェリーナはかれの愛人のうちでもほぼ夫婦のように暮らした唯一の女性だ。彼女は毎晩のように公演後に会いに来てくれた。かれが留守にしてから戻って来るたび、愛想のいい、変わらぬ彼女がそこにいた。それなのにこの女性の思い出は、スタンダールにとって、もっとも影の薄いものとなる。なぜ彼女がこんな不当な扱いの犠牲となったのか、分からない点が多すぎる！

男爵になる

しかし、気になることはあった。ベールは、父のことを考えるだけで不快感に襲われたのだ。しかもどうしても考えないわけにいかない。というのもかれの昇進と、最大の願いの実現、つまり男爵位の獲得が、父しだいだったのだ。そのために父から長子世襲財産をもぎ取らねばならなかった。ところでシェリュバン・ベールのほうは相変わらず、まったく煮え切らない態度だ。実を言うとわれわれも父の態度にはかなりとまどってしまう。銀行のことでは息子の途方もない計画に耳を塞いだのは無理もなかったぶん、アンリが「職についた」いまは、できるかぎりでの援助を期待できそうなものだが。それでもなお、不信感を拭い切れないでいたのだろうか。あり得なくはない。事業があまりに不安定な状態だったので、息子を満足させる力がなかったのだろうか。それもあり得る。確信はもてないが、息子の将来よりも自分の投機のほうを故意に優先したと父を責めるよりは、それらの仮説のどちらかを選ぶことにしよう。

いずれにしても、息子は激怒している。一八一一年六月二六日、かれはポリーヌに書く――「もし一〇年後にぼくがまだしがない郡長だったら、理由は明らかだろう。もし知事にして男爵、金持ちになっていれば、一八一一年六月にはどんな窮地にあったかをなつかしく思い出すのだ」。父については、われわれと同じ疑問をかれも抱いている――「不可解な宿命により、かれはぼくに世襲財産を渡そうとしない。父親ならみなしていることなのに。けちなんだろうか。臆病からだろうか。無一文になるのが怖いのか」。かれはしつこく試してみる。どうにもならない。いつもの腹心の友に訴えるにも、恨みがこもっている
――

「お父さんには、ぼくに世襲財産を渡すために（……夫人から）二万フラン借りることを提案したよ。返事がきて、提案に賛成してくれ、ぼくが六万フラン支払う条件で、五六〇〇フランの年金贈与をしてくれるそうだ。これこそが子供のために尽くす父親というものではないか！　ぼくはお父さんに、各一万フランの手形一〇枚の振り出しを申し出ていて、いまもそう言っているんだよ。かれの利益になるように、しかも結局はかれの望むだけ、かれの望むような方法でだ。それもこの些細な称号を手にするためだ。

この称号があれば、二年後には四万フランの給料をもらえるだろう。

この称号がなければ、いまとおなじせいぜい六〇〇〇フランだろう。

父親が怒りのあまりにここまで息子の首を絞めるなんて、ふつう考えられるかい？」

悲惨というわけではないが、かれの状況は微妙だった。次の数字がそれを雄弁に語っている――かれの給料は八〇〇〇フランまで上がっていたが、出費は一万四〇〇〇から一万五〇〇〇だった。浪費家だと非難されたら？　これらの出費は出世するために必要不可欠だった、日頃の行ないで人は判断されるのだから、とかれは答えていた。

妹の夫フランソワ・ペリエ－ラグランジュに借金の交渉を依頼した手紙は、読んでおく価値がある。それは、スタンダールの無頓着そのものの性格を浮き彫りにしてくれる。金のことでは――それだけでもな

いのだが――かれのドフィネ根性があらわになるのだ。

「この地で成功するにはそうとうの出費が必要だ。ぼくの場合、一八一〇年度については買い物を別にして八〇〇〇フランになるだろう。このくらいの出費を五、六年すれば、結局は二万四〇〇〇フランに値する地位を手に入れることになる。そのとき三万六〇〇〇フランの借金を抱えているだろうが、一〇年もあれば返済できる。高利の借金をするのは、ぼくがここ社交界で生きている立派で慎ましい、まじめな流儀にふさわしくない。もしこちらで借金をしたら、八パーセントから、もしかすると一〇パーセントの負担になるだろう。逆にグルノーブルでは、わずかだがいつかぼくのものになる財産をかたに借金を抵当に入れれば、きみの熱意しだいで五パーセントか五パーセント半でまとまった額を払ってもらえるだろう。まず言っておくが、ぼくは親戚や友人のだれからも借金はしたくない。それは政治と友情を混同することで、そして政治は愛を錆させてしまう。だから、お願いするのはきみのお金ではなくて、きみの熱意なんだ。

すでにある方面で一二〇〇フラン、別口で七〇〇か八〇〇フラン借りている。だから、きみがこの次グルノーブルに滞在するときに、ぼくの借金の交渉をしてほしい。債券の書式とそれを記載すべき書類の手引きを送ってくれ。もし父が仕送りをしてくれれば、仕送り分を引いた八〇〇〇フランだけ借りれば済むだろう……。」

ベールが借金という解決にしぶしぶ訴えたにしても、結婚による解決にはぞっとする。もちろん政略結婚のことだ。「ぼくは結婚すべきなのだろう」とかれは悲しげにため息をつく。「愛想がよくおとなしいだけのどうってことない女と結婚するのが、いちばんいいのじゃないか」。おせっかいな友人たちはかれのために大富豪の跡取り娘ジェニー・レシュノーを探し出してくる。「背の高い娘で、優しくて礼儀正しくて敬虔で、少々の知性と聡明さがあった」。しかし彼女の親族は、ド・ベール夫人になるという条件でしか、結婚に同意しないだろう。またもや悪循環に陥る。結婚は成立しないだろう。それを喜ぶしかない。結婚したスタンダールを想像するのは難しい。かれには、夫婦生活への適性はこれっぽっちもなかった。

頭での恋愛

しかしながら、将来を心配するあまり、そのほかのことを忘れるほどではなかった。ほかのこととは、心と頭の欲求から成るものだ。それがスタンダールをたんなる出世主義者や放蕩者とは区別しているのだ。女の存在——優しい愛人のこと——がすでに見たようにかれには必要だが、それだけでは不充分だ。アンジェリーナ・ベレイテルと結ばれる前、かれはこう嘆いていた——「四年間大切にしてきた果実を味わうときになって、ぼくの心は別種の幸せを渇望している。ちょっと感じのいい女を愛し、二週間ほど一緒に田舎に行くことができればなあ。それがぼくの空想だ。でもぼくにとって、そんな人はずっと空想のままだろう」。かれは、優しいメラニーのことをなつかしむようになる。「メラニーのような心の人と一緒なら、ぼくは申し分なく幸せだっただろう。マルセイユで、ぼくの幸福が愛でつくられていたころにはなかったものを、いままさにもっている。しかし、ちょうどそのかわりに、かつてもっていたものがもはやないのだ」。

アンジェリーナは、この「感じのいい」女性の役を果たしにやってきた。しかしベールはやはり満たされない。情熱恋愛によって愛していないからだ。それだけがかれにとっては幸福、つまり苦しみで味つけされた幸福を与えることができるのだ。

そんな恋愛をかれに抱かせることができるのは、日々会っている娘たち——ベジユー嬢やラ・ベルジュリ嬢といった「崇高な」……そして「退屈な」美人——ではなくて、夫も子もある女性、つまり、かれの親戚で保護者でもあるピエール・ダリュの妻であろう。アレクサンドリーヌ伯爵夫人は、かれとは数カ月違いの同い年で、五人の子供がいた。かの有名なグロが一八一〇年に描いた肖像画で見ると、屈託のない明るい表情の、ふっくらした体格の若い女性だ。思い返せばウィーンで始まっていた「結晶作用」は、さらに美しく大きくなる。スタンダールはこの遠縁の女性の「パティート」〔気紛れな女に尽くす男〕になって、彼女から一歩も離れず、彼女のことしか考えない。ルアゾンを愛したころのように、愛の駆け引きの、そうとうな熟練を要する術を駆使し尽くす。かれは前もって、最初の接吻の恍惚たる情景に思いを馳せる——

「勇気をふりしぼって、チャンスがありしだい、必ず彼女の頬か手に接吻しよう。何も生かすことのできない間抜けなやつは、結局軽蔑されるのだ。マントルピースにたまたま置かれた手に、かれは接吻するだろう、そしてこう言われる——「子供みたいね!」かれは優しく答えよう。「ええ、そのとおりです。あなたはぼくに友情しか抱いておられない。ぼくがあなたにもっているのは、まったく別の感情です」。こう付け足そう。「あなたの前にいると、ぼくはへまばかりしてしまいます。」」

告白する勇気はなく——もっと正確には、それができず——不意をつかれないように、あらかじめ返す台詞を準備し、彼女に贈る本の裏に貼りつける手紙を印刷までさせる。こんなこともすべて何のために? あらゆる抵抗を打ち砕き、勝利を収めるため? そうは思えない。悩ましげにすること、あえて謎めいた暗示をすること、ペンを手に『バンチのための診断書』(バンチはかれが隠れみのに使う偽名だ)と題するあの奇妙な分析で成功のチャンスを研究すること——しかも友人クロゼの応援を頼んでまで!——、これらは勝利への道を進むことなのか。実際には、ここでスタンダールが恋愛と呼んでいるのは、かれの知性と感性の固定化とでも言うものだ。対象者の名は、次々にルアゾン、アレクサンドリーヌ、メチルド、サンドル伯爵夫人に変わるが、方法や過程はまったく変わらない。最悪なのは——あとに必ず失望が来るだろうから——こう囁く声が聞こえてしまうことだろう——「夜中の一二時にあなたをお待ちしていますよ……」。アレクサンドリーヌ伯爵夫人はまもりがかたくて、そんな失望をかれに与えることもなかった。一八一一年五月三一日、かれはついに「一戦を交える」決心をした。彼女に言う——「ぼくに友情しかもっておられませんが、ぼくのほうはあなたをとても愛しています」。彼女は驚き、動揺したようだが、遠回しに答えた。「これまでわたしは、無傷のままでした」。この日からアレクサンドリーヌ・ダリュはずっと慎重な態度になった。ベールは五月三一日の「戦い」を「負け戦」のひとつに数えるだろう。イタリアへ出発する直前、かれは伯爵夫人にこんな言葉をかけるだろう。「この旅行はどうしてもしなければなりません。あなたをとても愛しています。あなたのほうはぼくを愛そうとされません」。

＊　フリーメーソン

「八月三日ごろ、フリーメーソンに入会を許された（一一三リーブル）。」

一八〇六年の『日記』のこのくだりをもとに、スタンダールが、秘密裏に出入りする集団に属していたと、考える人も出た。実際、第一帝政下ではフリーメーソン入会はごく普通のことだった。なお、アンリ・ベールが行なったはずのメーソンの活動については、ここ以外にはわずかのほのめかしも見あたらない。

それでも、グルノーブルのフリーメーソン支部は「ベール＝スタンダール」と呼ばれる。これは、なぜか黙殺されている著名な同郷人をグルノーブル人たちが覚えていてくれた、滅多にないケースだ。

＊　ドイツ人とワイン

同胞たちに倣ってスタンダールも、ドイツ人には尊敬も共感も抱かなかった。かれらは愚鈍で無気力だと考える。ブラウンシュヴァイク滞在中にこう書き留める――

「ドイツ人の味気なさは、その食べ物からよく説明がつく。黒パン、バター、ミルクにビールだ。コーヒーはあっても、かれらの分厚い筋肉に活力を与えるには、ワインや、もっと良質の食事が必要だろう。」

ほかにもワインの有効性について触れた箇所があり、ラングドックの葡萄園経営者が「スローガン」にでもできそうな言葉がある――

「ラングドックのワインをみなが一日一本飲んでいれば、その土地の精神的特徴は絶対に変わらないはずだ」。

＊ ドイツ語

ドイツ語はスタンダールに向かなかった。かれはそれを「カラスの鳴き声」にたとえた。

ブラウンシュヴァイク滞在中に、その勉強に取りかかり、当初はすぐに上達できると思っていた。自信満々で、一八〇七年五月二八日に妹に知らせている――「六カ月後にはドイツ語の三分の二は分かるだろう」。

まことしやかな希望だ！　ベールがはじめてドイツ語作文をするのは、やっと一八カ月後、正確には一八〇八年一〇月二八日のことだ。ところでその日から数日後には、かれはパリに戻る命令を受けるだろう。ふたつめの作文は二度としなかった。

＊ ブラウンシュヴァイクでの小ぜりあい

いかにも愚鈍で無気力なこのドイツ人たちも、ときには我慢できずに、占領者に対して反感を示すことがあった。そういった小ぜりあいのひとつに巻き込まれ、スタンダールはそれを妹に面白おかしく語っている――

「……おととい、つまり一〇日、戦闘だ！　ぼくも居合わせていた銃撃戦の場にひとりの老女がいて、両手を腹の上で組み、救世主のようにその手、それに腹にまで穴をうがたれ、ただちに神の慈悲を授かりに行くという光栄に浴した。サーベルでも何度も刺したが、だれも自慢などしないので数えていない。見事な月の光。広い道は人でいっぱいだ。フェル-フルー-ケー-タ-フランソーゼ、つまりフランス人などくそくらえ、という声が四方八方からぼくの軍帽の上に降り注ぐ。銃の一発。周りで二〇人ほど倒れる。壁際へ走って行く者もいる。ぼくはひとり立ったままだ。一八歳くらいの美しい娘がいて、その頭をあやうくブーツで踏むところだった……。その娘は怪我をしているようだ。激しく震えていたが、ぼくの手が冷えきった美しい腕にうっかりさわっていたせいではない。彼女をていねいに起こして、足が折れていないかを見る。戦いが始まり、再び銃が発射される。彼女を壁際へ運んで行く。ぼくはクレリーを運ぶスガナレル〔モリエールの喜劇の登場人物〕のことを考えていた。地面に下ろす。彼女はぼくを見つめ、膝を折ってかわいらしくお辞儀をして逃げ去った。

そうしているあいだに、兵士たちが駆けつける……。ここで英雄は立ち去るので、ぼくの文体は控えめになる。かれはフランス人に抵抗する民衆のただなかにいた。フランス人のひとりがある民間人を殺してしまっていた。民衆は、この殺人者のいる病院を攻撃していた。一五〇人の善良な兵士たちがこのごろつきの群れに向けて発砲していた……。」

第8章　幸福の呼び声

イタリア旅行

一八一一年二月、博物館および図書館占有のためにローマへ赴く任務を、書記官アンリ・ド・ベールに任せる話が持ち上がった。吉報はダリュ夫人からかれに伝えられた――「うれしい知らせがありますよ。イタリアへ行くのです……」。知らせは、かれを恍惚感に浸らせた。土木技師の友人ルイ・クロゼが同行を申し出て一緒に旅の準備を始めた。最初の滞在の思い出はぼやけてしまっていた。感傷的な巡礼者としてではなく、人間についての知識を深めたいと願う心理学者としてかれは出発しようとしていた。「イタリアに行くのは、イタリアの性格を研究し、とりわけこの国の人々を知り、それから場合によっては、人間一般について知っていると思うことを補足したり、広げたり、確かめたりするためだ」とかれは書く。

待つのは長く、そしてむなしかった。最終的に、書記を送るのは不必要だと判断されたのだ。経理官がいれば、業務を遂行するには充分であった。しかし、イタリアをまた見たいという願望がベールをとらえてしまっていた。一八一一年夏、「パリに飽き」、すでに見たようにダリュ伯爵夫人への不首尾で落胆し、もうここには執着はなくなっている。八月二九日に休暇を願い出て、駅馬車に乗り込む。ディジョン、ドール、ジュネーヴ経由でミラノまで運んでくれる馬車だ。クロゼは仕事があったので、旅行をあきらめねばならなかった。

事を計るは人〔なすは天（計画どおりにゆくとは限らぬ）〕……。ベールがミラノの舗石を踏むや否や、あんなに学者ぶって準備していた仕事の計画は、もはやあとかたもなかった。思い出、感動、苦悩の波がすべてを呑み込んだ。かれは到着翌日の九月八日に書いている。「ぼくの胸はいっぱいだ。昨夜も今日も、歓喜に満ちた感情を味わった。いまにも泣きそうだ……」。かれは、一八〇〇年にこの同じ街にいた自分の姿をまざまざと思い出す。羽飾りをつけた軍人たちや粋な女性たちでごった返す、この巨大な都市で途方にくれ、夢と幻想と苦い失望を抱えて、ひとりぼっちだった。「あのころのぼくはどんなだったか、そしていまのぼくはどうか！」と街にただよう馬糞の臭いをうっとりと吸い込みながら、かれは繰り返す。そら、忘れがたい興奮をくれたスカラ座だ。なかに入ると、「苦しくて泣き崩れ」そうになった。

十年越しの征服

かれは震えながら、妙なる天使の家に行き、門をたたいた。その美しさがかつてかれの目をくらませ、その人から思いやりあるまなざしをむなしく期待したものだった。アンジェーラ・ピエトラグルアだ。かれは自己紹介をする。詳しい説明にしばし当惑したあと、彼女はその醜さでかれだと分かった。そうそう、彼女はやっと、自分の仲間が「中国人」とあだ名していた背の低い若者のことを思い出す。かれのほうは、うっとりと彼女を眺めている――「ぼくは、背の高い絶世の美女を見た。彼女は、目や額や鼻の配置によってつくられた威風を、いまもたたえていた。知性と威厳は増し、官能に満ちたあの魅力は減っていた。あのころは、彼女は美しさによる威厳だけがあったが、いまはその表情も、ひと役かっている……」。

再会することは、つまり一一年前のように欲情を抱くことだった。時間にせかされていなかったなら

――ミラノ滞在は二週間しかない――情熱恋愛で彼女を愛したことだろう。それがかれにとってはどういうことか、お分かりだろう。無理をして、かれは「冷静で理性的な声で」告白し……「勝利を得る」、しかし「かなり真剣な心理戦の結果だった。戦いのなかでは、ぼくが不幸者、絶望寸前の役回りだった」と白状する。そして、この幸せな日を、いつでも手にとるように眼前に思い浮かべるために、かれはズボンつりに書く――「一八一一年九月二一日、朝一一時半」。付け足せば、かれの出発の前日だ。この正確さは余計なことではない。ピエトラグルア夫人は、肉体の威厳に加えかなり冷徹な心も備えていたので、風変わりな崇拝者についての数多くの疑念や、その関係のさまざまな不都合を考えたはずだ。最後の瞬間に譲歩することで、彼女はすべてをまるく収めようとした。自分の好奇心や性分を満足させ、自由もまもること……大恋愛を演じながらも。

ベールは「周遊旅行」を続ける。ボローニャ、フィレンツェ、ナポリ（ヴェズヴィオ登山、ポンペイ見学）、ローマ、アンコナ。かなり速い旅だ。一カ月しかかかっていないのだから。これらの都市間の距離を踏破するための必要な時間を考えると、わが旅人は、それぞれの都市に平均四日しかとどまらなかったことになる。確かに、これだけたくさんの至宝を駆け足で見るのは残念だが、かれはミラノへ戻りたくて、つまり愛するアンジェーラに再会したくて仕方なかった。「勝利」のあと、日記にこう打ち明けていたではないか――「ぼくの幸福には何ひとつ欠けていない。ただ、一回だけの勝利ではないならば。馬鹿なやつは、それだけで幸福なんだが。完全に純粋な喜びは、親密になってはじめてもたらされると思う……」。旅の帰路では、彼女のことばかり考える――「ローマからフォリーニョへの夜道で、ぼくは会って最初の会話を考えていた。とても甘く優しい言葉をかけ、彼女に対する気持ちを見事に表わしていて、目に涙が浮かぶほどだった」。

愛人－妻　アンジェーラ

アンジェーラは——ベールは日記のなかではレディ・シモネッタと記している——それほど知られていないのに、われわれは知性と気骨のある人だと考えている。彼女は数々の駆け引きを同時に進めていた。そのために彼女といるといつでも必ず予期せぬことが起こった。したがって退屈することはまずなかった。

ミラノに戻ると、ベールは、ピエトラグルア夫人がロンバルディア湖水地方のヴァレーゼにいると知った。翌朝、かれはまっしぐらにマドンナ・デル・モンテの彼女のもとへ向かう。眼前に広がるパノラマには、思わず見とれてしまう。「若いころずっと思い描いていたような美しい丘を踏破して、この高台の特別な場所にたどり着いた。聖母マリア教会を中心に形成された村の様子は独特だ。荘厳な山々」。かれには詳しく語る暇はない。丘をおりてきた夫のピエトラグルア氏がふいに現れたのではないか？　あちらは慣れていて観念し、なんの驚きも示さない。そして訪問者を「上手に接待する」。ベールは慌てる。「やっと彼女に会うのだ。ぼくが内心考えたことを描く時間はない」。アンジェーラはかれに話す暇を与えない。「ことの顛末を知っているかと尋ねられた。つまり、彼女がひどく評判を傷つけられたこと、アラマンニ水浴場で会ったのが知られていること、チュレンヌ氏が熱を上げている自分の小間使いが、彼女を裏切っていたことなどだ」。要は夫の嫉妬を口実にして、ただちにマジョーレ湖上のボロメオ諸島へ小旅行に出発するようかれを説得するのだ。ちょっとしたエピソードだが、周囲の人々を意のままに操るこの女の能力をよく示している。次の別の話も、とても示唆的だ。ベールは休暇の「奇跡的な」延長を知らせる。それを喜んで祝ってくれるどころか、彼女はすげなく答える——「出発してくださいな」。さらにこう付け足す。自分はどうしても不在になる、ノヴァーラで人が待っているので……。かれはこの勧めを聞かない。

彼女を待つだろう。この「崇高な」女性のそばにいるためなら、何を厭うだろう。彼女はすっかりかれを虜にしている。かれの話を聞こう――「ぼくがこれまで手に入れ、たぶん会ったなかでもいちばん美しい女性、それは今夜、店の灯りに照らされて街を一緒に散歩したときにぼくが見たアンジェーラだ。どうしてそんなことを言う気になったのか分からないが、彼女ならではの素直さで、何人かの友人に彼女は怖いと言われた、と話した。それは本当だ。その夜彼女はおしゃべりだった。ぼくを愛しているようだ……。店の奥のひとけのない部屋で、一緒にコーヒーを飲んだところだった。彼女の目が輝いていた。半ば照らされた彼女の顔は心地よい均斉美を備えていたが、怖いほどの超自然的な美しさだった。まるで、この変装がいちばん都合がいいというので美しさをまとって、その鋭い目で魂の奥底を読みとる、高等生物のようだった。この顔なら、崇高な巫女にもなれるだろう」。

強いられた暇をつぶす手段が見つかっただけに、かれはいっそう辛抱強く彼女の帰りを待つつもりだ。

作家の誕生

その前年から、かれには書きたいという欲求がつきまといはじめていた。一八一一年初めには、この欲求はさらに差し迫ったものになっていた。「ぼくの精神には、何か強烈な活動が必要だ。いまの地位の仕事は身についた。それはもう時間を取るだけで、精神を働かせてくれない」とかれは言う。でも何を書くのか。かれの永遠の喜劇『ルテリエ』を再開しようとするが、うまくゆかない。相変わらず着想に欠けていると認めるしかない。根本的に方向を変え、ルイ・クロゼと協力して、幸福の概念をテーマにした経済学――アイデアは独創的だ――の著作に着手した。しかしこの仕事は数週間後に放棄された。それよりも、過去の偉大な芸術家についてや、当時の主流よりも伝統に縛られない美的原理についての知識を人々に広めるほうがいいのではないか。この考えがかれを惹きつけた。ただちにペンをインク壺に浸した。作品を書くためではなく……出版予告のために！

「一八一〇年六月一〇日

記者の皆様、

わたくしが世の中で日々気づいていますのは、何についても実にうまく話す若者たちが、偶然かその価値ゆえにか、よく話題になる芸術家たちについて、意見をもっていないことです。そこでわたくしは、八ツ折判の薄い本を書くことにいたします。以下の人々の生涯が収められるでしょう。

一、ラファエッロ、ジュリオ・ロマーノ、ドメニッキーノ、ポール・ポテール、ルーベンス、ファン・デル・ヴェルフ、プーサン、ティツィアーノ、コレッジョ。

二、ペルゴレージ、デュランテ、チマローザ、モーツァルト、ハイドン。カノーヴァについての解説、フィオラヴァンティ、パイジエッロ、モンティ。

三、ローペ・デ・ヴェガ、シェイクスピア、セルバンテス、タッソ、ジョンソン、シラー、アルジャーノン・シドニー、アルフィエーリ。

これら三部の各冒頭に、解説を書きます。一〇ページを超えないとお約束します。この作品と、記者諸氏がくださるであろう適切かつ確かな根拠のある批評によって、芸術品について日々耳にする常識はずれの言説も、少しは減ると思います……。」

このすばらしい計画は、ここまでで終わりだ。しかし道は開かれていた。それまでのイタリア美術館訪問のあいだ、ベールは絵を前にして、自分の反応が正確な情報のないせいで誤っていることが多いと気づいていた。「ある巨匠の絵が大いに褒め称えられるのを聞くと、いつも思う。街の片隅でそれを見つけても、ぼくは注意を向けるだろうか」。そのとき、すばらしい考えが浮かんだ。イタリア絵画の歴史を書いたらいいじゃないか。要点だけを入れて、美術館のカタログにありがちな欠点は極力避けて――「あの手の記述がどれもあんなにつまらないのは、まったく君主制的文体で書かれているからだ。かれらは、非難をするとき、たんに、褒めないというやり方をとる」。前年と同じく、冒頭の一語もまだ書いていないのに、かれはまず著書の近刊を予告する。


「ボローニャ、一八一一年一〇月二五日。

拝啓、
わたくしは、二巻本で、一三世紀末ごろの芸術誕生から現代までの『イタリア絵画史』を書きました。この作品は三年間の旅行と研究の成果です。ランツィ氏の歴史書はとても役に立ちました。

わたくしの作品は、パリに送って印刷させます。予告は貴社に依頼するようにと勧められました。

一八一二年末に八ツ折判二巻で刊行されるでしょう。以下の記事が適切でなければ、訂正してくださるようお願い申し上げます。

「一八一二年末に、一三世紀末の芸術誕生から現代までを扱った『イタリア絵画史』が刊行される。この本の著者は、三年前からイタリアを旅し、フィオリーリョ氏およびランツィ氏の既刊の歴史書を参考にした。予告の著書は、八ツ折判二巻から成る。」

敬具

Is. Ich. シャルリエ」

今回は、もはやたんなる空約束ではない。計画は実際に実行に移された。ただし、本の仕上げは予想していたよりもずっと長く——六年——かかったが。ベールは着想したその日に、どうしても必要な文献購入のために、一〇四フラン使った。このちょっとした蔵書を積んで、かれは一一月末にパリへ戻った。出発の憂鬱も、創作熱にとらわれていたおかげで和らげられた。

＊ほうれん草とジャガイモ

『アンリ・ブリュラールの生涯』のなかに、こう書かれている。「ほうれん草とサン＝シモンだけが、ずっと変わらない好物だった……」。

こう断定されているが、もうひとつジャガイモも、スタンダールの変わらぬ好物だった。なかでも、一八〇九年の日記の、ステュットガルト近くで仲間ととった食事の話を読んでおこう——「……ぼくたちの夕食は、全員一致でまずいと評価されたが、フライドポテトがあったのでぼくにはおいしかった」。

スタンダールのジャガイモ好きは、地元の詩人アンリ・スゴンに、以下のレシピ詩のインスピレーションを与えた。かれは芸術でそれを「料理し」、一九〇四年に『わが故郷のツバメ』に収めて出版した。

スタンダール風ポテト

油で揚げてください
　ラスパイユ〔一九世紀の科学者・政治家。大衆的な医療の普及に努めた〕が
わけあって勧めるニンニクと一緒に
ポテトを。それを切りましょう
　大きな輪切りに
カレイのように薄く。
お皿を横に置いてください、
　よくこすって
なまの一片で

先ほど名の出たニンニクの、
　かの有名な
あまりふさわしくない臭いのせいで。

卵の黄身を加えてください
　三個か二個です
フライの量に応じて
フライが数個かたくさんか
　こうすれば
栄養になるはずです。

　それから注いでください
酢を少々
コショウと塩をたっぷり
そしてたたきつぶしながらよく混ぜてください
　しっかり、しっかり、
要するにニグロのように精を出してください、

これらの材料に混ぜてください
　冷やしたバターを、
それからスプーン二、三杯の
上等なローストの焼き汁を

よいものを
美しい琥珀色をしたものを
そのなかで軟らかくしてください
あなたの歯のために
かなりかりかりしたフライを
染み込ませて軟らかくして
吸い込めるものすべてを
艶はそのまま無くさないで。

何より、お皿をしっかり包んでください、
ほんの少しも
香りが逃げてゆかないように、
熱いうちに出してください。お約束します
この料理は
おかわりされますよ。

第9章　モスクワからザガン、そして……グルノーブル

寂しい帰還

パリでは冷ややかに迎えられた。自分の仕事部屋に戻ったとき、かれを見てもだれひとり少しの驚きも見せず、旅の話を尋ねもしなかった。無視されたのだ。不安になり情報を集めてみて分かったのは、すべての災いは、かれがローマでしでかした失態のせいだということだった。永遠の都に立ち寄ったとき、かれは経理部長、ほかでもないマルシアル・ダリュのもとへ赴いたのだが、警察長官ド・ノルヴァン氏のところへは行くのを怠っていたのだ。怠慢は意図的だった。ベールは自分の浸っていた恍惚感を、自惚れ屋で自分の言葉に悦に入る、どう考えてもユダそのものの本性をもった男によって、台無しにされたくなかったのだ。警察長官はむっとして、職務逃れをしているこの書記官についてのかなり悪意ある報告をパリに送っていた。知らせを受けて、ピエール・ダリュはいつものように怒り狂っていた。まだ、相も変わらず軽はずみなやつだ！　やつには確かに気をつけねば。なぜ無理にかれの援助なんかさせられたんだ。追従者たちは当然のように失寵者を避けていた。「ぼくはますます冷たくされていて、たぶんここにいられなくなるだろう」とベールは一二月八日に妹に書いている。「失寵者の陥る鬱病にはまだかかっていないが、たぶんそうなるだろう。何事も絶望してはいけない。以上のこと、だれにも絶対言わないように」。

かれは、この不興のことに、数年後『一八一七年のローマ、ナポリ、フィレンツェ』末尾で言及するだろう。そこでは一八一一年の旅日記が部分的に使われる。話は、手がかりをどうにか消して分からなくするぎりぎりのところで、小説化されている。

「休暇はもともと四カ月だった。しかし、ぼくの職では何もすることがなかったので、二カ月半延長してくれた。だから、遅れてしまったのはよく分かっていた。でも希望はもっていた。幸せならば希望をもつものだから。一週間前から、北国の醜さに胸が塞がれて、物事をいっそう暗く見ていた。けさ来ると、大臣たちからの手紙が届いていた。どれも不幸の追い討ちをかける。ぼくの上司にあたる大臣たちが怒っているだけでなく、好意的な大臣もぼくの援助にはうんざりしているらしい。そんな渦中で、ぼくには当然もつ権利はあるはずの高い位がなかった。三年来それだけが、ぼくの野心をかき立てていた。」

しかし、不興のせいでかれが絶望のどん底に沈んだとご想像されるにはおよばない。とんでもない、かれはそのころ「完璧な幸福」の時期を生きている。秘書を雇い、ミラノで入手していたランツィの『イタリア絵画史』の翻訳を、朝の八時から夜中まで口述筆記させる。一八一一年一二月四日からの数カ月間、この仕事が与えてくれた「純粋な、しばしば夢中になる喜び」を、かれはもはや忘れられないだろう。

モスクワへの道

その間、地平線の彼方は暗雲で覆われつつあった。栄光の絶頂にあって、ナポレオンは敵に決定的な打撃を与えるために、かれに対する策謀や同盟を広大な帝国内で思うままに煽っている君主、すなわちロシア皇帝を、攻撃しようと決心した。フランス人は自分たちの皇帝の勝利に慣れていたので、ロシアへの宣戦布告は、ただ熱狂をかき立てるのみだった。新たな遠征の見通しには、新しい刺激もあった。遠い神秘の国に入り込むこと、コサックと呼ばれる野蛮な遊牧民が皇帝の鷲の旗を前に逃げ出すのを見ること……。

ナポレオン大陸軍が進軍を始めてから二、三カ月後、次にベールも、国務院書記の肩書きでモスクワへ向けて出発した。毎週一人ずつの書記が皇帝への親書をあずかってパリを出ていた。一八一二年七月二三日、かれは「立派な正装で」サン゠クルーに出頭し「皇后陛下の命を受ける」。謁見の模様をこんな言葉で述べている——「皇后は、何分もかけて、ぼくのたどる道や旅の長さなどについてお声をかけてくださった。陛下のもとを辞すと、ぼくはローマ王陛下のところへ行った。しかし睡眠中だったので、モンテスキュー伯爵夫人が出てきて、三時まで謁見は不可能だと告げる……」。その日の夜、出発する。「大きな札入れふたつと、身の回り品五〇箱、何よりも、急いで皇帝に届けるようにと皇后陛下がぼくに手渡された手紙を携えている」。自分自身の荷物には、『ルテリエ』の原稿と、『イタリア絵画史』を口述筆記した帳面——二ツ折判の大きさで一二冊！——を入れるのを忘れなかった。当時、「六カ月の狩猟大会」と軽々しく定義された遠征のあいだに、かれは落ちついて仕事する暇がたっぷりあると予想していた。

『ルテリエ』のノートは、なんとか守り抜くだろう——そしてこの感動的な聖遺物は、われわれのもとにまで届いた。『絵画史』の帳面については、コサックに食われてしまった、とかれはふざけて語るだろう。

モスクワ

二二日間旅をして、かれは八月一四日、皇帝司令部のあるボヤリンコヴァに到達した。そこから、道を続けてスモレンスクへ向かった。ここは炎に包まれていた。モスコーヴァの戦いを遠くから目撃し、モスクワに入った。住民は退去し、ロシア全体の中心都市は異様な様相を呈していた。フランス人兵士たちは、イナゴのように家々に襲いかかり、中身を略奪し、運べないものは破壊し、戦利品を手にしては出てきていた。なかでも豪華な屋敷は将校たちが占領していて、ゆったりと居座り、季節が進んでいたので――一〇月初めだった――モスクワで冬を過ごそうと決め込んでいた。劇場を開け、コンサートを催そうと考えていた。ベールは、音楽にはもっと特別な思い入れがある。それはかれにとって、日に日に「いっそう大切に」なり、「馬鹿者どもの社会からの唯一の避難所」となる。この狂乱した都市のざわめきのなかで、かれは一種の啓示を受け、音楽――ある種の音楽――が自分にとってはたんなる楽しい気晴らしをはるかに越えるものだと発見する。それはえも言われぬ至福のなかにかれを浸す。現世のあらゆるしがらみから解放し、内奥に秘められたあこがれを感じとらせてくれる。かれも自分の芸術によっておなじ感動を創造しなければ。「……よくできたオペラ・ブッファが特に好きなのは、そこには喜劇の完璧な理想が感じられるからだと思う。ぼくにとって最高の喜劇は、《秘密の結婚》や《音楽狂》から受けるのとおなじような印象を与えるものだろう。ぼくのなかで、それははっきりしているようだ」。一八一二年一〇月にモスクワで書かれたこの数行は、『パルムの僧院』の口調を予示するものだ。三〇年近くの歳月が、このときの発見と小説とを隔ててはいるのだが。

火　災

フランス軍の陶酔は短いあいだのことだった。間もなくモスクワは炎の海となった。ナポレオン大陸軍に街を放棄させ、平原へと向かわせて、ロシア人は、かれらを冬の厳しさやゲリラの凶暴な攻撃にさらそうというのだ。ナポレオンの諸計画はついえ去ってしまった。ベールは、火災とそれによる壊滅状態を目のあたりにした。混乱が猖獗をきわめていた。みなが、街からできるだけ早く逃げ、手当たりしだいに積み込んだ車を安全なところに移そうと必死になっていた。火災、恐慌、だれも遂行しなかった矢継ぎ早の命令やその撤回、街に入り込んでは新たな火災の火元のせいで通れなくなる車の縦隊、罵り声、煙や燃え盛る家々のただなかでの口論……の様子を、わが書記官は、奇跡的に宛先に届くことになる数通の手紙のなかに、いつもの簡潔さで素描した。やっと、かれの居た列は出口を見つけることができた。目の前に広がる光景にはただ目を奪われる。スタンダールはふだんは滅多に比喩を使わないが、あまりに興奮したため、火災が形づくる「巨大なピラミッド」を信者たちの祈りにたとえている。「土台は地上に頂点は天に」と。

しかし、それは破局の始まりにすぎなかった。通信は日に日に不安定になり、食糧補給路が絶えず切断されたので、司令部は間もなく、糧秣庫をつくることにした。アンリ・ベールがやむを得ず、スモレンスク、モヒレフ、ヴィテブスクの三行政区での備蓄用食糧調達総指揮の任務を受けた。そのことは、同僚のひとりド・ノウ騎士に、次のように伝えている――「上司（デュマ経理部長）が、ぼくをぜひスモレンスクに派遣して、ここモヒレフとヴィテブスクの行政府で備蓄食糧調達をさせようと考えた。ぼくは烈しく抵抗して、それは経理官たちの仕事だと言った。返答は、ここにはとても書けないようなものだった……」。かれはしたがうしかなかった。「ものすごい歯痛」と熱にもかかわらず、「風と柔らかい雪のなかを」出発した。

ここで、まったく予想しなかった変化が起こる。エゴイストで軽薄で優柔不断で夢想家で自分の安楽と快楽だけで手いっぱいだったはずのこの男が、勇気と決断力と冷静さといった、思いもかけない才能を示すのである。つまりは、危険だけが性格の試金石になるのだ。自惚れ屋も「サーベルをもったでくの坊」

も嵐のなかで倒れて行方不明になるなかで、自分の勇敢さを示したことのなかった勇気の男が、頭角を現わす。霧中の一八日間の旅のこと、そして一五〇〇人の負傷者の列につきそい、敵からしつこく攻撃を受けた悲惨な状態のことを、簡潔におどけた調子でかれは描いている。いったん休息地のスモレンスクに着くと、かれはダリュ伯爵夫人にこう状況報告をする――

「モスクワからここまでの肉体的苦痛は、大変なものでした。どんな担ぎ人夫でも、乾燥した枝で小屋を建てて火をおこすころ、一日が終わって毎晩これほどへとへとになることはないでしょう。わたしはまだそのせいで凍えていますが、たぶんこの乱筆でお分かりでしょう。わたしたちをきっと見違えられるでしょうね。従者や馬たちの働きがよくて車が持ちこたえた皇帝を除いて、みんな恐ろしい姿です。従者のように見えます。文字どおりそうなのです。わたしたちのうち最初にスモレンスクに着いた者が、前に出て屋敷の主人と握手をしようとしたので、横柄な従者と思われました。わたしたちはパリ風の上品さとは、ほど遠いです。わたしはいちばん幸運だと思われています。わたしの四輪馬車に数台の有蓋馬車が近づいてきたので、金をやってすごい剣幕でまもり抜いたのです。これを、助かったと呼べればの話ですが。もうシャツ四枚とコート一枚しか残っていないのですから。よくないのは、みながそういったことを明るく考えないことです。少し愉快にやれば、惨めな状態でも救われるのですが。少しばかりの強い心ももたない者はみな、すっかりとげとげしくなっています。」

この精神力、この明るさは、あっぱれだ。アンリ・ベールは当事者、しかも責任ある当事者であるどころか、たんなる目撃者だと思われそうではないか。それでも危険は迫っていて、逃れるチャンスはあっという間に減っていった。懸命に、大変的確に使命を果たして、オルシャとブブル川のあいだで、兵士たちに三日分の食糧を配給できた。これはモスクワを出てからかれらが手にした、ほとんどはじめてと言っていい配給だった。

地獄の退却

しかし、戦況はそれ以後、絶望的だった。退却が逃走のようになった。かつては軍隊、ナポレオン大陸軍だったものが、いまでは、ただひとつの命令にしたがうのみ。各自勝手に逃げよ！　ベールが助かったのは、その肉体の耐久力と同じくらい、いやそれ以上に、気力と才知を備えていたおかげだ。かれは逃亡兵の群れにとどまる危険をすばやく悟った。モロデチノで、同僚のビュッシュといちかばちかの勝負に出る。ともに先を急ぎ、潰走の群れから抜け出す。運も味方する。宿駅の馬を三頭、うまく手に入れたのだ。こうして、ベレジナ川の橋を渡ってしまう。数日後にはそこで何千人も亡くなるであろう。一二月二日、ベールはヴィルナに居る。精も根も尽きた五〇日間の行軍のあとだ。ここからポリーヌを安心させようと、ひとこと書いて送る――「ぼくは元気だよ……。何もかもなくし、持っているのはいま着ている服だけだ。もっとすごいのはね、ぼくは痩せたんだよ」。ケーニヒスベルクとマインツをとおって、一八一三年一月三一日にやっとパリに到着する。

かれがどんな肉体的、精神的荒廃の状態にあったのかは、簡単に想像がつく。絶えず、空腹で寒いと訴える。二月四日にこう書いている――「体のなかが寒い。上等なワインを二、三本飲む。パンチやコーヒーを飲んでも全然だめだ。やっぱりおなかが空いて、寒い」。体の不調が長引くので、かれは遺言書をつくる。「モスクワから戻ったといっても、これはやはり滑稽だ」と付け加えている。しかしいちばん心配なのは、無気力に打ちのめされそうな状態だ。かれは三月一二日にメモする。「帰還以来、極度のうんざりする無関心に陥っている。四〇日間、以前のような情熱を探しているが、だめだ……」。サロン、劇場、音楽、再会した友人たち、仕事、優しいアンジェリーナ・ベレイテル、どれも、かれにはどうでもいいことだ。

不可解な不公平

かれには、この危機を乗り越えようにも、自尊心を満足させるものが何もない。とりわけ目覚ましい働きをした生存者たちに報酬が配られたとき、知事や主任審理官への任命か、勲章授与の推薦を受けた書記官リストに、ベールの名前はなかった。しかしかれには、同僚たちのだれそれとおなじか、それ以上にさえ、資格があった。この意外な手落ちは、たまたまだったのか。それは問題にしてもいいだろう。かれには野心の挫折よりも、自分がその被害者である明らかな不公平のほうがこたえた。どんなに皮肉な調子をとろうとしても、傷はひりひりと痛んだ――「幸い、旅の仲間たちがどんなにぼくをからかっても、日に日に幸せでいられるようになってきた。たとえばロシアでは、ぼくは大活躍した。すごい昇進をするぞ、とだれもが予言してくれた。意見が分かれていたのはこの昇進の肩書きについてだけだった。主任審理官に任命されたぜ、とこっそり言ってくれる友人もいた。知事だよ、と言う者もいた。どれもなかった。こんな些細な喜びさえなかったのだ。元の木阿弥だ。それでも、陛下に仕える熱意やぼくの明るさは少しも減らない」。

確かなのは、モスクワに行ったこと、幾度も間近に死を見たこと、多くの難局を切り抜けられたことを、一瞬たりとも後悔しなかったことだ。かれは自分の目から見ても、試練を経てひとまわり大きくなった。自慢げにこう繰り返すのももっともだ――「ロシア遠征をしたわれわれは……」。そして、これほどの犠牲を払って得た経験をかれは文学の場に持ち込み、それをもとにして、当時主流のアカデミズムからやっと解放される文学を求めるだろう。

新たなドイツ戦役

一八一三年の軍事行動再開には、ベールは無関心だ。新たな遠征への参加はほかの者に任せよう。かれはもう、熱意を見せることはないだろう！　しかし四月一六日、出発準備をせよとの命令が通告される。ダリュ伯爵夫人が、かれのためにすすんでとりなしてくれたのだ。彼女は、親戚の子がモスクワから戻って受けた扱いを、引き合いに出した。ド・カドール公爵は無愛想に答えた。「かれにつとめを果たしてもらおう」。

遠征に行かねばならないという見通しで、ベールは辛くて仕方なかった――「こんなに辛いことはなかった。ぼくは野蛮人になって、芸術とはおさらばだ。ぼくがこんなに冷めてしまったのも下品そのもののやつらの見せかけの社会のせいだと思う」とかれは表明している。だからかれはぶつくさ言いながら、四月一九日にパリを出発する――「モスクワからの退却中にやつらの内面が分かって、がさつなやつ、軍隊に属すサーベルをもったでくの坊どもを見るのは、永久に嫌になった」。

かれはもう一度ライン川を渡る。しかし間もなく気づくのだが、疲れはするものの、この充実して、意外性に富んだ生活は、かれが陥っていた衰弱への最良の薬になった。エアフルトから、四月二九日に妹に知らせる――「仕方なくここへ来たけれど、思っていたほど嫌じゃない……」。ドレスデンを通過して、バウツェンに着いたその日に、軍隊どうしが対峙する。そしてかれは驚くべき発見をする。戦いの何が見えるのか。何も見えない。『パルムの僧院』冒頭、ワーテルロー戦の有名な描写のなかで、かれはそれを思い出すだろう。

不意に休戦になる。何も申請していないのに、アンリ・ベールはザガン地方の経理官に任命された。ドイツには芸術の粋を集めた都市がほかにたくさんあるのに、ザガンは、当時それにはほど遠く、手工業中心の陰鬱な小さな町だった。いつもながら、われらが経理官は仕事に熱中する。かれは「牛耳り」、「圧制」を敷くが、しかし卑しい人間だけが命令することに快楽を感じるものだ、といつも肝に命じている。襲いくる退屈を紛らすためには、読書と音楽に愉しみを求める。「立派なピアノを借りてきて、ぼくの小さな寝室に置かせた。ピアノ教師の……氏がモーツァルトの曲を一時間ほど弾いてくれた……」。

ザガン滞在はとても短かった。六月一〇日に就任し、翌月初旬からかれは、当時伝染性で猛威をふるっていた、神経性で悪性の熱の初期症状を感じはじめた。命の危険もあった。かれは七月一六日に妹に書く――「死と隣り合わせでもそんなにこたえないので、びっくりした。たぶん、最後の苦痛は、最後から二番目のほどひどくはないとの信念からだ」。この明断で雄々しい言葉は、ソクラテスにも値する。

同月末に、ドレスデンへ行く許可がおりる。そこに着いたとき、かれは衰弱しきっていた。「いままで経験したことのないひどい衰弱のせいで、読書もほとんどできない。おかげで、もう何も考えないので、どんなことでも、たとえば二匹の蠅の戦いなどでも時間つぶしをして、楽しめると分かった」。静養は長引いた。相変わらず回復せず肉体的に消耗しているのを見て、ピエール・ダリュは、パリで治療してもらえるようにとかれに休暇を与える。ベールはそこに長くはとどまらない。さっそく静養休暇を利用して、「南仏へ樹檣栽培に」行く。南仏とは、かれにとってはミラノのことだ。

新たなミラノでの休暇

今日では悪天候で知られているロンバルディアの首都へ行って住みつくなどと、こんな常識はずれがあるだろうか。しかし、世紀初頭にはじめて肉体と精神の影響関係に注目した、カバニスの理論を信奉するベールは、身体の治癒を精神の治癒によって求める。ミラノはかれにそんな結構な結果をもたらすことのできる、唯一の都市だ。「これこれのものが特に好きというわけではなくて、この土地がぼくの性格に合っているのだ」とかれは主張する。

その期待は裏切られない。一八一三年九月七日、到着したとたんに気分がよくなる。かれは一〇月八日に妹に知らせる――「ミラノで、いい宿（ドゥオーモ近くのアルベルゴ・デッラ・チタ）に落ちついた。ボーイ全員に気前よく払ったよ。街いちばんの名医を呼んで、断固として死と戦う準備を整えた。心から大切に思う友人たちに再会する幸せは、どんな薬より大きな力になった。ぼくは、危険からすっかり逃れている……」。「心から大切に思う友人たち」というとても控えめな表現が、だれを指しているのかは想像がつく。アンジェーラ・ピエトラグルア、愛するジーナだ。彼女のほうは、再会を喜んだのだろうか。話の続きはそれを疑わせるものだ。さしあたり、彼女は夫のいわゆる嫉妬に訴えて言い逃れを続けた。ベールはこの理由でがまんした。それに、いかにもありそうな理由だし、関係をいっそう刺激的にしてくれる障害を乗り越えるためにひねり出す策略が、かれの精神のロマネスクな部分に糧を与えていた。かれの恋人は、むかし、残忍な領主である主人が鍵をかけて監視した、薄幸の美しい貴婦人たちのようではないか。彼女が自分と連絡をとれるように、かれは、秘密の暗号を持ち出す。

「カラントｰマルティｰル通りから来て最初の窓が、八時半、つまり、ぼくがあなたの家の前を通る時刻にいっぱいに開いていたら、あなたは一〇時に外出できるという意味です。半分だけ開いていれば一一時です。半分開いて、窓に布が掛かっていれば、一二時。いっぱいに開いて布があれば、九時ということです。それから、いっぱいに開いて二枚のナプキンが掛かっていれば、一時にという意味です。」

嫉妬深いが根はいい夫というのは、さらにもうひとついいことがある。恋人たちは毎日は会えないので、結果的に馴れ合いになる危険がなくなる。やっとの思いで会えたとあって、いつもベールは喜びに浸る。かれは日記に打ち明ける――「すてきな時間、優しい愛、この旅では、たぶん何よりすばらしいのがそれだ」。かれにはまた、関心のある問題に取り組むだけの心の余裕も残っている。絵画史や喜劇芸術だ。「ソノ・フェリーチェ、ぼくは幸せだ」とかれは九月一一日に叫ぶ。そして数日後に、満足げに宣言する――「ぼくの心は完全に元どおりだ」。

ただ、ひとつ気がかりがある。政治状況が日に日に悪化していたことだ。ナポレオンはドイツで勝利を収めたが、同盟国軍は圧力を強めていた。それがイタリア王国の国境を脅かしていた。ミラノでは、恐怖の風が渦巻いていた。フランス人を見る目には、好意のかけらもなかった。間もなくまたアルプス越えとなる一一月八日、ベールは書き留めている――「みな逃げてしまった。街はなんとなく警戒ムードだ。コサック兵がふたりもいれば、残らず逃げ出すだろう。このくすぶる不安は、民衆を動揺させるのにはうってつけだ」。もし民衆が残忍であれば、ほんのちょっとした口論でさえ虐殺のきっかけとなりかねない」。予想は正しかった。同盟軍がミラノに入るや、下層民が、不幸にもプリナを虐殺した。かれは、大蔵大臣を引き受ける間違いをおかしてしまったのだ。

グルノーブルでの任務

間もなく、フランス国境自体の防衛体勢を考えねばならなくなった。南東部はもっとも脅威にさらされた地域だったので――オーストリア・ロシア連合軍が包囲作戦を始めていた――上院議員ド・サン＝ヴァリエ伯爵が、領土防衛軍を組織するために、第七軍管区（ドフィネ‐サヴォワ）へ特使として送り込まれた。副官として、書記アンリ・ド・ベールが付けられた。かれには、故郷に戻るほど嫌なことはなかった。ミラノで味わった恍惚感も終わりだ！　嫉妬深くて、頭が固くて、馬鹿な同郷人たちに付き合って、あの「肥だめ」で暮らさなくちゃならないなんて、なさけない！　このイメージは、思うにかれだけのものだ。「あのけちくさい司令部で過ごした五二日間を語れば、どうしても無気力や退屈がよみがえってしまう」とかれは嘆く。そしてグルノーブルを「精神的に受け付けられない」理由を説明する――「人口二万二〇〇〇人の別の都市より、クラーロ（グルノーブルのこと）の人がもっと狭量で馬鹿なはずがない、と理性の声が言う。それなのに、日常生活を知りすぎているこの人たちの性格の悪さは、はるかに強く感じられる」。

仕事――かなりあった――においては、ベールはいつもながら、骨身を惜しまなかった。義勇軍の編成、武器の調達、食糧のストック、官吏たちの志気を高めること、声明文の作成などに気を配る。ド・サン‐ヴァリエ伯爵は内務大臣に知らせる――「下級官吏には、ある程度までしか秘密厳守をあてにできませんので、（仕事の）大部分はかれらに扱わせるわけにはいきません。そこで、手紙は全部、わたしかベール氏の手で書いています」。実際は、ド・サン‐ヴァリエ伯爵は公用文書や声明や布告に署名をするだけだった。いま引用した一節を含む手紙さえ、いかにもかれが書いたかに思われるが、ベールが作成したものだ！　ベールはこんなやり方に長くは耐えられず、精神が肉体にも影響を与えて、またしても健康を害した。かれは召還を願い出て、ようやく許可を得た。一八一四年三月一四日、約三週間「上司」と一緒だったシャンベリーをあとにした。ちょうどよかった。あと二、三日すれば、侵略軍にすべての道が断たれていたところだった。考えあってにせよ、そうでなかったにせよ、ロシア退却のときの「大勝負」を繰り返した。絶望的な状況になる前に、うまく逃げたのだ。

＊ ふたりの友、あるいは無邪気な者が見た病院監督官

フェリクス・フォールは、スタンダールの幼友達だが、一八〇九年にウィーン旅行をした。そのころスタンダールは、オーストリアの首都で陸軍病院の監督をしていた。ベールは、責任ある仕事をするときの常で、良心的に、能率よく職務を果たしていた。

それを証言する――しかも直接の貴重な証言だ――フェリクス・フォールの以下の文は、ふたりの友の性格や気質の違いも浮き彫りにする。のちにかれらのあいだに生じ、次第に進むことになる離反と絶交は、たぶんそこに発端があったのだろう。「無邪気さと感受性」、そのとき、アンリ・ベールはこう同郷人の気質を特徴づけているが、次の文章を読めば、その意見に同感していただけるはずだ――

「ぼくは法律の学位を取ったところだった……。ナポレオンを中枢とする、あの巨大な軍事機構が動くのを見たくて仕方なかった……。ぼくの当初の計画では、ラ・ベルジュリー氏と一緒に出発することになっていた……。最初の計画どおりにできていたら、運よくワグラムの戦いに居合わせて、いともたやすく見物できただろうに……サン＝テティエンヌ教会の鐘楼上から……。」

「ついにウィーン到着……朝二時だ。だれの住所ももっていなかった。ドイツ語はひとことも分からなかった。数人の通行人に尋ねてもだめで、五日分のひげを剃ってもらい、朝食をとりにカフェに行った……。」

フェリクス・フォールはようやく「ベッドに病気で寝ている」アンリ・ベールと会えた。数日後、かれらは一緒に、ベールが監督をしている病院の視察に行く。秩序、清潔、規律をきちんと行き渡らせていたとメモされる――

「総合民間病院を訪問、フランス人負傷者であふれかえり、それがかれに任されている。かれは視察のために、士官や兵士たちの一〇ばかりの部屋に入った。はじめは少し固くなっていて、気後れを

隠すために、わざとかなりぶっきらぼうにしていた。しかし、この固さは少しずつ消えた。かれは関心を示し、あとのほうの部屋ではとてもうまくやっていた。非常に清潔で真っ白なベッドのなかで、みなひげを生やし、ナイトキャップを被っていたが、痩せて青ざめた者がいた、また、反対に体調のいい者もいた。多くの者が、蠅を追うために葉のついた枝を手に握っていた……。滑稽でもあり、哀れみもさそう光景だった。かれらを絶えず見下ろす死について軽い調子で話すのは、何度も死と立ち向かった男たちにしてみれば意外ではない。その日か前日に四、五人が息を引き取っていた。傍らで仲間が消えてゆくのが見える不都合がなければ、言うことなしだったろう。ワイン、パン、肉、スープ、薬、とても行き届いた清潔さ、すべて非の打ちどころがなくて、たいていのフランスの病院よりずっといい……。」

第10章　没　落

「わたしはナポレオンとともに没落した……」

ベールがパリに到着したまさにそのとき、悲劇の大団円を目撃することになった。三月二九日、オーブでの交戦以来首都に閉じこもっていたルイ・クロゼと、かれはロワイヤル橋の上に居た。とそのとき、ルーブル宮から車列が出てきて、打ち沈み無言の群衆のなかをさっととおり抜けた。皇后とローマ王がパリを去るのだ！　翌日ロシア人がモンマルトルの丘を占領し、シャン＝ゼリゼに野営地を設けた。クロゼはショックのあまり、ひと晩中、消化不良で苦しんだ。もっと気力のあるベールは、落ちついて冷静だった。それでも、日増しに情勢は最悪の事態を確実に予感させていた。かれも将来に備えるよう忠告された。忠告にしたがって、かれは四月七日、「一八一四年四月一日から元老院が作成していた証書に急いで」申し込みをした。骨折り損だった。ブルボン家の帰還がすべての希望を断った。書記団は廃止された。会計監査官の職もだった。ブニョー夫人が職を世話してくれると約束していたが、それを果たせなかった。

「……彼女の夫は、ぼくの友人ド・ベリル氏のために職を頼んでいるが、ふたりは無理だった。虻蜂とらず、の事態だけは避けるためだろう」とベールは冷静に解釈している。「あなたの死はわたしの生 Mors tua vita mea」と古いラテン語の諺にあるが、その真意が日々確認できる。確かに、ベールも多くの人々同様、駆け引きや卑劣な手で難局を切り抜けられたかもしれない。しかし、かれはそんな方法に訴えることができない。名誉という言葉が、かれにには充分意味をもっていた。それでも、状況は悲惨だった。「ぼくの状況が真っ暗なのは、借金三万七〇〇〇フランのせいだ。ぼくには年六〇〇〇フラン必要で、そのうち二〇〇〇は膨れ上がった利子を支払うためなのだ。どうやってそれを手に入れよう」。頭を撃ち抜く誘惑にとらわれる。いちばん辛いのは、父の支配下に再び置かれたと感じることだ。もしこの「私生児」――かれは父をこう呼ぶ――が家屋のひとつを売却することに同意しなければ、抜け道はどこにもない。ベールは、妹の夫のペリエ＝ラグランジュに交渉を頼み、かれのために次のような決算書を作成する。

「貸方　三万七〇〇〇フランの借金
　借方　ガニョン氏の借り　一万六〇〇〇フラン
　　　　ぼくの動産と二輪馬車、多くて　六〇〇〇フラン
　　　　　　　　計　二万二〇〇〇フラン
そこで、家を売らねばならない。この手形について四万五〇〇〇フランの借りがある。最大八万フランで売ろう。残りは三万五〇〇〇フランだ。三万を入れておこう。
　借方は増えて、　五万二〇〇〇フラン
　支払い　三万七〇〇〇フラン
　残額　一万五〇〇〇フラン
これは元金回収の見込みなしのもので、一〇〇〇ルイ戻ってくるだろう。この額で、一万フランぶんを食べては働くのに慣れてしまったこのなさけないやつは、イタリアのどこか片隅で細々と暮らそう。健康を害した身にはちょうどいいし、もっと安く生活できる国だ……。」

極貧状態だった。「一〇年か二〇年ぶんの貧窮がぼくの体に襲いかかってきたみたいだ」。しかし計画は整った。かれはミラノに行って暮らすだろう、たぶん貧しいけれど、いずれにしても自由だ。そこでかれは、持ち物を整理する。所持品のすべてを売却する。馬、二輪馬車、家具、衣類。この「精算」をしながら、かれが涙を浮かべていたと想像すべきか。とんでもない。七月四日の日記には、次の示唆的な文がある——「ぼくの性格をよく表わすことのひとつだが、若い男の気に入るように申し分なく整ったアパルトマンを出て、昨夜、家具つきホテルの部屋(マイユ通り二七番地)に移るのがうれしかった……」。

さらに、そのころかれが心穏やかであった明らかな証拠もある。

処女作

祖国を去る決心がつき、かれは自分の不幸や周囲の卑劣さを仕事で忘れようとしている。五月一〇日から六月三〇日までの五〇日間で、それまでにない果断さと速さで処女作を執筆する。『著名なる作曲家ヨーゼフ・ハイドンに関して、オーストリアのウィーンより、ルイ - アレクサンドル - セザール - ボンベによって書かれた手紙。付モーツァルト伝、メタスタージオおよびフランスとイタリアにおける音楽の現状についての考察』、このタイトルは、あとで『ハイドン、モーツァルト、メタスタージオの生涯』と略される。破産寸前の状態で、この本を印刷するのに一一五〇フランはくだらない費用をかけた——自費出版だった——ことが知られていたら、評価はされなかったことだろう。つまり、かれはまったく軽薄なやつだと思われただろう。奇妙なのはそれだけでない。アンリ・ベールは、ハイドンやメタスタージオについて、何を知っていたのか。まず何もないだろう。モーツァルトについては、その音楽には深く感動していた。しかし、感動だけでは有名な作曲家の生涯を語るには不充分だった。まあそれは、大した問題ではないとしよう。かれはイタリアで最近出版された著作『ハイドン』を手に入れる。ジュゼッペ・カルパーニが、書簡形式で、ハイドンの伝記を生きいきと描いたものだ。モーツァルトについては、世紀初頭にC・ウィンクラーが出版した『ヨハネス‐クリュソストムス‐ヴォルフガングス‐テーオフィルス・モーツァルトの略歴』に頼った。メタスタージオについては、前年に発売されたシスモンディの本『南欧文学』に、優れた記述があった。ベールがこれらの著作を参考資料として使っていれば、研究をもっと深めなかった点は別として、非難すべきことは何もなかっただろう。実際には、かれは参考文献にはまったく気をつかっていない。たんに、ウィンクラーやシスモンディの一節をそれと分からぬように引き、カルパーニを翻訳し、あちこちに個人的な考察や、さらに文脈に合わせた説明を入れているだけだ。この奇妙な方法には名前があり、剽窃と言う。ベールは剽窃の星のもとで、文学舞台に登場するのだ。犯人が見つかるや――それはとても早かった、主たる当事者カルパーニが声高く叫んだのだ――憤慨し、顔を背けられた。伝記作者たちがこのエピソードを語るときには、半ば楽しげな、半ば憤慨した調子をとった。もっとずっと重要なのは、これほど異様な書き方をされた著作を解明する鍵を探すことだ。金儲けの夢が作家の動機だったのだろうか。そんなはずはない。なぜなら、たとえ本が売れたとしても、売上げ高は持ち出し分を相殺しなかったであろうから。栄光への渇望？　それも信じられない。そんな無邪気な望みは、ベールの明敏さや現実感覚から、あまりにもかけ離れている。さらに、著書が謎めいた偽名、ルイ‐アレクサンドル‐セザール・ボンベで出版されたことも、忘れてはならない。

よく見れば、謎はない。ありふれた反応があるだけだ。つまり、不幸に打ちひしがれて仕事に逃げ込み、不安から逃れるために全身全霊没頭する男の反応だ。危険を見まいとして砂のなかに頭を突っ込むダチョウとは違う。逆に危険を自覚し、それを克服する能力をみずからの内に求める強靭な精神である。そう、確かに、『ハイドン、モーツァルト、メタスタージオの生涯』はあちこちから借りてきたテキストのつぎはぎだ。しかし本は独創的だ。スタンダールがどこにでも顔を出すのだから。書くことで自分を表わしたいという欲求が子供のころからつきまとい、それがいま、ついに解放されたのだ。かれの文学創造に重くのしかかっていたタブーが、取りのけられた。かれの周りですべてが崩壊するまさにそのとき、アンリ・ベールは自分の道を見つけた。

ナポレオンの没落は、スタンダールの即位と時を同じくした。

＊　あるダンディーの一日

一八一〇年と一八一一年は、アンリ・ベールがずっと夢見てきたぜいたくな暮らしをした年だった。社交界や劇場にかよいつめた。二輪馬車を所有した。衣装戸棚には服がふんだんに揃っていた。この伊達男は、そのころの一日を次のように報告している。満足げで、自惚れていると言ってもいいくらいだ。しかし一見軽薄なこの人間も、数時間をとっておいて、シェイクスピアはもちろん、大いに真面目な作品、すなわちアダム・スミスの論説『国富の性質と原因に関する研究』も読むことを、わきまえている。

「すばらしい日。バスク人みたいに走りまわった。カフェ・ド・シャルトルで、新鮮でおいしいサラダの朝食。そこからサン＝トゥスタシュまで、ひどい騒ぎ。家に戻り、スミスを四〇ページ。それから国立音楽院で心地よい音楽。また行くことにしよう。そしてチュイルリー宮に行き、フレール・プロヴァンソーでおいしい昼食。それからマンリウスへ……。それから三〇分、うちの二輪馬車を待つが、そんなにいらいらしない。パレ・ロワイヤルの庭園を散歩し、ロベール夫人［ダリュ夫人］と片を付けるためにとるべき行動をじっくり考えていたから。それから、シェフェール家婦人たち［ルジエ・ド・ラ・ベルジュリー］のお宅へ。いつもほどむっつりしてなくて、むしろ陽気で、しかも……自然だった。そこでは、ぼくは愛想がいい。一一時半に引き下がる……。眠る前に『オテロ』を一場ぶん読む。」

第11章　ミラノ人、アリゴ・ベール

「……いまのところ、おれは何者でもない」

一八一四年八月一〇日、アンリ・ベールはミラノに到着するが、かつて一八一一年と一八一三年に来たときとはまったく事情が変わっていた。〔アルプスの峠〕モン＝スニーを越えながら、かれは繰り返していた――「退屈で参ってしまいそうだから、何か仕事をしなければならない……、いまのところ、おれは何者でもないのだから」。幾週間も、のんびり旅行などしていられない。どこかに落ちついて、暮らしを立て直さねばならない。これからどれほどの年月をフランス国外で暮らさねばならないことか。かれには何も分からない。いまのところ、世間から「忘れられ」たい。かれはミラノで一八二一年六月まで暮らすことになる。そのころ、状況に迫られてミラノから去らねばならなくなるから。事実、この間の滞在はイタリアのみならず、フランスまで、多くの旅行で忙しい。たとえばジェノヴァ、中央イタリア（一八一四年）、トリノ、ヴェネツィア（一八一五年）、ローマとナポリ（一八一九年）、三回にわたるグルノーブル旅行（一八一六、一八一八、一八一九年）、ヴォルテッラとフィレンツェ（一八一九年）、二回のパリ旅行（一八一七、一八一九年）、さらにイギリス旅行（一八一七年）。それでもロンバルディア地方の首都ミラノに滞在した期間の半分もない。したがってこの逗留はかなり長く、またかれの生涯に深く刻まれていたので、自分でもミラノ人になったと意識するほどだった。

貧窮

スタンダールの生涯におけるミラノ滞在時期について、多くの伝記作者は好んで、甘美で、ほとんど田園牧歌的な生活光景を描いた。とうとう、なつかしいイタリア、この上なく愛するミラノに住めるようになったではないか。かれが味わった自然らしさとエネルギーに満ちた社交界のなかで暮らせるようになった。音楽を満喫できるし、すばらしい劇場スカラ座へ行って、自分の夜を過ごせるではないか。幸福を表わすのに、どれほどの文句を紙片に書き連ねる必要があろうか。

幸福だろうか。これほど曖昧なことはない。われわれが頼れる資料では、何も語ってくれない。なぜならイタリアが当然、常に快楽と歓喜と幸福と同義語だというような先入観にとらわれていたからだ。とにかく、事態をはっきりさせねばならない。

実際にはまったく逆である。ベールのミラノ滞在は、最初のあいだ、かれの生活のもっとも悲惨な時期のひとつだった。かれは絶望のあまり、仲間に「さようなら」を言おうかと考えざるを得なかった。

それにはわけがあった。まず、相も変わらずお金の心配だった。フランスより生活費は安くつき、アンリ・ベールが節約に慣れていても、それはなんの足しにもならなかった。不意の出費があれば、生計は危機に瀕する。ぎりぎりの生活費にしぼり、またパリの高利貸から返金の催促を迫られると、かれは窮乏を痛感し、翌日の不安でますます困惑する。その窮乏は実際よりもむしろ見かけだったと主張された。なぜならかれには、幾年も前からロベール兄弟がミラノに落ちついて経営している問屋に働き口があったからとか。この点に関して思い出されるのは、ロベール兄弟はドフィネ人であり、したがって同郷人であり、また『パルムの僧院』にも確かに同じ名の登場人物がいる。もっと本当らしいのは、ベール自身がロベール兄弟商会から手当をもらっているという噂を流したということである。そのおかげで、かれがミラノにいるということが正当化されたのだ。さもなければミラノにいることが不可解であり、さらに怪しまれたかもしれない。この元〔ナポレオン〕帝国の役人が正統国王の復帰に際して移住し、秘密の役目、たとえば、はっきり言って密偵、スパイとして暗躍しているのではないか。そんな嫌疑を避けねばならなかった。

ミラノに定住するという決意から生じる不都合さをごまかすのは比較的たやすいことであったとしても、ほかに、お手上げになる不都合さもあった。それは孤独感だった。これまで、知り合いの環を広げるような努力をしたことがなかった。かれはもっぱらアンジェーラ・ピエトラグルアのため、また彼女のおかげで生きてきたのだった。もし破綻すれば、途方にくれ、絶望するほど孤独になるだろう。そのことが起こるのである。

「すばらしい売女《ばいた》」

アンジェーラの態度は、すでに述べたように、次第に曖昧になった。彼女は「巧みに」二役を演じていた。一八一四年八月、かれから愛の告白に近い言葉、「私は何もかも失いました。文無しです。ミラノに来て、あなたの近くに住んでいます」という言葉を聞いたとき、彼女は幻滅したに違いない。彼女の複雑な生活──彼女に敬意を表して言うなら、感情生活にしておこう──は、このフランス人、なさけないことに！　あまりにも忠実で、事実、操りやすいが、要求がましく、うるさい男の存在が我慢できなくなってきた。

そこでかれを冷たく迎える。彼女の話では、フランス人に対する評判がきわめて悪く、かれがミラノに居ては、かれも自分も危険になる。世間の怒りを鎮めるにはしばらくのあいだ、どこかへ姿を消すほうがいい。たとえばジェノヴァへ行くのもいいだろう。そこで時間を稼いでほしい……。ベールはびっくりする。というのもミラノで、フランス人に対する敵意をまったく感じたことがないからだ。かれが異議を唱えたので、アンジェーラは日頃の落ちつきをすっかり失う。かれはようやく、自分を遠ざけようとする本当の理由がほかにあると悟る。かれに語らせよう――「フランス人がそんなに憎まれているとは断定できません。というのもフランス人は大歓迎を受けているし、そんな証言を聞いたのは彼女ひとりだから。事実かもしれないが、そんな憎しみは長く続かないでしょう。そう言えたのが精いっぱいだった。そこで彼女は泣き出し、ひと悶着があり、結局、私は出発することに同意し、嫉妬の念に苦しみながらミラノを離れる」。

かれの不在は四四日間になる。つまり八月二九日から一〇月一三日まで。アンリ・ベールはまず、ジェノヴァへ向かい、そこから船に乗る――これははじめての船旅――、それはリヴォルノ行きだ。それから次々にピサ、フィレンツェ、ボローニャ、パルマを見物。いくら遠ざかっても、事態はよくなるはずがない。ミラノに帰るとすぐ「シモネッタ女史」〔アンジェーラ〕に会いに行く。彼女の機嫌はすこぶる悪い。「彼女は、わたしがジェノヴァにいた二週間のあいだに便りを書かなかったから、これでふたりのあいだはすべて、おしまい、と言った。また、もう幻想は破れ、わたしをお払い箱にする気なら、ほかにも言いたいことがある、と言った」。

かれは言い返しもしないで、彼女の言葉を聞いている。まるで黒いヴェールで際立った彼女の顔の美しさに魅了されたように。アンジェーラは不満を言い続ける。「シモネッタ夫人は、わたしが野心家であり、いちばん好きなタイプだったが、わたしには愛情がなく、愛されるようなことを何もしなかったし、彼女の話をよく聞きもしないで、退屈してしまい、ジェノヴァへ遊びに行くつもりだったから、そのために二週間も便りをせず、この冬はなんとか過ごせるだろうが、春には退屈してフランスへ戻ってしまうだろう……と言った」。

このような口喧嘩には立ち入らないでおこう。この対面はドアをぴしゃりと閉めて出てゆくことで終わったのだから。それでもアンジェーラは思わせぶりな調子で、「ひどいこと」を言ってしまったが、と付け足して言い、……翌日に会う約束をした。矛盾した態度だろうか。そうではない。アンジェーラは頭のいい女だ。穏やかに縁を切りたいのだ。

哀れなベールはすっかりうろたえた。「あれはみな、本当のことか」と自問した。彼女は本気で縁を切るつもりなのか。「彼女のところから出てゆくと、私は歌を歌い、ひどく悲しかった。だれとでも喧嘩したいと思った」。苛立ちのあとから意気消沈がくる。「間抜け野郎のようにピストルで自殺してやろうか、とも思った」。

平穏な何週間かが過ぎた。新しい危機が年末に起こった。それは前回よりもひどくなったようだ。日付がベールの記憶に焼き付いている。たとえば一八一四年一二月二二日とか、一八一五年一月六日とか。われわれに分かっているのは、ただかれが「絶望」に陥っているということだけだ。仲直りはできたが、アンジェーラはベールに、しばらくのあいだグルノーブルへ行って過ごしてくるように、と要求した。そのかわり、戻ってきたら、ヴェネツィアで一緒に落ちついてもいいと約束する。かれは否応なしに、その取引に応じ、出発した。しかし途中で、自分の故郷だが、「肥だめ」のような町に戻る勇気がなくなり、トリノから先へ行けなかった。ミラノに戻り、切れかかった関係が年末まで続いた。ヴェネツィアあるいはパドヴァでの同棲計画は実現しなかった。またふたりのあいだに悶着が起こり、最後の和解に続いて、致命的なことが起こった。一八一四年一〇月一五日を過ぎてから、ベールは書いていた――「恋は死んだ」と。

破局

プロスペル・メリメはこの破局を活写していた。アンジェーラの女中で、女主人を恨んでいた女が、アンリ・ベールに愛人から裏切られている証拠の現場を見せてあげようか、と提案した。女中からドアのうしろに連れてゆかれ、かぎ穴から、かれは裏切りの場面をはっきり見ることができた。はじめは呆然とし、次いで狂気のように笑いたくなったが、騒ぎを起こさないように懸命に我慢した。そんなことがあってから、かれは、もうふたりの関係はすべておしまいだと愛人に告げ、またアンジェーラが長い廊下の端から端まで、かれの脚にしがみついて赦しを願ったが無駄だった。

この話は、フェリシアン・ロプス〔ベルギーの版画家〕によって「びっくりするような」素描で具体化されているが、かなりの保留なしには受け入れられない。同様に、メリメがスタンダールの死後、幾年か経ってから公表した「アンリ・ベール冊子」に集められた他の特徴やエピソードの大部分も同様である。あまりにも多くのスタンダール愛好家や自称愛好家は、それらの信憑性を問題にしないで、面白がって、繰り返しているだけである。この場合、メリメはベールがまさしく、いい格好をしようとして、その関係の結末を喚起している滑稽なやり方をそのまま伝えたに違いない。

二通のアンジェーラの手紙――それが今日まで残っているだけだが――は、かなり違った鐘の音を響かせる。最初の手紙、つまり一八一五年一二月一日付のものでは、彼女は苦情を訴え、アンリ・ベールに二度と会わないようにしてほしいと頼んでいる――

「あなたのなさり方は、もうあなたに愛も友情も抱いてはならないというようではありませんか。友情のせいで、消滅した愛を思い違いしていました。ですから、もっと理性的になり、とても辛い別れに耐えていました！……でもいまでは友情しか感じませんのに、あなたはひどい仕打ちをされます！……わたしが悩み、お会いするたびにひどくなる苦痛から逃れるために、お願いですから……もう会わないようにしてください。この瞬間から、わたしたちはお互いに死にました……。」

最後の手紙は同月末、つまり一二月二八日付であり、アンジェーラはかつての愛人に自分の言葉を推し量ってほしいと言っている——

「あなたには、世間で思いたがっているように、わたしの悪口を言える理由があるとは思われません。あなたを誠実な人だと信じていますので、わけもなく、そんなことができるとは思いません……。理由もなく見捨てられると、だれでもいらいらするではありませんか！……。それがわたしの場合であり、あなたの問題ではありませんわ！　あなたはわたしから離れてゆき、その苦悩を舐めるのはわたしです！　どうかわたしに対して不当な思い違いをなさらないで！……。そんな女ではありませんから。」

これらの手紙の穏やかで、感動させられるような調子には心を打たれる。受取人を打ちのめしているではないか。ベールに犠牲者ぶらせないようにしているようだ。だがアンリ・ベールがその手紙に付けた注釈は自分に有利な立場を取り戻している。一二月一日、かれはピエトラグルア夫人に、手切れ金とでも言おうか、四千フランを送金している。次いで一二月二二日、彼女は「口頭で」警察に告発すると脅す。かれのほうは、こう述べている——「こんなに卑しいことを言われてから、二度と彼女に会っていない」。

こうして一五年間もスタンダールの心も感情も独占していた女性が、かれの人生から消えた。しかしかれは彼女の堂々たる物腰、衝動的であると同時に思慮深い精神、強烈な意志、優しさと情の深さを忘れないだろう。アンジェーラ・ピエトラグルアは『パルムの僧院』のサンセヴェリナ夫人の特徴のもとでよみがえるだろう。

『イタリア絵画史』

アンジェーラから冷たくされて、かれは悲痛な叫びをあげていたが――「この心臓を引き裂くことができたらうれしいが！」「おれの幸福は女にかかっているのか！」――かれは頼みの綱ともいうべき仕事にしがみつく。かれは書いている――「シモネッタ夫人〔アンジェーラ〕との縁を切ったら、ひどく不幸になるだろう。仕事にはけ口を見つけるしかない。それが不幸をなんとか切り抜けさせてくれるだろう」。その仕事、それを見つけるにはあまり苦労しなくてもいい。すっかり準備はできていた。つまり『イタリア絵画史』である。

その作品の意図が一八一一年に生まれていた点についてはすでに触れておいた。同じく一八一二年初めに、かれが元気よくその仕事に打ち込んでいたことも。その題材で頭がいっぱいだったので、ロシアへ出発するときも荷物のなかに原稿を入れていた。地獄のような大退却のあいだに蒙った苦しみのあとの虚脱状態に抵抗しようとして、かれは勇敢に仕事に戻った。「勇敢に」と言おう。事実、反古《ほご》のなかから、すでに清書された部分――大判で一二冊の帳面――、つまりロシア平原で衣類とともに失っていた部分を回復しなければならなかった。

一八一四年、『イタリア絵画史』の草稿は、当然、期待されたようにベールとともにミラノまでついてきていた。ミラノに着くと、さっそくかれは序文を書くが、それは一種の信念表明、つまり宣言になるはずだった——「絵画、さらに美術全般は、エネルギーの旺盛な国でしか開花しない」。アンジェーラから受けた苦悩が執筆を遅らせた。彼女との決裂のあとで、かれは考えまいとして、必死の思いで執筆に打ち込んだ。あとでかれが言うように、「文字どおり、この仕事に打ち込んだ。三、四〇日のあいだ、夢中になって、毎日、コーヒーを飲みながら八時間は仕事に耽った」。結局、その作品は一八一七年八月に出版される。作者名はM・B・A・A・（元国務院書記ベール氏）というイニシアルで示される。

芸術史か政治風刺文書か

この本は、わずかの読者——しかもその時代に限らず——をすっかり当惑させた。まず、表題とは違って、イタリア絵画全般の歴史を扱っていない。ただ、勝手に選んだ薄っぺらな断章しか提供していない。起源としてはダ・ヴィンチとミケランジェロである。せめて作者が独創的であったら！　よく見ると、この概論の三分の二が既成の著書を純然と剽窃していることが分かって、びっくりするやら、憤慨するやら。また結局、精神的な作品になりすぎて、延々と脱線したり、いらいらさせられるような考察があって、いったいなんだろうかと疑われる。イタリア絵画を研究するために、この本を開く単純な読者を、わざと、当惑させ、苛立たせ、がっかりさせようという気だ、と、言えるかもしれない。

そう、確かにそのとおりだ。このイタリア絵画史は絵画史ではない。だが急いで付け加えるなら、ベールの奇妙さは見せかけにすぎない。芸術史の専門家ならこの本にいかなる権威も認めないだろう。それは分かる。それでもこの本には美学的記述が含まれていて、その妥当性は無視できない。そこで興味の中心になるこの宣言に注意を払わないなら、間違うことになる——「わたしが芸術について奇妙なことを話している、と言われるかもしれない。わたしは自分の考えをそのまま写し、また自分の時代を生きた人間だと答えたい」。そこに鍵がある。

この意図的な話し方でベールは、当初の表題――どれほど危険性がないことか！――を保存しながらも、核心の部分や意味、著書の対象範囲をすっかり変更しながら、一種の「政治風刺論」をつくってしまった。

一八一四年に続く劇的な時期を考えていただきたい。制度の失墜、また特にその制度がナポレオンによって象徴化されていたようなときに、その制度を支援しようとすれば罰せられずには済まない。外国の軍事力のおかげで元の王座に戻れたブルボン家に接し、またもっぱら勇ましさとしては「ロバの足蹴」のような無用な攻撃に興じている貴族連中に接し、さらに元帥や高位高官の者らが、おのれの地位や収入を保持するためなら、どんな下劣なことでもする気でいる卑怯ぶりに接して、ナポレオン皇帝の過ちも忘れられる。王制の白旗が三色旗に替わって掲げられたことは、卑劣さや、大革命の思い出までも消し去ろうとする後退的復古を象徴していた。

「栄光のあとに、泥沼」

ワーテルロー戦役の敗北を知らされて、ベールは苦々しい思案に耽る――「灯消し党が勝利した……。おれには、ひとつしか期待が残らない――あのパリの卑劣な住民が自宅に受け入れた進駐軍のプロイセン兵から、せいぜい虐待されるがいい。卑怯者めら！　不幸になるのは仕方がないとしても、名誉まで捨てるなんて！」

一八一六年春、ますます混乱し、ますます危険になった父の財政状態をはっきり見極めようとして、グルノーブルに帰省したとき、かれはジャン゠ポール・ディディエによって計画された陰謀事件を目撃した。その元弁護士は、ひと握りのわずかな同志の先頭に立ってグルノーブルの街を急襲し、占拠しようとしたのである。反乱を起こして、いったいだれが得をするのか。結局、ディディエは秘密を握ったまま墓に入ったからには、だれにも絶対に分からなかった。ベールがイゼール県におけるナポレオン党の幹部のひとりであり、したがって首謀者のひとりだったと主張する人々もいた。そんなことは作り話である。主張は証明ではない。しかもベールがこの事件にかかわったという証拠はまったく存在しない。しかもそんな共謀説に対して、まったく真実らしいことがある。容赦なく弾圧が行なわれたとき、かれは心配しなかった。「即決裁判所」の特別法廷で、首謀者ディディエをはじめ、二四名の被告人は簡略に裁かれ、死刑の宣告を受けた。血が流された。この反乱を口実に、いわゆる「白色テロ」〔王党派の反動的テロ〕の弾圧がますます激化した。

「栄光のあとに、泥沼」。この簡略な文章が『イタリア絵画史』に現れている。この文は調子はずれではない。なぜなら、それだけが同時代の事件を暗示しているのではないからだ。一六世紀のメディチ王家の治政下でフィレンツェにゆきわたっていた公共精神に触れて、この本の作者は突然、こう叫んでいる――「それこそ、多くの近代国家の場合と同様に、巨大な多数者が傲慢にも、少数者の利益のために支配されたくないと思っていたのだ」。ミケランジェロのことだろうか。歴史的な記述のなかで、次のような意見が挿入される――「かくて、後世の人々は、われわれが独裁政治を憎みすぎたとして非難するだろう。かれらは、われわれのように過去一〇年の快適さを知らなかったからだ」。絶えず、きわめて思いがけない箇所で、ナポレオンを暗示するような記述がそっと挿入されている。「名高い将軍……」、「偉い将軍……」、「わが将軍の大胆すぎる天分……」、「ナポレオンは歴史的人物になった……」。ベールはうまい具合にモスクワの大火を述べている――「わたしはブルトゥスをはじめローマ人にも匹敵する偉業を目撃したが、それはかれの偉大さ、偉業を成し遂げた天才にふさわしかった……」。

パリで、この本の出版を引き受けていたルイ・クロゼは不安になった。だから友人に、あまり無謀なことをしないように注意した——「きみの乱暴な語りぶりは過激で、辛辣だよ……」。その危険性は本当だった。その破壊活動的な作品は、疑い深く、うるさい当局の注意を引かなかっただろうか。あとになって、付け加えられたメモが作者の心配を裏書きしている——「印刷に付されたときの深刻な問題は、告発されずに通過できるかどうかだった。一五三〇年のフィレンツェ占拠は一八一五年のパリ制圧とよく似ていたではないか」。『ジュルナル・デ・デバ』紙上の書評が好意的だったので、もう少しで火薬に火をつけることになりそうだったが、それは思い過ごしだった。

『イタリア絵画史』は、言うまでもなく小作品であるが、スタンダールの著作ではそれなりの地位を占めている。つまりアンリ・ベールが制作しようと試みたのは、文学的であるとともに政治的な風刺作品シリーズの筆頭にくるものである。さまざまな事件に押されて、かれは決定的に新しい、——しかも独創的な道へ向かうことになる。それは文学に時局性を植え付けることであり、『イタリア絵画史』は『赤と黒』や『リュシアン・ルーヴェン』、『パルムの僧院』という小説の実現を告げている。

新しい著書

推測すれば、『イタリア絵画史』の執筆は心の痛みに対する最良の薬になり、また政治的情勢に関する自分の考えをすべて行間で表現できるという暗示の微妙な遊び——当時、尊重されていた言葉が Intelligenti pauca（賢明な人々には、ほのめかすだけで充分だ）だった——が生まれつきだったので、すぐアンリ・ベールはそうしようと決めたのだろう。はずみで、それだけでは済まされず、新しい本、『一八一七年のローマ、ナポリ、フィレンツェ』の執筆に取りかかる。

この作品は前作より明らかに進歩している。若干の剽窃はあっても独創的であり、時事的である。表紙には、はじめて将来有名になるペンネーム、「ド・スタンダール氏」という作者名が現れている。酔狂なペンネームだが、そのままでは不可解だろう。一度ならず、この酔狂な形容語に反対しなければならない。それが長いあいだ、この小説家の行状に見いだされ、時代遅れの伝記にも残っているからだ。このペンネームが選ばれた理由を語るべきだろう。しかもそれでこの本の性格が明らかにされるからである。

『一八一七年のローマ、ナポリ、フィレンツェ』は一種の旅日記のような体裁である。実際、本の大部分はベールが一八一一年にイタリア半島を「一周」したときの日記である。事実、もし読者がこの本を念入りに読まれるなら、たくさんの「異常」が目に付くだろう。確かに、この種の作品に求められることは容易に分かる。たとえば旅の印象、記念建造物や美術（博物）館や劇場の観察、道中で目撃した事柄の話、エピソードだが、少なくとも、見かけ上は簡単な事柄である。しかしそれらすべてのわきに別のことが感じられる。作者がこの作品の構想を述べている幾行かから発する響きに驚かされるはずだ――

「この作者の感情の自然な進展ぶりが分かってもらえるだろう。まず、作者は音楽に触れたい。音楽は情熱を描いているからだ。イタリア人の風習を見る。それから風習を生み出す政治体制へ移る。さらにある人物がイタリアに与えた影響へ進みたい。」

傍点を付けた言葉が雄弁に語っている。イタリアへの影響を極度に誇張されるべき人物とはだれか。ご存知のように「ナポレオン」である。この暗示は透明だ。見かけは冴えず、無害にも見える本を解く鍵が与えられる。それはどの旅行者も携えるような旅日誌とは別物である。この本は皇帝の失脚後のイタリアの情勢と、フランス大革命によって追放された旧君主の復帰の絵図である。結論を急ぎすぎてはいけないと非難されるだろうか。再度、次を読んでいただきたい――

「一八一四年、この若い国民の歩みは、偶然にも停止されたが、天才的な特性と自由の聖火はどうなるか。消えてしまうだろうか。そしてイタリアは、婚礼の日にバラ色のサテン布にソネットを描いた時代に戻るだろうか。この重大な問題の解決に、わたしの思い、関心のすべてが集中した。」

そして作者は、マレンゴとワーテルローが現代イタリアを画する二大事件だと強調する——

「イタリア人の言うとおりだ。マレンゴはイタリア人の祖国の文明を一世紀も促進させたが、もうひとつの戦いは一世紀も遅らせる。」

ここでも、暗示は透明である。つまり「もうひとつの戦い」とはワーテルローを指している。

ペンネーム「ド・スタンダール氏」の由来

一八一七年という記念すべき年に、これほど危険な思想を鼓吹するような作品を刊行するには、かなりの大胆さが必要だった。政治的反動が支配していた。スローガンは「ジャコバン党をやっつけろ！　自由に死を！」だった。だからこそアンリ・ベールはアルプス山脈の両側にいる体制側の人民に（オーストリアは、イタリアのロンバルディア地方を再び手中に収め、ナポレオンや自由という言葉が発せられるのを許さなかった）気兼ねなく背を向けながら、まさに状況に応じた用心に努めている。かれは自分の本の作者として、架空の人物「騎兵将校ド・スタンダール氏」という名を借用した。このペンネームはかれの創作ではなく、「シュテンダル」はプロイセンの小さな都市であり、ブラウンシュヴァイクとベルリンの中間にあり、その地のもっとも有名な出身者は芸術史家ヴィンケルマンである。

ドイツ語的な響きのするこの名——しかも、もっとドイツ語的にするために、ベールはhの文字を挿入する（Stendal のかわりに Stendhal とする）——は敵対的な連中からの嫌疑を避けるためだった。なぜなら、ブルボン王朝はオーストリアとプロイセンの軍隊のおかげで王座に復帰できたではないか！　それだけではない。「ド・スタンダール氏」には「騎兵将校」という肩書きが付いている。騎兵隊をからかっているのか。とんでもない。それは用心の追加であり、騎兵将校というのは当然、確かに思想分野で危険な存在ではないからである。この場合は、たんに無邪気な癖、「ベル・カント」〔うるわしき歌声〕そして……オペラ歌手に熱中している趣味の表れにすぎない。音楽狂「ド・スタンダール氏」はベルリンに駐留していたころ、短い休暇を利用してイタリア半島を駆けまわり、歌曲を満喫したではないか……。事実、スカラ座の二度の上演期間のあいだで――ミラノという危険な名称は表題に現れていない――かれはもっぱら正統な話題しか扱っていない。たとえば各国民における自由の権利や自主権だ。しかしこの書簡は助かった。われわれにとっては幸運にも、検閲官が不治の近視眼に冒されていたからだ。

　今後、アンリ・ベールは一八一七年に都合よく思いついたペンネームをまもるだろう。スタンダールという名は、かれの晩年にいたるまで、辛辣で、独創的で、反‐遵法主義的な精神を表わすことになる。

＊「辛辣な言い方」

ロシア遠征に話を戻そう。スタンダールはそのときのエピソードを語るのが好きで——特に先ほど触れた時期に関して——、聞き手をびっくりさせるような特異な詳細を強調している。かれはロドヴィコ・ディ・ブレーメの桟敷でバイロンやその仲間ホブハウス（ブルートン卿）を前にして、そんな話を繰り返した。後者は『ナポレオン、バイロン、そして同時代人たち。長い人生の思い出』と題して出版された旅日記で、聞いた話を記録している。

「［一八一六年］一〇月二三日。——ブレーメの桟敷で、ド・ベール氏に会った。かれは元帝室動産監査官で元ナポレオン閣僚秘書だが、かれはまったく奇妙な話を語ってくれた……

退却のあいだ、ずっと、かれ［ナポレオン］はすっかり落ち込んでいた。馬が氷の上をうまく歩けないので、かれは地面に降りて、白い杖にすがりながら歩かねばならなかった。そこでフランスでは、不幸な人のことを「白い杖をつく」と一般に言われている。そばを歩いていた六、七人のうちのひとりがからかいながら少し大声で言った——

「おや、まぁ！　皇帝が白い杖をついて歩いているぞ。」

かれはそれをいい意味にとらないで、暗い顔つきで叫んだ——

「諸君、そのとおりだ。これが人間の偉さだ。」

ド・ベール氏は、その日、三時間も皇帝とともに行進した。かれが聞いた皇帝の声はそれだけだった。

軍隊が「マントーを倒せ！」と叫んだとは考えられない。

それどころか、だれもナポレオンより自分のほうが助かりたいとは思わなかった。軍隊すべてが心配そうにかれを見つめながら、まだどんな希望があるかと探っていた。一、二度だけ、兵士たちが皇帝とすれ違いざまに「こいつがおれたち全部を殺させるのだ」と叫んだ。

かれは振り返って、そんなことを口走った者らをまともに見つめた。兵士らはみな泣きぬれた。軍隊の悲嘆はあまりにも深く、だれもかれもが半狂乱になり、多くの者は完全に狂っていた。もっとも勇敢な兵士も絶望的だった……。」

ベールの口から、ほかにたくさんのエピソードを聞いて、ホブハウスはこう結んでいる——

「ベールが信頼できる人だと信じられる理由は山ほどある。たとえばブレーメもそう信じている。だがベールは辛辣な言い方をしていると思う……。」

＊貴族を示す姓の前の「ド」

帝政時代に、スタンダールは習慣的に「ド・ベール」とサインしていたが、これは同郷人から皮肉を浴びせられた。たとえば、「ベール氏の息子がド・ベール氏とは」と、からかって喜んだ人たちだ。

一九五五年に「スタンダールの家紋と貴族を示す〈ド〉」と題する研究論文を発表したボレル・デュ・ベス男爵によれば、事実、スタンダールが貴族的身分にこだわったのも根拠がないわけではない。この小説家の父方の曽祖父ジョゼフ・ベールは国王の国務評定員であり、グレジヴォーダン地方代官裁判所長代理で補佐役、ドフィネ地方高等法院の代訴人だったから、一七〇一年一二月九日に自分の家紋を登録させていた。しかも、スタンダールの父シェリュバン・ベールはドフィネ地方高等法院弁護士という資格で貴族だった。

＊自分自身以上に頼れるものなし

「国家警察総局宛

一八一四年五月三一日、パリ〔三月三一日、パリ陥落〕

書記官ベール氏に関する調査報告
かれはリュクサンブール、ヌーヴ通り三番地に居住する三一歳の太った独身男である。友人としては、クロゼ、フォール、ド・ベリール、ド・バラル、ド・マレスト、ド・クルティヴロン、ミュールが挙げられる。

かれはサロンには、ごくまれにしか行かない。かれが出入りしている家は、ダリュ夫人、パッラヴィチニ夫人、親戚のド・ボール夫人ならびにルブラン夫人、ド・ロングヴィル夫人の宅である。よく劇場へ赴き、いつもどこかの女優と同棲している。仕事がないときは、日に四、五時間は歴史書から抜粋したり、自分の旅行記を書いたりしている。

フジョルという悪党を筆耕として雇っている。

長いあいだ、オペラ・ブッファ座の女優と同棲したが、別れたらしい。かれはオペラ・ブッファ座の公演を欠かさず聞きに行っている。そこで夜を過ごすか、フランス人のところで過ごしている。

いつもカフェ・フォアで昼食をし、夕食をフレール・プロヴァンソー・レストランでとっている。

かれはたくさんの本を購入している。毎晩、午前零時に帰宅する。」

以上は、よくできた警察官の報告であり、確かな情報であり、しかも公正だ！……しかしながら、それが被疑者自身によって作成されたと知らないなら、あまり注目に値しないだろう……。

＊ 灯消しだ！

ナポレオン皇帝のジュアン湾上陸という知らせを受けると、スタンダールが一目散にパリへ駆けつけたと期待されたかもしれない。ところで、かれは動かなかった。この奇妙な無関心ぶりの原因として、かれの不健康やアンジェーラ・ピエトラグルアへの恋情に取りつかれていたことが挙げられた。しかしいずれの理由も説得力がないようだ。実際は、かれが一八一四年にパリを去るとき、過去と絶縁しようと決意していたからである。フランスへ帰ることは、画策し、また野心に取りつかれることを意味していた……。犠牲を支払ったのだから、スタンダールはもうあとに引けなかった。

かれは傍観者——しかも遠くからの——にとどまろうと決心したが、ワーテルローでの敗北を悲痛な思いで受け止めねばならなかった。ちょうど一八一五年七月二五日、ヴェネツィアに居たとき、ルイ一八世の帰還の知らせを新聞で読んだ。かれは怒りで真っ赤な顔になりながら、なんの抵抗運動も示さなかったパリ住民の卑劣さを罵った。かれはこうどなった——「これからパリで起こることはすべて〈灯消しだ！〉という銘句がつけられるだろう」。

第12章　熱烈な歳月

スカラ座の桟敷

そのうち、スタンダールの生活に「革命」が起こった。一八一四年、ミラノに来て以来経験し、またアンジェーラとの破綻でいっそう深刻化した精神的な孤独は、突然、終わりを告げる。かれに語らせよう――「あるとき、ド・ブレーム猊下が思いついて、グアスコという才知に満ちた自由主義者に伴われてわが家にやってきた。実は、自分には屋敷も肩書きもないので、ブレーム氏を訪ねることは遠慮していたのだった。かれの付き合い方が上品で洗練されていたので、すっかり満足し、わずかのあいだに知己になった」。

この出会いはおそらく一八一六年七月、つまりスタンダールがグルノーブルから戻った直後だろう。ディディエ事件が評判になっていたので、ミラノでは、現場の目撃者による証言が期待されていた。ロドヴィコ・ディ・ブレーメ（ド・ブレーム）「猊下」は当時、肩書きだけの聖職者だった。かれはピエモンテの貴族一家の子孫であり、元イタリア王家の司祭で、その内務大臣の息子だった。つまり自由主義的な感情をつちかっていた、スタンダールがその訪問からすばらしい印象を受けていたとすれば、ロドヴィコ・ディ・ブレーメのほうでも、スタンダールから、きわめて好意的な感銘を受けた。後者は、ただちにスカラ座にあるその客の桟敷へ自由に入れるようにしてもらった。ロドヴィコはベールを「会話」に招待し――桟敷は、毎晩のように来ているミラノ上流社会のサロンになっていった――、おかげでベールはミラノの文学界で、もっとも優れた人々と知り合えた。

スタンダールは一八一六年九月二八日付、友人クロゼ宛の手紙で書いている――「……二カ月来、ぼくの心に革命が起こっている。地位や頭脳の上で一流の人物を七、八人も知った。自尊心は大満足だった。かれらはぼくのおしゃべりを聞いて楽しんでくれた。おかげで、ぼくが偉い……と思う人たちに感じる気後れがなくなった」。

ロドヴィコ・ディ・ブレーメの桟敷には、おなじくミラノに立ち寄る外国の有名人、特にイギリス人たちがよく現れる。ナポレオンの反イギリス政策によってイギリス海峡を越えられなかったので、かれの失脚後はしきりに大陸に渡ってきた。のちの『わが獄中記』の作者シルヴィオ・ペリコが面白おかしく友人に宛てて書いている――「ブレーメはコペ〔スイス〕へ旅行したあとで〔ド・スタール夫人に会いに行った〕、あまりにもたくさんのイギリス人に悩まされた。というのもイギリス人と知り合ったので、かれらの訪問攻めや手紙攻めにあったからだ」。

訪問客のなかで、もっとも重要な人物はバイロン卿だった。当時、バイロンは栄光の絶頂にいて、さらにスキャンダルでも有名だった。ベールはクロゼ宛、一〇月二〇日付の手紙で知らせている――

「ぼくが一緒に夕食をとった相手は美男でチャーミングな若者であり、二八歳だが一八歳にしか見えず、天使のような横顔、きわめて優しい顔つきだ。ラヴレイスの原型、いやむしろ、あんなおしゃべりのラヴレイスより千倍もましだ。かれがイギリス人のサロンにやってくると、すべての女性たちがただちに出て行ってしまう。これがもっとも偉大な詩人バイロン卿だ。かれの大敵であり、かれからこっぴどく皮肉られた『エディンバラ・レヴュー』が、シェイクスピア以来、イギリスでかれほど見事に情熱を描いた詩人はいないと、書いているほどだ。その記事を読んだ……。」

そのイギリス詩人のほうでは、スタンダールの独創性を評価し、才人だと形容する。もっといいことをしている。というのも、スタンダールが世の尊敬を受けるべき人物だ、と言うだろうから。

愛国者とロマン派

ロドヴィコ・ディ・ブレーメの桟敷では無駄話が交わされていたのではない。常連客のほとんどは愛国者で、ロマン派だった。祖国の自由のために戦い、占領軍に対抗できる武器を提供する国民的精髄を高揚させることは、かれらにとって古典主義的理論への闘争と混じり合っていた。

スタンダールはすでに、当時「ロマン派的ジャンル」と呼ばれていた新しい理論の噂を聞く機会があった。かれはそれに魅せられていた。というのも若いころから、フランス文学が硬化症にかかっていると意識していたからである。かれはフランス演劇を外国の演劇に比較した。シェイクスピアを読んで、感嘆の叫び声をあげた。かれは『イタリア絵画史』の一部分をすっかり、「古代の理想美」に対する「現代の理想美」のために割くほど、趣味の相対性の原則を自分の主張にしていた。しかしかれが心配したのは、「ロマン派的ジャンル」を唱えたのはドイツ人アウグスト・ヴィルヘルム・シュレーゲルであり、その影響のもとで、いわゆる「ロマン派的ジャンル」がフランス精神に対する突撃という嫌な様相を呈していた。ところで、スカラ座の桟敷で交わされている激しい会話に耳を傾けながら、かれはロマン派であるということが、現実的には国民的伝統に訴えているのだ、と分かった。つまり文学的論争は政治的闘争の一面に他ならないのだった。

かれが知り合いになったばかりのイギリス人たちは、かれを完全に「啓発」する。「かれらはぼくを啓発してくれた。『エディンバラ・レヴュー』を読めるようにしてくれた日こそ、わが精神の歴史にとっては画期的な時期だった……」。

かれが強烈な印象を受けたのはバイロンの詩についての評論である。そこで述べられていることは、人間の心とエネルギッシュな情熱の描写に精通しなければ文学的復活に到達できず、またそのエネルギーの表現を妨げるもの、たとえば、第一に、インスピレーションを弱め、破壊する規則、偽りの優美、文体の誇張がある。このスコットランドの雑誌の評論は次のような文で結ばれていた——「強烈な感動をますます求めてやまないことは現世紀の真の性格だとみなされよう」。

アンリ・ベールは喜ぶと同時に不愉快だ。それこそ、「まったく純粋なスタンダール」だった。かれはまるで盗作されたような印象を受ける。それほどそこに書かれているのは自分の確信を表わしている。だから、ミラノにおいてロマン派と古典派のあいだで戦いが勃発すると、かれはただちに立場を決めた。「この地で、ミラノでロマン派は古典派に対して激しく戦っている。ぼくが『エディンバラ・レヴュー』派であるのはよくご存知でしょう」と、一八一八年三月一二日付の手紙でアドルフ・ド・マレストへ知らせている。また、一カ月後には、——「ぼくは猛烈なロマン派だ。つまりラシーヌに対してシェイクスピアの味方であり、ボワローに対してバイロン卿の味方だ」。

「猛烈なロマン派」という表現は誇張ではない。スタンダールは「ロマン主義（romanticisme）」——当時、ミラノでつくられた新語であり、類似したフランスの「ロマン主義（romantisme）」という語より幾年も早かった——を勝利させようとして論戦に熱中する。かれは熱狂的に一部、二部、三部と攻撃文書を書き、親しいイタリア人の論法を自説のものにしながら、前衛的論戦を展開した。しかしながらその攻撃文書は一冊も日の目を見なかった。作者は勇気に欠けていたのか、あるいは理念が続かなかったのか。むしろこう考えるべきだろう――ミラノのロマン派の人たちは、かれに同意しながらも、かれの激しい興奮をあまり歓迎しなかった。文学分野における論争は有利に精神を決定し、政治問題にかかわらせないという原則――完全に間違った原則――によって、オーストリア当局の警察は敵でもあり味方でもある者たちが致命傷を与え合うのを放っておいた。しかしこの闘争に外国人が介入すれば、疑惑を生じさせることになるのではないか。わが主人公もそんな心配を当然だと認めた。そしてあまり深入りしなかった。

かくてスタンダールは潜在的な活動家にとどまった。しかしこの論争の実情に接したおかげで経験が豊かになった。ミラノで獲得した豊富な知識のおかげで、いずれフランスにおけるロマン派「軽騎兵」の役割を果たせることになる。

「大いなる楽句」

「(一八一八年)三月四日。〈大いなる楽句〉の始まり」。スタンダールはこんな言い方で、個人的な用紙に新しい恋の始まりを書いている。いつもと違った表現であり、抒情的と呼んでもよく、期間はかなり短いが、その思い出は死ぬまで生きている情熱の特殊な性質を表わしている。

それほど激しく、それほど長く消えない恋をスタンダールに与えた女性はマティルド・ヴィスコンティニといった。彼女はミラノの旧家で生まれた。一七歳のとき、二七歳年上の、ポーランドの将校ヤン・デンボウスキーと結婚していた。デンボウスキーはイタリア国籍を選んでいたので、イタリア軍に入隊した。かれは若い妻を伴ってスペイン戦争に参加し、旅団長となって帰還した。子供がふたり(男児)できたが、家庭は和合しなかった。夫は放蕩者で短気者、そして粗暴だった。デンボウスキー夫人はひどい仕打ちに耐えかねて、ついには離婚を決意し、スイスへ逃避した。ミラノのおしゃべりたちは、すぐ何か怪しいと陰口をたたいた。偽善的に、若い人妻の不幸に同情しながらも、詩人ウゴ・フォスコロが彼女に寄せる熱烈な恋に無感覚ではいられないなどと噂した……。

自尊心の強いメティルド〔マティルド〕――スタンダールはいつも彼女をそう呼んでいた――は、すでに辛い夫婦生活に傷ついていたので、陰口を無視した。「ミラノの上流社会の女たちは彼女の高慢な様子に復讐した。哀れなメティルドはそんな敵に対してうまく立ちまわったり、軽蔑してしまうこともできなかった」。

彼女は一八一八年には二八歳だった。彼女が残した唯一の肖像画では、考え込んだような重々しい様子で、髪は真ん中で両側に分けられ、少し延びた面長《おもなが》の顔が描かれている。スタンダールは次のように描き出している――「……薄く、上品な唇、憂いを込め、おどおどしたような大きい目、そしていちばん美しい額の真ん中で濃い栗色のまったく美しい髪が分けられている」。このような特徴のうちに、かれはレオナルド・ダ・ヴィンチが女性像に描いたロンバルディアの美の典型を認めることになろう。

大いなる魂

だがメティルドは美人以上だった。彼女は知的で繊細だった。見かけは臆病そうだが、高貴で、情熱的で、勇ましく、要するに、スタンダールが「大いなる魂」と呼んだ女性だった。彼女の姿は一八二一年に現れる。ちょうど彼女は「抵抗運動」、つまり密かに祖国をオーストリアの支配から解放しようと謀っているミラノの自由主義者たちと共謀していたので、ピエモンテでの蜂起が失敗したあとで、たくさんの同胞たちと一緒に逮捕された。警官から「ひどい尋問を受けた」が、彼女は仲間たちを裏切るようなことはひとことも白状しないで切り抜けた。そのため彼女は釈放されたが、他方、他の被告人たちは重罪に処せられた。おなじ事件にかかわった愛国者の妻テレサ・コンファロニエリは、そのとき、彼女について見事な判断をくだした——「……愛らしい感受性の完全な性質すべてを、いかなる崇高な活動もできるようなエネルギーに合体させ、一身に集めた天使のような女性」。

彼女の長所とともに、さらに美しさも加わって、スタンダールを魅了した。それがまた、かれの失敗の原因にもなった。かれは、おそらく自由主義的弁護士ジュセッペ・ヴィスマラからメティルドに紹介されたとたんに「結晶してしまった」〔「愛の結晶作用」〕。かれが恋をすると、どんな反応を示すかはすでに見たとおりである。つまり臆病さで麻痺し、愛の炎を燃やす相手の女性に声もかけられなくなり、最低の不器用さをさらけだす。メティルドはそんな黙り込んだ愛情に気がつかないような女ではなかった。彼女は感動して、もう少しで応じてしまうところだった。あるとき、友人がスタンダールに言った——「彼女はあなたのものだよ。悪党の真似をするつもりかい？」。

中傷

突然、急変が起こった。かれに対するメティルドの慎重な態度がひどくなった。ほとんど口もきかず、かれを避けたがっているような、辛い印象を与えた。どうして彼女を傷つけるようなことをしたのか、と探ってみたが、自分としてはいつ、いかなるときでも丁重な態度を失っていないはずだ。何が起こったのか。結局、中傷されていることを知った。

メティルドにはトラヴェルシ夫人というういとこがいて、この女はフランス人が好きになれず、したがってベールは彼女に紹介してもらえなかった。トラヴェルシ夫人は関係が分かると、メティルドを目指してアンリ・ベールが足しげくかよってくることを、彼女に向かって皮肉たっぷりに文句を言いはじめ、結構な趣味だと皮肉った。というのもあのフランス人はドン・ファンだという定評に甘んじているからだ。はじめは、メティルドはいつものように、そんなおしゃべりに注意を払わなかったが、それでも結局、中傷が効を奏した。この自尊心の強い女性は自分に言い寄る男の下心だという噂を信じるようになり、傷ついた。

スタンダールは一〇年ほどあとになって、『エゴティスム回想』のなかで語っている――

ある晩、メティルドは友達のビニャーミ夫人について話していた。「この友達は自分のほうから、有名な恋物語を聞かせてくださったの。」それからこう付け足して言った――

この成り行きを判断してちょうだい！　毎晩、彼女の愛人は、女の家を出ると売春婦のところへ行っていたのですって！

ところで、わたしがミラノを去ったときに分かったことだが、その道徳的な文句はまったくビニャーミ夫人の話ではなく、わたしの習慣に対する警告だったのだ。

「事実、」と付け加えている、「毎晩のように、メティルドをいとこのトラヴェルシ夫人のところへ送っていってから……、わたしは魅力的で、すばらしいカセラ伯爵夫人のところへ行って、残りの夜を過ごしていた」。

メティルドが知らなかったこと、それはベールが本当に彼女に忠実だったことである。再び『エゴティスム回想』では、こう書かれている――

あるとき、その若い婦人（カセラ夫人）の愛人になるのを断わったことがある。彼女は知るかぎり、もっとも愛らしい女性だったが、すべて、誓って言うが、メティルドから愛されるにふさわしくなろうとしたためだ。おなじ気持ちとおなじ動機で、あの有名な歌手ヴィガノをも拒否したのだった。

「毎日、ますますあなたが恋しくなるようです……」

当時、彼女の不興の原因が分からないで、かれはただ嘆くしかない。一〇月四日、彼女に宛てて書く――「ぼくは本当に悲しい。毎日、ますますあなたが恋しくなるようです。それなのに、以前、示してくれた単純な好意さえ、わたしに示してくださらない」。

かれは、彼女に自分の愛の誠実さと深さを納得してもらおうと努める――

「わたしの愛の歴然とした証拠があります。それは、あなたを前にして、わたしがへまばかりしていることです。自分に腹が立って仕方ありませんが、わたしにはどうすることもできません。あなたのサロンに着くまでは勇気があるのですが、あなたの姿が見えると、震えだします。はっきり申し上げると、長いあいだ、ほかのどんな女性にも、こんな気持ちを抱いたことはありません。あまりにも惨めな気持ちになっていますので、もう二度とお目にかかるまいと決心するのですが、そう決めていながら、毎日はあなたのサロンへ行かないように慎重を期すべきだと思ったりします……。あなたの前にいるより、遠く離れているほうが恋しくなります。離れていると、あなたが寛大で優しく思われます。しかしあなたの前ではそんな甘い幻想もつぶれてしまいます。」

一一月一六日には、もっと悲壮な手紙を送っている――

「あなたがわたしに対してあまりにも絶対的な強みを信じておられるでしょうから、ご返事を書かれたら、わたしの情熱を煽るのではないかというようなご心配はまったく無用です。自分の気持ちは知っているつもりです。つまりわたしは生きているかぎり、あなたを愛します。あなたからどのような仕打ちを受けようとも、わたしの心を震撼させた思い、あなたに愛される幸福感、さらに、ほかの幸福すべてに対する軽蔑を少しも変えないでしょう！　結局、あなたに会いたい、どうしても会いたいのです。わたしはあなたとちょっとのあいだでも、きわめてありきたりの話でもできるのでしたら、残りの人生すべてを犠牲にできます。」

熱望する幸福とは裏腹に、すべての望みを断ち切るような致命的な出来事が起こった。もしスタンダールの心が血を流さなければ、その出来事は滑稽だっただろう。

ヴォルテッラでの苦い経験

一八一九年の春、メティルドはヴォルテッラの学校にあずけていたふたりの息子に会いに行こうと思い立った。もう何カ月も面会に行っていなかった。ベールは彼女から離れて、待ちわびることになるのかと思うと不安になった。孤独感から逃れるためにはどうすればよいかと考えていると、明るい考えが心をかすめた。メティルドのあとを追ってもよいではないか。もちろん、かれはお忍びで旅行し、見つからないように変装もできる。恋しい女の近くにいて、彼女の存在を感じ、おなじ空気を吸い、道路の角から彼女を盗み見するだけで充分だ。

ヴォルテッラは、ピサの田舎の中世以来の小都市であり、エトルリア時代の遺跡が多い。風の強い丘の上に位置した町であり――スタンダールはフランスのラングルと比較している――街道筋から外れていて、今日でもあまり観光客は来ない。当時、外国人が来れば、どれほど注意を引いただろうか！　スタンダールは気づかれないように緑色のサングラスをかけていた。タルタランも――失礼な比較をご容赦いただきたい――おなじようなことをしただろう。当然、起こるべきことが起こった。最初に出会ったのがメティルドだったのだ。自分に思いを寄せている男を見分けるのはたやすいことだった。彼女は驚きと悔やしさと怒りにかられて足を速めた。すっかり動転して、スタンダールは城壁のほうへ向かった。ヴォルテッラには宮殿や教会堂が多く、城壁の上から無限に連なる丘陵や海まで見えるほど広々した眺めだが、かれには何も見えなかった。これからどうしようかと思う。たとえば、すぐさま引き上げるか、素直に彼女に会いに行くべきか。突然、彼女がパノラマの景色を眺めるために訪問先の主人によりかかりながら、やってくるのが見えた。もはや引き下がれなかった。紹介され、ちょっと話を交わす。翌日、かれはあまりにも素っ気ない手紙を受けとる。メティルドの手紙は、要するに、あなた、あなたがこれほどデリカシーも、慎み深さもない方だとは思いませんでした。わたしを危険な目にあわせたいのでしょう、というものだった。

ようやく、軽率なことをしてしまい、疑いをかけられたという重大さに気がつき、まったく悪気がなかったことを申し立てる――

「……あなたの心はあまりにもご立派ですから、わたしの心が理解できたでしょう。あなたは気を悪くなさって、たまたま思いついた言葉をお使いになった。あなたの非難とわたしのことで、あなたが証人になってもいいと思われるようなだれかを交えて判断していただいても結構です。もしデンボウスキー夫人、もし高貴で崇高なメティルドさんが去る土曜の朝のわたしの振る舞いが、この国での彼女の名誉に配慮して、その後のわたしのどんな態度にも、強要的な計画性がまったくなかったと信じてくださるなら、告白しますが、この恥ずべき行為は自分のせいであり、わたしにデリカシーがないと言える方がこの世にひとりおります。さらに言うなら、わたしにはまったく愛してもいない女性たちに対してしか誘惑する才能がありませんでした……。

あなたを誘惑できる才能がもてるかもしれませんが、そんな才能が可能だとは思われません。また発揮しようとも思いません。いずれ、あなたはだまされていたと気づかれるかもしれませんが、一度もあなたから愛されないまま、死ぬ運命になるよりも、あなたをわたしのものにしてから、あなたを失うことのほうが恐ろしいように思われます……。」

このような言葉、おなじく、引用できるほかの言葉にも、激しい混乱状態に陥りながらも誠意が息づいている。しかしメティルドは先入観にとらわれていた。スタンダールは父の死亡でグルノーブルへ行かなければならなかったが、その地からも彼女に立派な手紙を送っていて、それは最高の愛の証拠、つまりあきらめの境地である——

「さようなら。お幸せに。あなたは愛さずには幸せになれない人だと思います。幸せになってください。たとえわたし以外の男を愛してでも……。」

この手紙でもう一度、メティルドの怒りを優しさに戻せるだろうか。かれは一〇月末にミラノに戻ると、彼女は怒りで顔を真っ赤にしながら、またも「手紙をよこした」と非難した。そして、結論として訪問の回数を減らすように要求した。

一八二一年六月、かれが決定的にミラノを去る決心をしたとき、彼女を訪ねた。

「「いつお戻りですか」と彼女は言った。

「二度と来ないと思います。」

最後の時間は言い逃れとむなしい言葉で過ぎた。ひとことで未来の生活は変わったかもしれないのに……。」

かれは出発した。悲嘆にくれ、一度ならず自殺しようかと思いながら。

しかしスタンダールは苦しみから、かれの芸術のもっともすばらしく、またもっとも長続きする部分を引き出すという定めになっていた。その悲痛な経験がなかったら、『恋愛論』は生まれなかっただろう。

自分自身のドラマを語る

すでに見たように、一八一九年一〇月二二日にかれがグルノーブルから戻ったとき、メティルドが待っていたと言わんばかりの冷淡な扱い方をした。スタンダールは打ちのめされた。まだ望みを捨てなかったのではないが、それでもかれは熱愛する女性の影で生きられると思っていた。いつものように、かれは絶望の苦悩から逃れるために仕事に没頭して気晴らしをしようとした。今回、かれが語ろうとしたのは自分自身のドラマである。その語りの表題は『メティルド物語』になるだろう。かれの悩みは自分の心を赤裸にし、気持ちをさらけだしてくれるだろう。要するにその告白はかれの弁明になろう。

しかし間もなく、かれのペンはためらい、中断する。フィクションというヴェールがあまりにも透明すぎて、そんな書き物を公表できない。人称を非人称に置き換えて、無神経な連中の好奇心から逃れる必要があった。それから二カ月後、一二月二九日に天才的なひらめきを感じる。「天才的な日」と自分の書き物にメモしている。というのも一般的な恋愛を論じるのに、どうして自分の苦い経験から出発しなければならないのか。そこで一八一九年から一八二〇年にかけての冬に書かれた原稿は、一八二二年には『恋愛論』という表題で出版されることになる。

『恋愛論』

スタンダールのどの作品もこれほどインクを消耗しながら、これほど不評だったものはない。読者は表題を信じて、きわどく、さらに淫らな話を期待していたのに、まるで哲学的論説を読むような印象を受けたからである。また哲学者はこの書には興味がないと判断する。なぜなら作者は恋愛という感情を体系的に検討しているのでなく、漠然とした心理的考察の域を出ないで、エピソードに陥っているからである。

この本は読者にとまどいを覚えさせる、と認めよう。この作品を理解するには、スタンダールが加えすぎた上部構造ともいうべき部分を、あっさりわきへ置いておく必要がある。なぜなら意図的な部分が曖昧になっているのは、明らかにそのためであるからだ。かれにとって重要なことは、恋愛全体について専門的に論じるのでなく、自分自身の恋愛を、唯一の読者、つまりメティルドに向かって話すことだったからである。では何を語るつもりだったのか。

三〇年近く前だったか、結局、批評家が『恋愛論』を「生理学」的な作品には属さないと認めた。というのもその種の著書が王政復古時代の書店にあふれていたからであり、――たとえばバルザックの『結婚生理学』がいちばん有名である――、また支離滅裂な作品でもなく、まさしく「メティルドの書」であったからだ。批評家たちは、スタンダールがメティルドの心を動かすための策略だったと結論した。これほど情熱的で、また控えめでもある内容を読むなら、彼女は感激して、かれの愛情に応えたかもしれない。

この解釈はデンボウスキー夫人の年譜にも性格にも一致しない。われわれが見てきた波瀾は、スタンダールが『恋愛論』を書きはじめたときには、すべては終わっていたことを強調するものである。かれに対するメティルドの態度はまったく希望を抱かせないものだった。あのたくさんの悲痛な手紙に無関心だったメティルドが、一冊の本をちょっと読むだけで考えを変えたなどと、どうして信じられようか。作者がレノールという偽名を使って彼女のことを話していても無駄だっただろう。メティルドは怒りっぽく、気位の高い性格だったから、そんなふうにさらし者にされたら傷つかないでは済まされなかっただろう。

それだけではない。例外を除いて、恋愛はきわめて短気であり、恋人たちはせっかちである。ところで、もしよろしければ、ちょっと計算してみよう。原稿の編集、印刷、校正、刷り上がり、ミラノへの献本……。哀れな作者はその本の効果を期待するのにどれほどの期間、待たねばならないか。うまくいって、少なくとも一年。しかも、うまくいかないことが、思いがけなく起こった。というのも原稿を、知り合いに頼んでフランスへ運んでもらったが、途中で行方不明になったのだ！　スタンダールがその原稿を回収できたのは、かれ自身が決定的にフランスに帰ってからである。

弁護論

以上の考察で、作者の真の意図が明らかになるかもしれない。もしメティルドがベールの悪意を信じて腹を立てたとしても、後者のほうは、彼女から疑われ、非難されたので深く傷ついた。『恋愛論』は一種の弁護論である。スタンダールは自分を正当化しようとする。とんでもない、かれはドン・ファンのように振る舞った覚えはないのだ。むしろウェルテルに似ている。言い換えると、かれは率直に愛したのであって、まったく下心はなかった。むしろメティルドのほうが、女としての自尊心で目がくらみ、かれの愛の深さも誠実さも見えなかった。特にこの書の「第二九章」で次のような文がある——

「おそらく、女性は主として立派に抵抗しようという自尊心に支えられていて、言い寄る男が虚栄心から彼女らを獲得しようとしているのだと思い込んでいる。心の小さなさけない考えだ。たとえばどんな滑稽な立場にも喜んで飛び込むような情熱的な男なら、虚栄心のことなど考える暇もないだろう！」

したがって『恋愛論』は、以前に行なわれていたようにエッセーの部類には入れられず、そこで以前、批判されたように失敗作でもない。『アンリ・ブリュラールの生涯』と『エゴティスム回想』のあいだの私的作品に位置するはずである。スタンダールが刊行された本において自分の心を赤裸に語ったのは、これが最初で最後だった——上で挙げたあとの二作品は死後、長いあいだ経ってから公刊された。

＊「ファースト・クラス用の著者」

「友人が飛行機のツーリスト・クラスでフランドル地方の上を飛んでいるとき、座席でスタンダールの『赤と黒』を読もうと思った。そこでツーリスト・クラスの図書室へ行き、バルザック、パスカル、モーパッサン、その他、多くの著名な作家を見つけたが、スタンダールのものはなかった。友人はなぜ図書室にその作家が欠けているのかと図書室係の者に尋ねたら、こんな返答だった――

はい、お客様、スタンダールはふさわしい場所に置かれています。ファースト・クラスです！」

（『ニューヨーカー』紙、一九五九年四月一一日付）

＊「神々しくて……」

『恋愛論』はスタンダールが自費出版で出さなかった最初の本である。パリ、ポワソニエール一八番地、出版者ピエール・モンジー家長男と交わした契約書の第二条は次のように書かれている――

「モンジー氏は自費で［原稿を］印刷することとし、ベール氏は原稿以外に何も支払わない。」

第三条では――

「この作品は千部刷り、一八折判で二冊本とする。著者は初版に関してのみ契約し、他者の所有権を保留する。」

この条項は効果がなかった。というのも本が売れなかったからだ。発行後、何カ月か経って、出版者はがっかりした調子で作者に言う、「あなたの本はまるでド・ポンピニャン氏の『聖詩集』のようです。神々しくて、だれも手が出せません」。

それでも、この作品は間もなく、スタンダールの存命中に手に入りにくくなった。その点について、アンスロ夫人の回想では、次のように書かれている——

「かれの『恋愛論』を手に入れるのにどれほど苦労したことでしょう。稀覯本でした。やっと一冊、手に入れましたが、それしかなかったのです。その話をかれにしたら、かれが言うには、一冊も売れないでいる在庫品はすべて船に積み込まれて、船底の重しに使われたとか。それで出版者は五年来、一冊も売れないで、店に積み上げられていた在庫品を厄介払いできて、うれしそうだった……。」

今日では、『恋愛論』の初版本はきわめて珍しいとか。しかし最高の稀覯本になっている『アルマンス』ほどではない。

第13章　パリの作家

独立生活

スタンダールは一八二一年六月にミラノから戻ると、一〇年間ほど、パリで暮らすことになる。実際には、この長い期間の滞在も度重なる旅行で中断される。というのもこの人物の性質は定住民の反対だったからである。たとえば二度、イギリスへ旅行し（一八二一年と一八二六年）、イタリアへ行き（一八二七年から一八二八年）、さらにフランスの西南地方を旅行している（一八二九年）。しかし本拠はパリである。この虚栄の都市となんとか妥協して、幸福に落ちついている。いつもあこがれていた独立生活を送る。たとえばサロンへ出入りしたり、ペンで生計を立て、世論を沸かせている論争に参加したり、最初の小説を発表する。

メティルドへの恋しさに取りつかれ

メティルドから受けた心の傷は、何カ月間も血を流した。スタンダールはパリに来てから、長いあいだ続いた暗い日々を思い出すだろう。考えまいとし、言葉で気を紛らそうとして幾人かの友人に頼る――「この連中のだれかから、わたしが悲しんでいると思われたら、大いにしゃべりまくった……」。でもひとりになると、すぐ暗い思いに沈み込むのだった――「リュサンジュ（友人アドルフ・ド・マレストを指す）と別れたら、その日の恐ろしい時間が始まるのだった。その年はひどい暑さだったが、テュイルリー公園の大きなマロニエの木陰を求め、少し涼んだ。彼女のことが忘れられないなら、死ぬほうがましだろうか、と思った。何もかもが重荷だった……」。日曜日は、朝から晩までひとりだったので、特に辛かった。たとえば、メティルドの面影につきまとわれながら、テュイルリー公園をさまよっていた。

この忘執が、ある晩、きわめてまずい失態をまねいた。友人たちと「売春婦パーティー」に参加するのを承知していた。だが、すごい美女に当たった。髪の色を除けばティツィアーノの描いたヴィーナスそっくりだったので、それまでに感じたこともない奇妙な困惑を覚え、元気がなくなってしまった。要するに、かれの言葉では「完全な失敗」をしたのである。そのとき以来、仲間たちのあいだで、かれが「インポ」（性的不能者）だと、評判になった。しかしながら、それは的外れの評判だった。なぜならそんな失態を演じた一夜は、生理的な減退のせいではなく、一種の頭脳的抑制のためだったから。というのも、かれを迎え入れようとする若い美女に、突然、メティルドのイメージが重なったのである。かれはショックを受けて、能力を失ったのだ。まったく偶然の出来事であり、アンリ・ベールを性的不能者のなかに入れることはできないが、それでも意図的に事実を歪曲して、贋スキャンダル的な新発見を喜ぶ手合いがいるものだ。

それでも時が、苦悩を少しずつ消してくれた。しかし、ぶり返しが心配だった。理由は次のとおりである。一八二〇年に、この作者は『恋愛論』の原稿を知り合いに託し、ストラスブールの郵便局まで持っていってほしいと頼んでいた。その人は頼まれたとおりに間違いなくしたがったが、小包は、当時の「郵便局」の気紛れから宛先へ着くまでに一四カ月もかかった。

一八二一年末、スタンダールがようやく自分の原稿を見ることができたとき、またもや絶望に沈みかけた。すぐにでもミラノへ出発したい気持ちと戦わねばならなかった。「ミラノへ戻ろうという気違いじみた考えは、これまでに幾度も斥けたが、驚くほどの強烈さで舞い戻ってきた。それに抵抗するためにどうしたのか自分でも分からない……」。

メティルドの悲痛な思い出がもっと和むにはほとんど一年かかった。かれは『エゴティスム回想』で一八二二年のことを語りながら、こう言っている――「その年の夏になって、回復しはじめた。五、六時間も続けてミラノのことを考えずにおれるようになった。それでも朝の目覚めだけがまだ辛かった。ときには暗い思いに沈んだまま、昼までベッドに寝ていた」。

すべての危機が間もなく避けられた。モンモランシー公園の静かな森に囲まれながら、本の校正に専念することで、悩みを更新させるどころか、心が落ちついた。『恋愛論』の出版は、かれにとって解放になるだろう。歌手ジュディッタ・パスタのサロンへかようことは、たんに「美しい歌」に惚れただけではなく、ミラノ弁やメティルドの名を聞けるのがうれしくてたまらなかったからだ。しかし会話の途中で、ときにはその名を聞いても、もはや心が締めつけられるような感じにならなかった。かれが言うように、「心の健康」が回復したのだ。一八二四年以前でも――この日付の意味はあとで分かるだろう――悩みは鎮まっていた。かれはこう言うだろう――「いまでは彼女（メティルド）は、優しいが深く悲しい亡霊になってしまい、たとえその亡霊が現れようとも、わたしは愛情に満ち、好意的で、正しく、寛大な気持ちになるだろう」。

付き合いにくい謎の女メティルドは長く生きていなかった。彼女は一八二五年五月一日に、三五歳で亡くなった。その知らせを聞いたとき、かれは『恋愛論』の私蔵本に「作者の死」と書いた。だが彼女はこの小説家にとっては死んでいない。というのもかれの想像力から生み出されたヒロインたちは、すべてメティルドの特徴をもつことになるだろうから。

ロッシーニの先触れ

スタンダールはミラノで音楽を満喫していた。かれはスカラ座という豪華な劇場へ足しげくかよい、魅了された。一八一八年三月二一日付の手紙で友人マレストに知らせている――「ぼくは毎晩、七時から零時まで、音楽を聞き、二幕のバレエを見ている」。さらに一五年後には『エゴティスム回想』で書いている――「イタリアでは、オペラが大好きだった。わたしの人生で、比べようもないほど甘美な時間を劇場で過ごせた。スカラ座では幸福すぎて……一種の通《つう》になっていた」。

時代が経っても栄光の消えない作曲家ロッシーニ、そして逆に忘却の彼方に消えた振り付け役サルヴァトーレ・ヴィガノは、当時、名声の絶頂にいた。スタンダールは両者を熱愛した。そしてふたりをイタリアで一流の天才に入れていた。

とはいえ、ロッシーニを批判する精神の妨げにはならなかった。おなじようにメロディーに感じやすく、したがって「オペラ・ブッファ」〔一種の喜歌劇〕に惚れこみ、ロッシーニの生きいきとし、きらめき、柔らかな感触の音楽に熱中した。しかしこの豊かな天分の作曲家は少し安易に流れ、生気を乱用しすぎていたのではないか。愛すればこそ、罰しもする、とよく言われたではないか。現代では「病みつき」と呼ばれ、当時は「愛好家」と呼ばれたベールは遠慮なく言うだろう――ロッシーニだと？　あれは「うなぎのパテ」じゃないか！　また《セビリアの理髪師》については、きついことを言う――「……チマローザの作品二編とパイジェロの二編をベートーヴェンの交響楽と一緒に煮たまえ。そして全体を八分（1/8）音符、多くの三二分（1/32）音符で激しい拍子にしたまえ。そうすれば《理髪師》ができ上がるだろう……」。

ところで、確かにスタンダールはロッシーニへ作品『ロッシーニ伝』を捧げている。それはかれがパリに戻って一年半後、つまり一八二三年一一月に出版された。一見、熱烈に賞賛もしていない音楽家について一巻の書を発表するのは矛盾しているかもしれない。しかしベールの矛盾した精神でもってすべてを説明しようとする誘惑に負けないでおこう。見かけよりは、はるかにそうではないのだ。かれがロッシーニとその音楽に興味を抱くには、れっきとした理由があったのである。

パリで、かれはミラノの思い出すべてを探求する。そのときの郷愁から、かれはすでに述べたようにジュディッタ・パスタ、つまりイタリア座の「プリマドンナ」のサロンへ足しげく出入りする。パスタ夫人はロッシーニのオペラをパリの観客たちに紹介するという大任を果たしていた。だがパリの人々は、わずかの熱狂的なファンを除けば、冷淡な待遇を固執した。さらに加えて、この流行しかけている外国人に対して一種の陰謀が企てられた。イタリア座の支配人も劇団も大いに困ってしまった。かれらは観客の習慣や過敏な愛国心に逆らうのを恐れて、ロッシーニのオペラを切断し、脚色した。そんな無謀な手直しが、かえって、すべての人の不満をまねく結果になった。たとえば、ある者は、それでも長すぎるとか危険な手直しだと言い、他の者は、ひどいスキャンダルだと叫んだ。

「この本は本ではない」

パリの一般観客の偏見がスタンダールを憤慨させ、同郷人たちの旧弊さが激高させた。『ロッシーニ伝』はまとまった物語ではなく、本質的に風刺文書であり、パリにおいて音楽を事なかれ主義という名のもとに停滞させようとする傾向に向けられている。かれはこう宣言する――「ヨーロッパでは何もかも変化している。すべてがひっくり返された。オペラの観客だけが不変だという栄光を担っている」。かれは過去の支持者に「現代」の作曲家ロッシーニを対立させる。なぜならロッシーニの魅力は「今日のわれわれが求めているものを予測している」からである。ひとことで言えば、ロッシーニの音楽は、明らかに「ロマン派作品」として提供されている。

そうは言っても、スタンダールが公平でなく、また公平になろうとしていないことは理解される。かれは文字どおり書いている――「芸術において、わたしは滑稽で不可能な公平さを求めるどころか、いまや通念になっている原則を主張する。つまりわたしは偏向しているとはっきり言おう」。また自分の本が普通の伝記とはあまり似ていない、と真っ先に認めていることも分かる――「おそらく退屈な瑣末事を語るよりは、フランスにおける音楽的趣味の根源へ立ち返り、この楽しい分野で起こっている革命の意義を示そうと努力した」。

この作者は一匹狼として行動し、主張を成功させるつもりで、しばしば政治的傾向を帯びる。趣味は慣習に動かされるが、その慣習もまた政治的体制の産物ではないか。「音楽が、人民の心を動かす情熱に類似したイメージをつくるようにかれらの想像力を刺激してこそ効果的だと思われる。ある国の音楽が、たとえ間接的であっても確実に、その国の人民の心を形成する色調にどれほど作用しているかが分かるだろう」。

この作品に満ちている余談は偶然の結果ではない。アンリ・ベールはこの本の扉に載せた銘句、つまり「脚に糸をつけて空中へ放された虫のように、自由に考えていただきたい」という言葉を読者に告げておきたかった。序文ではもっと明確な形でおなじ意見を繰り返し述べている――「この本は本ではない」と。それは確かに『ロッシーニ伝』がたんなる本ではなく、二〇世紀後半の読者をも引きつけるからである。

スタンダールは、明らかに偶然の主題を扱いながら、普遍的な問題を喚起する術を心得ていた。たとえば、「現代」音楽の問題であり、それこそ最重要な問題だろう。

ロマン派軽騎兵

さて、いまや、ロッシーニの名のかわりにシェイクスピアの名を置いてみよう。そうすれば、スタンダールが華々しいやり方で「現代」文学のために態度を表明した二部から成る風刺文書が得られるだろう。それは『ラシーヌとシェイクスピア』である。

かれがミラノにいたおかげで思想が著しく豊富になったことはすでに見たとおりである。かれは一九世紀の人間が新しい文学、つまり新しい欲求と新しい習慣に適合した文学をもつ権利があるという原則を自分のものにした。おなじく、スタンダールはロマン派が古典主義派に対して宣言した戦いに、傍観者として加わったのではないことも見てきた。かれは沸き立っているようなミラノを出て、沈滞したパリに戻ったのだ。フランス座〔コメディー・フランセーズ〕でも、アカデミー・フランセーズのもとでも、伝統的な美学的規範への絶対的な服従が要求されていた。悲劇——このジャンルだけは、抒情詩とともに詩の世界で容認された——悲劇は依然として一枚岩のような作品とみなされ、確固として厳しい規則に縛られていた。その規則から逸脱しようものなら、無気力な観客が驚いて、野次を飛ばすだろう。しかもアカデミー、この趣味の殿堂は目を光らせていて、法則に違反しようとするような無謀で、大胆な者に対しては、常に非難を浴びせる用意ができていた。ヴィクトル・ユゴーが、危険な革新者のグループに加わったという咎《とが》で、アカデミー・フランセーズの会員に選ばれるまでに四回も立候補しなければならなかったことを思い出していただきたい。かれの詩が当代随一だと、白髪頭の敵対者どもに繰り返し言っても無駄だった。そうかもしれない、という返事だが、ヴィクトル・ユゴー氏は詩の規則全体を足蹴《あしげ》にしたではないか。だからかれに対して全面的に反対票が投じられたのだ！

しかし一八二三年に、この「天才児」は、はじめて武器をとるだけで済んだ。かれよりずっと早く、一番手として、反旗を掲げたのはスタンダールだった。その前年、イギリスの劇団がシェイクスピアの戯曲を、今日の言い方では「オリジナル版」でパリの劇場において上演したいという、突拍子もない考えを思いついたのだ。ポルト・サン＝マルタンの劇場では騒ぎが大きくなり、二回上演したあとで、俳優たちは退却した。穏やかな人々から一種の粗暴な劇作家だとみなされている者の作品を、あえてパリで上演したという忌まわしさに加えて、一般観客の一部、つまり自由主義的な連中のあいだではイギリスや神聖同盟に対する敵意が重なった。スタンダールは憤慨して、ペンをとり、再度、パリ住民の狂信的排外主義に反抗し、革新を主張しようとした。そこでかれは『ラシーヌとシェイクスピア』という風刺的批判文書を発表する。その題は簡潔にして雄弁であり、読者の想像力を刺激するのにふさわしい。ミラノでの経験を生かし——慣れたイタリア語の表現〔ロマンティチスモ〕をフランス語風に直して「ロマンティシスム」〔フランス語では「ロマンティスム」〕と言った——悲劇制作詩人らをあざける。というのもこれらの作家は永遠にラシーヌの模倣者であり、五幕で一二音節詩の悲劇に夢中であり、相変わらず古代の題材を追い求め、一定の場所を変えてはならず、二四時間という伝統的な時の経過を一分も超えてはならない規則に忠実である。『一八一七年のローマ、ナポリ、フィレンツェ』の作者だった騎兵将校ド・スタンダール氏は、いまや軽騎兵に変身し、「旧弊な連中」に猛然と襲いかかる——

「一〇〇〇エキュもする高価な刺繍飾りをつけた衣服をまとい、大きな黒いかつらを常用しながら、一六六〇年ごろにラシーヌやモリエールの演劇を評価していた侯爵たちはわれわれによく似ているではないか。

これらの文豪は侯爵たちの趣味に応え、かれらのために働いた。

これからは、一八二三年という、めでたい年の、まじめで、少し欲深く、理屈っぽい若者らのための悲劇をつくるべきだと要望する。その悲劇は散文で書かれるべきだ。今日では、一二音節詩なんて、たいていはごまかしである。」

新しい攻勢

ロマン主義の理論は次第に若い作家らのあいだで注目を浴びるようになるので、アカデミー当局としては、それに終止符を打たせることが必要だと判断した。一八二四年四月二四日、アカデミー会員のなかでも最低の男オージェは学士院において、轟きわたるような演説を行ない、「ロマン派」は厳粛に破門されたと言い放った。この糾弾は火に油を注いだだけだった。反撃のために、あらゆる方面で戦闘準備が進められた。スタンダールも、もはやあとに引けなくなっていた。一八二五年三月初めに、かれの『ラシーヌとシェイクスピア』続編が出された。これは古典主義者とロマン主義者のあいだで交わされた往復書簡の形式をとった。この第二の風刺批判書は、いまや作者が批判攻撃をする敵に向かっているだけ、いっそう激烈だった。最初から全体の調子を示している――

「あるとき、もう五、六カ月も前であるが、アカデミー・フランセーズは、のろのろと、ほとんど感じられないくらいの歩みで辞書作成という単調な作業の完成に向かって、支障なく作業を続けていた。すべてが眠っていた。ただ例外的にひとり、終身幹事で報告者オージェだけが起きていて、そのとき幸運にもロマン派という言葉が告げられた。

このように秩序を乱す傲慢な一派を示す致命的な言葉で、全員のもの憂さは、はるかに活発な感情へ移った。宗教裁判長トルケマーダ〔スペイン〕になんだか似ていると思った。つまり宗教裁判の判事や捕吏たちに囲まれ、かれらの面前に、ご立派な教養の維持には絶好のチャンスで、突然、ルターあるいはカルヴァンが引き出されてくる。たちまち、顔つきは違っていても、おなじ考えがそれらの顔つきに浮かび上がる。どの顔もこう言っているようだ――こいつを亡き者にできるには、どれほど残忍な拷問があるか……。」

何のために、わがロマン派の軽騎兵は剣を交えるつもりなのか。演劇の自由のためである。つまりついに演劇を、飛躍の妨げとなり、魅力が奪われるような拘束的な慣習全体から解放するためである。

スタンダールは、言うまでもなくロマン主義者たちのスポークスマンである。しかしもう少し近づいてみよう。そうすれば、かれのうちにはヴィクトル・ユゴーの作品のような抒情詩を予想させるものは何もない。換言すれば、かれは自分の戦いを行なっている。かなりためらいながらも、劇芸術についての個人的な概念を表明しようと努めている。だから、かれによれば新しい演劇はどうあるべきかを言明し、ロマン派の喜劇とロマン派の悲劇を挙げる。前者は、題材として、自分の劇作を上演させようと努める作者をひどい目にあわせる嫌がらせであり、後者はあまりにも雄弁な表題であるので、解説も要さない。たとえば『エルバ島からの帰還』だ。いずれの作品も主題として時事性、写実性を考慮すること。つまり「日常、われわれが接しているような」出来事を舞台で再現することである。このような概念は演劇人のものだろうか。それは疑わしい。そのかわりに小説家を暴露している。それこそ、『赤と黒』を証明しているからだ。

パリのサロン

スタンダールは確かに社交性に恵まれていた。「わたしは社交界が好きだ」と幾度も繰り返している。孤独は絶対に耐えられなかった。ひとりになると、憂鬱になり、落ち込んでしまった。〔イタリア、チヴィタヴェッキア駐在フランス〕領事になり、やがて不幸になる。というのもかれの習慣になっていた才気煥発の会話ができなくなるからだ。

だが、いまのところは満たされている。パリに帰ってから続いていた鬱状態の危機も、ようやく乗り越えられた。「わたしの生活は、快適でないとしても、結局、あこがれの的だった最後の幸福と、いまの自分のあいだを徐々に取りなしてくれるなんらかのことで満たされた」。この言い方はもっと好意的であってもよかったはずである。なぜなら友人らのおかげで多くの知り合いができたのは、この漠然として軽蔑的な「なんらかのこと」以上の値打ちがあったはずではないか！　まあ、いいだろう。やがてスタンダールはパリの著名なサロンの常連客になる。たとえばアンスロ夫人、ジェラール男爵、ド・キュヴィエ、ド・トラシー伯爵、ドレクリューズ……のサロンである。コネがなかったのは、アルスナル図書館〔一八二四年、シャルル・ノディエが館員に選ばれる〕、アベイ＝オー＝ボワ〔この旧修道院の一部屋がレカミエ夫人のサロンになり、シャトーブリアンたちがよく出入りした〕、ヴィクトル・ユゴーのグループの三カ所だけだった。さらに言うまでもなく、サン＝マルタン通りの貴族のサロンであり、そこへ迎えられる資格は、アンリ・ベールにはまったくなかった。

それらの例外を除いて、かれはいたるところで歓迎された。知り合いの数も増え続けた。パリで屈指の著名人たちもいくらかは親しくなった。完全なリストを示すつもりはないが、幾人かの名前を挙げるなら

――アルフレッド・ド・ミュッセ、ラマルティーヌ、サント゠ブーヴ、そして王制復古期の抵抗主導者としてベランジェ、哲学者ヴィクトル・クザン、画家ドラクロワ、彫刻家ダヴィッド・ダンジェ、歴史家シャルル・ド・レミュザならびにミニェ、ティエール、ド・セギュール伯爵、さらに自由党の「リーダー」バンジャマン・コンスタン、ラ・ファイエット将軍、政治風刺作家ポール゠ルイ・クリエ、さらにヴィクトル・ジャックモン、バルザック、メリメ、アリ・シェーフェル……の面々である。

それらのサロンにおいて、スタンダールは水を得た魚のようだった。退屈は最大の敵と思われたので、かれは長談義より議論するほうが好きだった。かれにとって、会話は独創的で、新しい発想を発見させてくれるような意見交換になった。そこに、かれにはなじみ深い「着想を探し求めて」という言葉の意味がある。だからかれは明確な意見を愛した。かれの言葉のどれもが警句のようだった。話し相手が衝撃を受けた様子を見るのが、いちばんうれしかった。批評家エティエンヌ・ドレクリューズはシャバネ通りの自称「屋根裏部屋」に客を迎えたが、スタンダールの突飛な話に幾度もたまげたが、同時にスタンダールが無茶な話をすればするほど、ますますかれが才知に富み、面白いことが分かった。やがてスタンダールは周りの人々のあいだで、不道徳で、破廉恥で、意地悪く、残忍で、無礼で、逆説家だという評判が立った。だれかが「太ったメフィストフェレス」と呼んだ。またかれのほうもおなじく他のすべての者を容赦せず、みずから「イタリアの肉屋」に比べるのを好んだ。というのも頰にふさふさと黒いひげを生やしていたからである。

それはベールの一面にすぎないと繰り返す必要があろうか。友人の集まりで自由に振る舞うスタンダールが同時代人によって素描された光景を勝手に解釈しようとする者のために、『エゴティスム回想』から簡単な引用をさせてもらおう――「信じてもらえるかどうか。わたしは仮面をつけるのが好きだ」。つけられた仮面、その裏に真のスタンダールを見つけなければならない。

社交界での華々しい生活は「才知にたけた話し方」になじませ。その結果、かれはパリと和解した。それまで、かれは絶えずパリをイタリアに対比し、イタリアのほうを好んだ。『エゴティスム回想』において、パリ生活の最初の幾年かの思い出では、「極度に不快な」首都の「醜さ」を嘆き、「心の底では、精神的な面で、いつもパリを軽蔑していた」とためらうことなく書くだろうが、その印象は知らずしらずのうちに変化する。幾年かのあいだに、結局、パリは才知が息づく唯一の都市だと理解する。イタリアにおける領事に任命されると、心からパリをなつかしがるだろう。矛盾しているだろうか。とんでもない。

ジャーナリスト

スタンダールの才気煥発な会話の反応は、かれがフランスやイギリスの新聞雑誌に発表した無数の論説に見られるように、同時代人たちが驚嘆したり憤慨した証言に残されている。

フランスでは、かれは折に触れて『ナショナル』紙、『タン』紙、『グローブ』紙、『メルキュール・ド・フランス』誌、『ルヴュ・ド・パリ』誌、さらに定期的に『ジュルナル・ド・パリ』紙へ寄稿した。イギリスでは、かれの「原稿」は『ニュー・マンスリー・リヴュー』、『ロンドン・マガジーン』、『アシニアム』の各誌に掲載された。『パリ・マンスリー・リヴュー』誌はかれの原稿を英文で掲載した。この点に関して、フランス語の原文は残っておらず、また、いまでは英文で読むか、あるいは数年前にフランス語に重訳されたものしか読めないとお知らせしておいたほうがよいかもしれない。そこでは文体に関して本当に純粋なスタンダールは見られない……。

そのような保留を除けば、「英語」の論説は珍しい興味をそそる。だが、もしどの世代にもたくさん見られる文芸批評家のひとりだと考えるなら大間違いである。スタンダールは独創的に見える。なぜなら、かれは「文学」を軽視していて、語の律動や美しいイメージに関心がなく、かれが文学に惹かれるのはもっぱら文学が社会の表現だからである。

スタンダールは『ラシーヌとシェイクスピア』と同時に出版した別の風刺的批判文書、つまり『生産企業家に対する新たな陰謀について』を刊行していた。かれはいつものような能弁口調で、サン－シモン主義派が貨幣と産業主義に支配される新しい時代の近い到来を主張しているのに反対の立場をとっている。文学の問題とは、あまりにも遠いではないか、と言われそうだ！　そういう意味ではない。なぜなら、スタンダールは人間の権利と人類的な価値のためにその問題を取り上げ、文体についてのくだらない論争に巻き込まれるよりは、はるかに文学のために尽くしているのである。

話をイギリス雑誌への寄稿に戻すとすれば、それはかれが王政復古のフランス社会について鋭い視線を注いでいるからである。それこそ、しかじかの意見を評価し、また同時に論説における政治の主要な役割を説明するのに必要欠くべからざる一般的状況である。この寄稿者は、大革命以来、社会と国民性が受けた変革や、またナポレオン失脚後の王政や党派や社会階級について、交互に意見を述べている。将来の問題を提起する――「一〇年後には、クロムウェルのような独裁者、ワシントンのような恵まれない大統領が現れるか、あるいは五執政官から成る共和国が現れるだろうか。このような問いは、過激派とみなされたくないので、公然とではないが、それでもすべての人民の心をとらえている」。

しかし、かれが厳密で徹底的な分析に専念しているとは思わないでいただきたい。かれの方法論はいつも決まっておなじであり、騎兵将校ド・スタンダール氏がただちに見つけた方法論だった。つまりすばやい筆致、暗示、脱線、「酷評」を使う。決してひとつの問題に長くこだわらない。それを述べるだけでよい。挿話に無謀な解説が続き、警句に箴言がつけられる。かれの言説は、絶えず果てしない紆余曲折に迷い込むように思われる。実際には、難問解決の手がかりが常に存在し、それを発見すればよい。また、ひとたびそれが発見できたら、契約にもとづいて執筆にかかり、状況に応じて書きまくった。たくさんの、一見、粗雑なこの論説は全体として真の年代記を形成し、王政復古期の歴史が詮索好きで、自主独立し、独創的な精神によって素描される。

「年代記」という語を覚えておこう。やがてこの語は小説に関して再現するだろうから。付け加えて言うなら、扱われる問題は同時代の歴史的領域からはみ出し、今日までも包括する普遍的な範囲に及んでいる。

＊「太ったメフィストフェレス」

「……常連のひとりだったベールがお嬢さんたちと、物事や人間や、特に地球の価値について議論するのを聞いているのはこの上なく楽しいことだった。かれの性格は、無邪気さに乏しく、またほとんど賞賛もしない。しかしかれのような太ったメフィストフェレスに許せるのは、感激しやすい若者がびっくりするようなことを言っているからだ……」（「パリ植物園」の著名なキュヴィエのサロンについて、ジャン－ジャック・アンペール宛の植物学者アドリアン・ド・ジュシユーの手紙）。

＊風刺詩

『生産企業家に対する新たな陰謀について』という風刺文書の出版後、スタンダールは、自分が知らないうちに「産業騎士」として扱われ、次のような風刺詩の標的にされている——

新しき学派を無遠慮に中傷するベールは、
産業の名において何もかも全体を震え上がらせた。
その語がかれに何をしたというのか。騎士という肩書きを
付けられるのが怖いのか。

＊文学的三位一体

一八三〇年に発行された『パリ旅行』を書いた同時代の作者が外国人、つまりポーランド人の友人に当

時の重要人物や著名人を紹介している——

「ここにボンベ氏〔アンリ・ベール、つまりスタンダールを指す〕がやってきた。かれは太った男で、才気に富み、常識はずれだ。ベール氏は『アルマンス、またはパリのサロン』と題する小説を書いているが、その主人公は奇妙な立場にいて、また女主人公はもっと奇妙だ。おそらく貴族のド・スタンダール氏はロッシーニに熱中し、その伝記を書き、イタリアへも旅行した。——だが、あなたが三人の話をしているようだが！　ぼくにはひとりにしか見えないよ！　と、そのポーランド人は言う——だから、あんたに紹介しているのは文学的三位一体の者なんだ……。」

第14章　本気で愛される

一八二四年、スタンダールは四一歳。かれは太り、不格好だ。つまり太鼓腹である。《ジョゼフ・プリュドム》の才気あふれる制作者アンリ・モニエが《ヌイイの夜会》を描いた戯画（カリカチュア）はド・スタンダール氏の肖像戯画ではないが、たとえそうではないとしても、驚くにはあたらないだろう。つまりあまりにも酷似しているからである。

しかしながら、アンリ・ベールは肥満体をあまり気にしない。しかもおなじころ、三人の女性がかれに身を任せている。これまで、かれがあまり恋愛で「幸せ」だったことはまれだと見てきたので、その事実は、語る値打ちがある。ただ残念ながら手短に、だ！　というのも日記がないので、かれの日常的行状の一部始終を追求することができないからである。

マンティ〔クレマンティーヌ・キュリアル伯爵夫人〕

パリ警察局長ブニョー夫人が思い出される。彼女の名は一八一四年の事件に関連して現れたことがある。その娘クレマンティーヌはキュリアル伯爵という陸軍将校と結婚していた。スタンダールは伯爵夫人の「純情さに満ちた」目に魅せられ、さらに、ある日の朝六時、パリ郊外で起こっている戦闘の情報を尋ねようとして彼女の母のところに現れたとき、ちらっと見えたクレマンティーヌの素足にいっそう魅せられた。

歳月が過ぎ、一八二四年、クレマンティーヌ・キュリアルとスタンダールが改めて再会することになる。彼女はいまや女盛りだが、すでに下り坂である。なぜなら三六歳だから。彼女には激しい気性があり、中途半端には我慢できない。いわゆる男遊びをしたいのでなく、心は恋に飢えている。

二年来、彼女はアンリ・ベールに注目し、その才知に惹かれていた。かれの毒舌、巧妙なしゃべり方は並はずれた知性を示しているように思われた。かれが多少とも甘い言葉を話していたら、彼女はかれを受け入れたかもしれない。不幸なことに、かれの態度は愛想よくしていても、控えめな態度をまもっていた。それはわれわれを驚かせはしない。なぜなら別の女性から受けた傷が深すぎたので、いまさら女を口説く気にならなかったからだ。

彼女はたまりかねて、自分のほうから誘った。かれは告白を聞いてびっくりし、言い表わしようもない歓喜を味わい、「すごい勝利」をかちとった。それまで「報われない恋に悩む男」を演じてきたかれにとっては、願ってもない復讐だ！　だからかれは間違っていなかったのだ。若いころ、ドン・ファンになるべく生まれたと思い込んでいたのだ！

波瀾に満ちた関係

関係は一八二四年から一八二六年夏まで二年間続いた。その関係は波瀾に満ちていた。おなじタイプの性格が向かい合っていたからだ。衝突は避けられなかった。クレマンティーヌ——マンティーと呼ばれる——は情熱に燃え、逆上しやすく、要求が強かった。たとえば、彼女には絶えず愛人がそばにいなければならなかった。どんな困難にもひるまなかった。たとえば幾日間もかれを家の地下室にかくまい、自分で食事を運び、おまけに……彼女の行為を評価するには、一二歳にもなる娘がいたことを忘れてはならない!

だが同時に彼女は気紛れな性行為をいやがるどころか、喜んで受け入れたのだが、かれに対しては、そんな振る舞いから脱した愛を望んでいた。

彼女はかれに宛てた手紙で書いている――

「あなたとふたりで何カ月も一緒に暮らし、何もさせてあげないでいたいわ。それでこそ、本当に心から愛されているような気になるのよ。ある種の技巧については、利用してもいいけど、感心しません……。」

さらに――

「あなたが普通、広い肩の人に見られるという偉さを示してくださらなくても、あなたにはときどき魅力と優しさがあり……。」

彼女は虎のように嫉妬深く、少しでも怪しいと思ったら、凄まじい手紙を書いてきた――

「また、わたしです。あなたは迫害されていると叫んでもいいのですよ。それも当然でしょうから。あなたの破廉恥なやり方に倣えば、あなたから受けた苦しみをそっくりお返ししないように心掛けねばなりませんね……。

アンリ、もうあなたに何も頼みません。また手紙を書いているのは、あなたを相手にしていると、少しは気が紛れるからです。でもいまは、あなたから裏切られたことがよく分かりますので、もう何もお願いしません。また裏切られるなんて……。」

キュリアル伯爵夫人は率直で、衝動的だから、すっかり感情を吐き出してしまわないと気が済まない。

愛人に宛てた熱狂的な手紙は婉曲さも弱音もなく、生々しい言葉であり、乱暴なイメージが使われている。ユリア〔古代ローマ皇帝の娘〕やエルヴィール〔本名ジュディー・シャルル夫人。ラマルティーヌの詩で有名になる〕のような女性でも絶対にこうは書けなかっただろう――

「土曜の短いお手紙は、かつて散歩のときに、あなたのかわいい手がわたしのしなびた肌に触れているときに感じた戦慄のような気持ちをよみがえらせてくれました。もっともっと、そうして欲しかった。」

スタンダールは有頂天になる。生涯を通じて、これほど熱烈な情熱的恋愛の相手になったことはなかったから。かれは常に自然さを何よりも高く尊重していた。ところで、クレマンティーヌの自然さは完全だ。かれは心から彼女をいとおしく感じる。どれほどの優しさで彼女の懸念をなだめたらよいのか――

「ぼくのことはまったく心配ご無用です。あなたを熱烈に愛していますから。……木曜、金曜、さらに土曜もあなたを悲しませたのかと思うと、ぼくも悲しくなります……。ぼくのような忌まわしい変わり者のせいで、ぼくの愛情についてあなたの誤解をまねいたに違いありません！……。」

かれのほうでも恐れを抱いている。幾日も続いて彼女からまったく連絡が届かないと、たちまち落ち込んでしまう。特にあるとき、もはやふたりの仲はすべて終わったと悟らされることになり、予期される相手からの絶縁状を自分で書こうと努力した――

「アンリさん、あなたは誠実であるようにと、わたしに約束させました。この最初の文面だけでも、これから書こうとすることがお分かりでしょう。どうか、あまり悲しまないでください。もっと激しい感情のかわりに、いちばん誠実な友情がわたしとあなたをいつまでも結びつけ、あなたにどんなことが起こっても心から優しく見守っています……。」

かれは見事な予言者だった。というのもマンティーが夫の参謀部の隊長に惚れこんで、アンリを見捨てることになるからである。もう彼女がかれを必要としなくなったことがはっきり分かると、かれは例によって絶望の「恐ろしい発作」にとらわれ、いつものように、自殺しようかという気持ちになった。しかしまたいつものように仕事をして忘れるように努め、またいつものように愛した女の思い出に忠実でいるだろう。それから一〇年後、かれはよりを戻そうと試みるが、マンティーの返事はこうだった――「……灰になってしまっては、消えた火をもう一度おこせませんわ……」。

アジュール夫人〔アルベルト・ド・リュバンプレ〕

「ひとり暮らし」が一年あまり続いた。一八二九年初め、スタンダールはマンティーの思い出から受ける悲しみを忘れ、生活意欲を取り戻している。画家ドラクロワが、いとこである二五歳の若い女アルベルト・ド・リュバンプレをかれに紹介する。彼女はかわいい女――まったく特別の意味はなく、個性的で、知的で、魅力的――であり、はるかにそれ以上の女性だった。彼女は神秘学（オカルト趣味）に凝り、奇妙な服装が好きだった。のちになって、ドラクロワは彼女の「黒いビロード」のドレスや頭に巻いていた「赤いカシミヤ」のショールを思い出している。スタンダールはこの現代風のキルケ〔ギリシア神話、女魔術師〕に魅せられ、たちまち愛が結晶した。

　大変残念ながら、幾月も片思いの役柄を演じるだけで我慢しなければならなかった。アルベルト――かれは彼女の名をその住所、ブルー（青）通りと、神秘学に対する彼女の趣味からきているのだろうが、サンスクリットの名でアジュール夫人と記している――はかれに愛想よく接するが、その恋する男の臆病な態度に気づかず、控えめな思わせぶりも分からないようだ。そこでかれは恋の高等戦略の手口を用いる。

これはかれが一度ならず使ったやり方であり、打ち明けて言うと、ほとんどいつも逆効果に終わっていた。つまり興味をかき立て、嫉妬を起こさせて、恋心を煽るという手だ。

次に、その手口がどんな効果を生んだかを述べよう。スタンダールの周りには女流作家ヴィルジニー・アンスロ夫人がいた。彼女は筆が達者であり、また男の甘い言葉を軽蔑していなかった。スタンダールは、せっせと、これ見よがしにアンシラ——アンスロ夫人を指す——のご機嫌をとり、同時にド・リュバンプレ夫人に惚れていることを吹聴する。この専門家的戦術の結果、あるいはもっと簡潔に言うと、固い彼女も落ちることしか望んでいなかったので、六月二一日、日曜日には、あれほど望んでいた彼女が陥落した……。

かれは彼女を熱烈に愛した。彼女も情熱を分かち合った。その結果、かれの不真面目なおしゃべりでなく、以前、有名な「売春婦パーティー」での「失態」以来、ベールにつきまとっていた「インポ」という評判は永久に破られた……しかも華々しく。

幸福は長く続かなかった。アルベルトはあっさり燃え上がるが、冷めやすい。逆に、かれのほうは誠実のままだった——ドン・ファンから拝借した名声はどうなったのか！——、だから嫉妬の苦悩を体験した。気紛れな女を取り戻そうとして、もう一度、恋の戦略の原則に頼ってみた。もうかれのほうで愛さなくなったのだと思わせるのだ。九月初めにフランス西南地方（この機会にかれはバルセロナまで足を延ばした）を旅行する気にさせた主要な理由のひとつになる。

今度は、戦略も失敗した。一一月末、パリに戻ったとき、まことに辛い情報を知った！　アルベルトは孤独に暮らすのに慣れていなかったが、こともあろうに親友のアドルフ・ド・マレストと深い仲になっていたのだ。

いつものことながら、女に捨てられて、かれは大いに苦しんだ。アジュール夫人について、厳しいひとことを残しているほどだ——『アンリ・ブリュラールの生涯』において、好意を寄せてくれた女たちを喚起するとき、アルベルトについては「デュ・バリ〔ルイ一五世の愛妾〕風の下品な売女」と書くだろう。メリメの評価ははるかに正当のようだ——「才知と優しさに満ち、無分別だが、すばらしい気性の女だ」。

ジウリア

「場を離れたら、失う」という古い格言を忘れていたので、スタンダールは危うく、不幸な時期を過ごすところだった。実際には、苦痛は短くて済んだ。というのも幾週間も経たないうちに、別の女性から型どおりの愛の告白を受けたからである。

ジウリア・リニエリ・デロッキはトスカナ地方のシエナで生まれ、二八歳であり、彼女の後見人で、トスカナ公使のダニエッロ・ベルリンギエリとともにパリで暮らしていた。一八三〇年一月初め、彼女はかなりはっきりとアンリ・ベールに無関心ではないと分からせた。マンティーのときと同様に、かれはうまく言い逃れた。相手を口説いても成功する自信がないので、失態をまねくようなことはしたくない。彼女はたまりかねて、自分のほうから攻勢に出た。一月二一日、彼女は「びっくりするような歓迎」をしてくれる。二三日、彼女はかれの才気に打たれた魅力のことを熱烈に話し、二七日には、彼女は冷静に「好きです」と告白する。二月三日、彼女はかれを抱きしめながら、「あなたがハンサムでなく、ずっと年上だとは以前からよく知っていますが、好きです」と言う。

わが主人公は誇らしい気持ちになるが、かなり困惑もする。実際、ジウリアはもう少女ではないが、それでも本当に若い娘だ。ところで、ベールは情熱家だが、慎重であり、カサノヴァの役を演じて、問題を起こしたくない。かれは彼女に二カ月の猶予を与え、この愛の重大さと結果について反省するように求めた。ジウリアはそんな猶予など、無駄だと反対する。かれは毅然たる態度で、考えを変えない。彼女はとにかくやってみようと答え、辛抱強く待ち、猶予期間が過ぎると、身を任せる……。

恋心か計算ずくか。彼女は、三〇歳に近く、母の元付き添い騎士だった独身の老「伯父」の若い「姪」だから、曖昧な状況から脱して、どんな手を使っても立派な結婚をしようと思えばできたのではないか。事実、スタンダールはそれから幾月も経たないうちにフランス領事の辞令をもらうや、急いで正式にジウリアとの結婚を申し入れる。

ジウリアの潜在意識に計算が存在していたとは、とうてい考えられない。しかし彼女は衝動的で、同時に情熱的だった。だから彼女に率直さの特典をゆだねておいたほうがよい。なぜなら彼女がその初老の男の魅力に本当に魅せられ、また才気が醜さを忘れさせたと推測しても、なんら支障はない。彼女の後見人が丁重に、またきっぱりと、姪へのスタンダールの申し込みを拒否したときも、彼女はかれとの関係を断っていなかった。もし彼女が計算ずくだったら、そんなことはなかっただろう。

ジウリアは秘めやかな情愛を感じさせてくれる。スタンダールは晩年になって、チヴィタヴェッキアとローマという遠い地の職場において、長い期間、彼女のそばで慰めを見いだすことになるが、彼女こそ、かれにとっては心と官能を燃え上がらせた最後の女性になるだろう。

＊「幸福とは、愛されるよりも、はるかに愛することにある……」

数年後、スタンダールは余生もわずかになったとき、自分の人生における恋愛の意義について思索するようになる。かれには、五〇歳でも、相変わらず若い日々を魅了した「情愛の夢想」を続けてやまない気持ちの余裕もある。なぜなら愛のない人生は考えられないからだ。

かれは経験でたくさんのことを学んだが、賢明さにはかなり幻滅させられたので、賢明なのが悔やまれる。相変わらず「無茶な幻想」を追い求めるが、もちろん、そのせいで苦しんだこともあり、甘美な感動、鼓動の激しさ、青春の純情な恋でしか味わえないような悲痛で無我夢中の苦悩を舐めた。

『南フランス紀行』では、こう書かれるだろう——

「わたしはもっと気違いじみていたが、はるかにそのほうが幸せだった。そのころ、だれにも何も言わなかったが、すでに立派な若者であり、公務のサインを書きながら、翌日には経験し、感じ、そしておそらく相手にも感じさせるような情熱をいつも思っていた。夜半には、どこかの大木の下で手を握りしめる光景が幾時間ものあいだ、わたしを夢心地にしてくれた。いまでは自分の苦い経験から、そんな夢を楽しむというよりはむしろ利用すべきだと思うようになった。ただし二日後には後悔するかもしれないが。ところでだ！　わたしとしては、実際の人生では女にだまされ、腑《ふ》抜けに戻り、あんなに無茶で、すばらしい夢想を取り戻したいという気がしてならない。あの夢想のおかげで、どれほど愚かなことをしたかしれないが、今夜のような旅行中に、ひとりで、こんなに魅力的な夜を味わい、もちろん、だれからも恨まれなかった。

こんな戦いが少しできるようになって以来、実戦に移らないようにすることが多い。ちょっとしたことで軽蔑を感じてしまう。軽蔑したことで、一年後には後悔に苛まれる。しかしこの気持ちはいざ戦場となると、自分ではどうしようもなく強烈になる。だから理性は、愛すべきだったのに不幸にもあっさり軽蔑したのを慰めるために、ある年齢になれば二度と恋したりしてはいけない、つまりそれが間違いのもとだと繰り返す。たとえまったく愚かで、嘘つき女でも、魅力的な心、完全な単純さのために愛せるかぎり、また完全に馬鹿げた幻想を抱けるかぎり、愛することができる。また幸福とは、愛されるよりも、はるかに愛することにある。」

＊王政復古時代のサロン

その時期にスタンダールが出入りしたサロンのうち、特に『タン』紙の創設者のひとりの妻オレイイ夫人のサロンがある。

『モード』誌、『ルヴュ・デュ・モンド・エレガン』誌に一八三一年に掲載された記事のなかで、同時代の者が次のような言い方で述べている――

「この愛想のよい女性は、大きい安楽椅子に座り、目には、なんとなくオリエント風の安逸さが現れ、態度にはイタリア人的な魅力がある。彼女は、この有名なサロンをつくったので、毎日のように有名人、権力者、芸術家が招かれていて、ヨーロッパの著名人の名に有識者の名を加えるようになる。」

スタンダールはこのサロンの女主人の「ユダヤ人的な」美しい目に心を惹かれずにはおれない。かれは著名人に混じって彼女のそばにいる――

「再び、ミラノやローマやナポリの屋敷のような魅力に魅せられて、ド・スタンダール氏は、ロンバルディア人のような美しさを目にたたえたパリ女性のそばに来ている……。そのとき、かれの率直さの魔力が目覚め、破裂し、輝く。というのもみんなの唇に浮かんだ微笑みが、かれの皮肉を理解したと告げているからだ。」

オレイイ夫人のサロンは印刷所の階上にあったので、帰ってゆく客たちは印刷機が回転し、巻取紙係の職工が刷り上がった『タン』紙を取り上げている光景を見物できた。

第15章　小説家

一八二七年

一八二七年はスタンダールの生涯の歴史で画期的な年である。その年に最初の小説を出しているからだ。かれはついに、芸術批評へ向かわせたような魅力ある分野を破棄し、想像力の妨げになっていた枯渇さを打破することができた。この駆け出しの小説家はもう成熟した年頃に達している。四四歳だった。だから進歩も速い。『アルマンス』――これが最初の小説の題だ――が傑作でないとしても、やはり作者を一気に格づけている。

『アルマンス』

これは恋愛小説だろうか。確かにそうだ。平凡な物語か。もちろん、そうではない。傑作だろうか。とんでもない。

この本はパリ上流社会の若者オクターヴ・ド・マリヴェールの数奇な人生の悲話である。かれはいとこアルマンス・ド・ゾイロフを愛しながら、結婚式の前日に彼女から離れてゆき、ギリシア沿岸で自殺する。題は女性になっているが、前景を占める人物はヒロインでなく、男の主人公である。興味全体はオクターヴの行動を軸にして展開するが、その行動があまりにも奇妙であるから、かれの周囲の人たちはかれが精神病にかかったのだと思いはじめる。読者のほうも、同じような印象を受ける。

まず前提として、そのような構成は確かに小説の領域に属している。なぜならサスペンス的要素が導入されているからだ。事実、作者はオクターヴの態度について率直に何も説明していないから、読者——当時の読者のみならず——は当惑し、嫌になり、腹が立ってその小説を投げだしてしまう。

そのテーマは、スタンダールの発想ではない。それは当時の事件性、つまりパリで起こったばかりのスキャンダルからきている。

上流の貴族階級に属する女性デュラス公爵夫人が、小説作品のなかで「愛の不能」を扱おうと努めていた。『ウリカ』はヨーロッパの男性に対する黒人女のむなしい恋の物語であり、『エドゥワール』は平民の男が貴族の若い女と結婚するのも不可能だという話である。デュラス夫人は調子に乗って、「不能」の典型的な場合に挑んだ。つまり生理的な欠陥のために男性が恋を成就できないという話である。それが第三の小説、『オリヴィエ、または秘密』だった。しかしながらデュラス夫人はそんな問題作を印刷して出版する気になれなかった。それでも原稿が回し読みされ、当然、むさぼるように読まれた。当時は、小説家も露骨な作品を書かず、また書きづらく、さらに読者の味覚も、今日のような刺激の強いソースには慣れていなかった。

そこから派手なスキャンダルが起こった。アンリ・ド・ラトゥシュという作家が火に油を注いだのだ。かれは自己流の『オリヴィエ』を刊行し、作者名を示さないようにし、さらにそれがデュラス夫人の作だという噂を巧みにまき散らした。スタンダールはアンリ・ド・ラトゥシュと親交があったので、その計画に加わり、社会記事を書いて大いに吹聴した。

しかし、かれはこの問題を考えているうちに、性的不能がきわめて重大で、また悲劇的な問題だとすぐ悟った。他方、当時はマンティーから捨てられたことで暗澹とした時期を送っていた。すでにおなじような状態を経験していたので、がむしゃらに書きまくった。それが『アルマンス』だった。

だが、どのようにして自分の「性的不能」をオクターヴに告白させたらよいか。そこに問題のすべてがあった。この小説家は自分に開かれた唯一の道に打ち込んだ。つまり小説の主人公が性的不能者だということを、あまりぶしつけな言葉を使わずに、物語を通じて巧みに案配された若干の暗示でもって読者にほのめかすことだ。それで理屈はよかった。だが結果はがっかりするものになった。読者はその暗示を理解しなかった。だから理屈っぽく、ときにはあまり聡くない批評家は「奇妙だ」だとか「謎の小説」だと言い、ある者は批判し、また「興味に欠ける」と他の者は批評する。三人目の者は、抒情的な心の持ち主だが、次のようにその小説を評した――「切れないナイフでえぐられたアメリカ・ココヤシの実ではないか！」。

確かに、スタンダールには、まだ小説を書いた経験がまったくなく、困難な仕事に打ち勝つことができず、分からなかった。かれは「ある特異な事例」に向かっていたが、それをできるだけ小説風に扱った。換言すれば、まったく正確さも医学的写実性もなかった。

この小説のはじめからオクターヴは奇妙な性格を現わし、よくむら気を起こし、狂気に近い不可解な行動へ走る。作者はこの主人公の反応を分析しようと努め、物語で読者に示唆する布石をところどころに置いているが、あまりにも明白でないので、このドラマの本当の原因がオクターヴの性的不能だということを理解しないまま最後の破局まできてしまう。作者は謎を解く鍵を与えなかった。その鍵が見つかってからも、まだ日が浅い。

だがサブタイトルはどうか、と言われるかもしれない。これほどこの小説を期待させるサブタイトル、つまり「一八二七年のパリにおけるサロンの情景」に、なぜ注目してやらないのか。

反論しよう。そのサブタイトルは作者が書いたのではないからだ。スタンダールはただ「一九世紀のエピソード」でよかった。それは曖昧だが、なんとか無難だった。もっと読者の気を惹けるかもしれないと思ってサブタイトルを入れ替えたのは出版者である。しかしその欠点は……まったく宙に浮いていることだ。

『アルマンス』は失敗作でもなく、傑作でもなく、天才的小説家で独創的天才の試作である。スタンダールに残された道はもう一歩踏み出して、芸術をほしいままにすることである。やがてそうなるだろう。

小説的な紀行文　『ローマ、ナポリ、フィレンツェ』……

『一八一七年におけるローマ、ナポリ、フィレンツェ』という小作品のおかげで、アンリ・ベールはド・スタンダール氏になれたことが思い出されよう。そのフランス語版はほとんど同時にパリとロンドンで発行された。『エディンバラ・リヴュー』はぎっしり文字で詰まった九ページ分の書評を提供していた。その雑誌の目次に目を通しながら、スタンダールは喜びに震えたはずだ。というのも高く評価し尊敬していた雑誌が自分の著書に注目してくれたとは！　だが悲しいかな！　すぐ、がっかりしなければならなかった。書評の筆者はなさけないほどの無神経さを暴露していたからだ。その本の隠された意味が理解できず、随所で皮肉を言っていた。たとえば「不真面目で、軽薄」という言い方を絶えず繰り返していた。

スタンダールは憤慨し、なさけなかった。「不真面目」という評語は、かれの意図を誤解していた。深刻な問題に重点を置いたつもりだが、会話や打ち明け話のように、くどくどと語らない。そこで内容をかなり多くして、『一八一八年のイタリア』と題して再版を出そうと思った。何カ月もかけてイタリア風俗やイタリア半島における人民の精神をもっと詳しく調べてから、書こうと思い、資料を収集した。

再版を出そうと思っていた計画はすぐ放棄された。惜しむ必要はない。加筆された部分はちぐはぐで、興味の置き方も散漫だった。特に、かなり辛辣な反イギリス的批判が見られる。『一八一七年のローマ、ナポリ、フィレンツェ』の魅力になっていた衝動的な筆致——政治的緊張感の疲れを癒してくれるような、楽しく、気に障らない軽快さ——が致命的に損なわれていた。

しかしながら、スタンダールはその構想を完全に放棄したのではない。一八二七年、第三版を年代を入れずに『ローマ、ナポリ、フィレンツェ』として出版させる。それが何を表わしているかは、いまでは分かる。作者名の「ド・スタンダール氏」は存続しているが、「騎兵将校」の肩書きは脱落する。フィクションはもはや存在理由がなかった。

この第三版は著しく内容が増えたが、それでも重くは感じられず、スタンダールの全作品の根本的な特質、つまり新鮮味を帯びている。スタンダールは気取らず、博識をてらわず、読者の興味を引いてやまない。というのも、かれは旅行の印象の生々しい臨場感に一般的な理解しやすさを与え、さらに好んで選んだ範囲にまったくこだわらなかったからである。

……そして『ローマ散歩』

スタンダール、この劇作失敗者は、自然らしさを失わず、筋も通った台詞のつなぎ方を心得ていなかったが、当時の文学とは驚くほど対照的な技法を完成した。かれはすべてを語りながら、何も語らず、しかも常に思いつくままに述べる。交わした会話を刺激的なエピソードに混入する。次々に短い筆致で、自分の想像力から出たさまざまな人物たちが展開する場面を描き出すのである。

一八二九年に出た『ローマ散歩』で、このジャンルは完成の域に到達する。

この本はもともと商業的な企画にすぎなかった。以前の『イタリア絵画史』もそうだった。ローマを目指してゆく無数の旅行者らに記念建造物や博物館など、要するに幾世紀にも及ぶ古い歴史を背負ったこの都市をよく知り、味わうのに必要な情報をまとめた一種の実用的な案内書を提供するのが目的だった。そのような案内書がなかった。だからスタンダールはつくろうと思ったのである。

しかしながら、かれが無味乾燥な列挙で満足するような男でなかったことは容易に察せられる。だから、いっそう改良して、『ローマ、ナポリ、フィレンツェ』の手法を適用する。事実、かれは一人称で語らない。旅行者すべてを登場させ、かれらの話題を伝え、対話を再現するが、それがしばしば論争に転じる。このように登場する各人物は綿密に性格づけられている。付け加えて言うなら、そのグループには、婦人がいる。そのおかげでお世辞や気の利いた会話がはずみ、まったく衒学趣味が追放される。魅力的な連れと一緒にローマを訪問するのは決して尽きない喜びになるだろう。

期待していた成功は予想をはるかに上回った。幾世代にもわたって、旅行者たちは『ローマ散歩』を携えて「永遠の都」を訪問した。今日でも、見物の順路は目まぐるしく、生命を危険にさらすかもしれないが、スタンダールの案内で、パラティヌス丘の廃墟、聖堂、世紀につれて文明によって層を成す旧市街を訪れるのは言い知れない魅力である。スタンダールの判断に同意しようと、反対しようと魅了されてしまい、この本が手放せなくなる。

イタリア年代記としての『ヴァニナ・ヴァニーニ』

見物と「ドラマティック」な筆致が『ローマ散歩』の本質的特徴である。たくさんのエピソードに加えて、多くの「実際の事実」がこの作品では詳しく語られる。もちろん余談だが、けっこう味わいがある。『ヴァニナ・ヴァニーニ』という中編小説は、もともと、このおなじ作品の一編だった。その推定は軽率ではない。作者が出版者から大部すぎると判断されたこの本のページ数を減らすために、その物語を削除しなければならなかった、と考えるのが妥当である。そこでこの物語を切り離して、一八二九年一二月の『ルヴュ・ド・パリ』誌に『ヴァニナ・ヴァニーニ、教皇領におけるカルボナリ党員最後の集会』という題で発表された。

この長いサブタイトルは構想全体を表わしている。この中編小説は、実はイタリアの「年代記」がいかなるものかを示している。小説的な筋立ては「実際の事実」にもとづく。カルボナリ党員ピエトロ・ミシリッリの心はヴァニナへの恋と祖国解放に献身する誓いのあいだで引き裂かれる。ヴァニナのほうは恋のため、また恋によって生きている。ピエトロが祖国愛のために彼女を犠牲にしようとしているのを知って、彼女はもっとも卑劣な行為へ走る。つまり利己的にピエトロを手放さないためにカルボナリ党員の集会を密告するのである。

ヴァニナ・ヴァニーニはエネルギッシュで情熱があり、『赤と黒』のヒロインであるマティルド・ド・ラ・モールの「姉」のようである。ピエトロのほうは、ときどき、『パルムの僧院』の主人公ファブリス・デル・ドンゴを予告する人物になる。スタンダールはすでに自分の作品に現れる登場人物のタイプを創造していた。

悲劇と喜劇が隣り合うこの『年代記』——喜歌劇のような場面が一度ならず現れる——において、この小説家はどれほど『アルマンス』を超越したことか！　手の込んだ表現が多くなり、小説的興味が全体を占める。語りは、短く、鋭い会話で切られる。『ヴァニナ・ヴァニーニ』とともにスタンダールの傑作小説の時期が始まる。

『赤と黒』

スタンダールは空想家ではない。かれは全面的に小説の筋書きを考案したのではない。かれには跳躍台が必要だ。たいていの場合、読書が、多少とも長い温存期間を経て、想像力を燃え上がらせる火花を起こす。そのとき、いわばかれは一種のひらめきのうちに、登場人物やその役割、エピソードの脈絡が見えてくる。かれはインスピレーションの赴くままにすばやく書く。逆に、もっぱら理性的な要素にもとづいて小説を「構成しよう」とするたびに、間もなく息切れしてやめてしまう。それが、三編の小説しか公刊せず、おなじ数、いやそれ以上の作品を未完成、またはたんなる草案にしておいたというような、一見、まことに異常な現象を説明してくれるのである。バルザックのほとばしるような多作と、あまりにも違いすぎるではないか！　それでもスタンダールは同時代の文豪に劣らない。天才は作品の量では評価されないという、慰めになる実例である。

『赤と黒』の制作にとって、跳躍台の役割を果たしたのは三面記事である。つまりドフィネ地方のブラングという村で、元神学生アントワーヌ・ベルテが情熱的な犯罪の裁判で、一八二七年末のイゼール県重罪裁判所で死刑の判決を受けた。

それは小説の情報源を示している。つまりベルテの裁判がスタンダールの故郷で開かれたが、かれとしては自分で見たり、聞いたりしたのではない。そのとき、かれはイタリアを旅行していたからである。だからかれは一八二七年一二月の『ガゼット・デ・トリビュノー』紙が報道したことしか知らなかった。

第二の確認事項は第一のものよりさらに重要である。なぜならスタンダールにおける小説創作の経過全体を含み、小説の独創性を浮き彫りにする役に立つからである。ベルテ事件はかれに何をもたらしたのか。落伍者で失敗者、野心家で、あまり賢明でなく、出世したく、かなり図々しく、結局、差し出された同情的な手に噛みついた男の話だ。選択の余地なく、聖職者の道を進むと同時に愛人を囲っておきたかったのだ。要するに、かなり浅ましい話であり、ベルテには、スタンダールが魅了されて、作中人物を通じて実際に生きてみたいような理想像の影もない。

忘れないでいただきたい。スタンダールは「些細な社会記事」を好んでも、自然主義的小説の先駆者どころではない。そのころから新聞を賑わせはじめた「犯罪」記事はどうでもよい。かれにとって犯罪が立派だと感じるのは偶然とは思えない情熱にかられた個人の場合である。愛または名誉のために殺人をおかすような人間は理想、つまりかれの理想にかなっている。かれは人間の裁判を恐れない。なぜなら一般人の正義はかれの正義ではないからだ。かれは平然と死に挑むだろう。なぜならかれは今後、善悪の彼岸にいるからだ。それがベルテに対するスタンダールの態度である。ベルテはその時代、つまり王政復古期の犠牲的平民の典型だと思われた。もしその男がもっと早く生きていたら、野心によって社会的に出世していただろう。スタンダールはベルテのために構想を結晶させた。というのもベルテをまったく別の筋書きへ移したからである。その証拠はかれが小説の発想を書いたメモを見れば分かる、——「ジュリアンという、地方の若者がプルタルコスとナポレオンを学んだのだ」。この両者の名の存在は裁判の法廷でひとことも聞かれなかった。したがってかれは小説の主人公を時代や世代の代表者にしたのである。

したがってベルテ事件は小説の枠を提供したにすぎない。この主要な情報源に、もうひとつの情報が加わる。アドリアン・ラファルグという職人が一八二九年初めに、バニェール＝ド＝ビゴールにおいて情婦だった女を殺害したという罪で、同じく死刑の宣告を受けた。

しかしスタンダールは法廷新聞の記録をあっさり手直しすることで満足しなかった。作中人物と、その生活雰囲気を作り直した。

野心と偽善はジュリアン・ソレルの性格の本質を表面的に形成しているだけである。もしむかしのタルチュフの本当の弟子という若者だったら、ひたすらに野心の目的へ邁進しただろうし、殺人に及ぶような真似をしなかっただろう。殺そうとする——それも教会堂で、聖体奉挙のときに——のは野心家のすることではなく、情熱家の衝動的行為である。ジュリアンにとって偽善とは、住まざるを得ない社会から強いられた態度である。ジュリアンは他人に対して偽善ぶるが、決して自分に向かってではない。それどころか、かれは幸福の夢にうっとりするのが好きだ。たとえ全身の注意力とエネルギーを野心の成就のために集中させるときでも、幸福の夢にわれを忘れたい。出世主義者は平凡な人間であり、欲しい地位が得られるような手段を工夫して時を過ごしている。ジュリアンのほうは、自分の感受性や意識と絶えず闘争しながら時を過ごす。策略に手が込んでも、そうさせるのは社会だ。かれは踏みつぶされないように全力を尽くす。

だからこそジュリアンは小説の主人公にしかなれない。かれは時代を擬人化している。この書のサブタイトル『一九世紀年代記』は余計な詳細を設定しない。ロマン主義は「歴史」を流行させていた。すでに見たように、スタンダールは時代劇の熱心なファンだった。演劇から小説へ移行するとき、現代史、ニュース性によるという天才的な考えを抱いた。そこにかれの独創性がある。さらにかれはこれまでに類がないほど超時事性（ニュース性）、つまり死後一五〇年経っても生きているという偉業を成し遂げた。

働き口を求めて

一八三〇年の初め、スタンダールは幸せで、充実していると思えたかもしれない。才人としての評判はしっかり定まっていた。感情的な面でも、最近の情事から見て、かれが女性にもてるということが具体的に証明された。結局、かれは真の文学的使命を発見したと意識していた。

ところが、財政難に悩まされる。状況は日に日に悪化する。それまでは終身年金（一六〇〇フラン）、半減俸（九〇〇フラン）、ロンドンの出版者コルバーンからの報酬（五〇〇〇フラン）で暮らしてきた。ところが、次々に収入が減っていく。たとえばコルバーンは、まず送金を減らし、次いで支払いを停止する。半減俸は半分に減る。印税の収入もそれらの減収を補えない。

スタンダールに貯金をする余裕があり、必要なときに予備の金を当てることができるだろうと考えるのは、かれをよく知らないからだ。すでに指摘したように、かれは浪費家ではない。かれは楽しむために金を使う。たとえば、旅行に出かけたいと思うと、たまらなくなる。さっそく旅に出るのはすばらしいことだ。その点でも、かれは先入観を許さない。かれの体躯や習慣から見て、かれが家に閉じこもり、出不精だとみなされるかもしれない。とんでもない。かれは常に旅をしたがる。というのも絶えず多くの新しいものが観察できるから。

財政状況が悪くなると、報酬のよい働き口を探すようになる。それは難しいことだが、就職難のためではなく、説明を省かせてもらうなら、都合のよい地位が必要だったからだ。

同じ問題が二〇年前にも起こっている。事情はほとんど変わっていない。つまり、自由と独立を捨てた

LE ROUGE

ET LE NOIR

CHRONIQUE DU XIXe SIÈCLE

PAR M. DE STENDHAL.

TOME PREMIER.

PARIS

A. LEVAVASSEUR, LIBRAIRE PALAIS ROYAL

1831.

『赤と黒』

くないスタンダールの性格に見合うような仕事が見つかるだろうか。

しかし友人たちがかれの難問を解決しようとして運動を始めた。アドルフ・ド・マレストは国立資料館にポストを見つけようとした。その試みは失敗だった。同じくアメデ・ド・パストレも紋章鑑定士か国璽検査官に任命させようと試みたが、うまくいかなかった。ベールとしては、検査官‐補佐官というような、まったくの名誉職で我慢しなければならなかったからだ。ピエール・ダリュの世話で新しく奇跡的なことが起こりかけた。つまり王立図書館の定員外の司書に任命されかかったが、そこまでだった……。

この新しい失敗で、かれはますます落胆した。ジウリアの媚態も、かれが心配する将来の不安を和らげてはくれなかった。

七月の太陽

運命の道は思いがけない。救いの手は思いがけないところからやってきた。ポリニャック内閣の〈反動的な〉「七月勅令」に対してパリが蜂起したのである。

スタンダールはバリケードでは戦わないが、「輝かしい三日間」〈反乱の日〉の初日、七月二八日、リシュリュー通りの部屋から反乱の成り行きを見守っている――「一時五五分。東側で起こっていた砲火が南へ移る。それほど激烈でなくなる。兵隊の砲火はカルゼルとこちらのほうへ移ってきた」。翌日、かれは外に出てみる。戦闘の情勢よりもジウリアの消息を知りたいからだ。パレ‐ロワイヤルの回廊で、反乱者のひとりがすぐそばで銃弾に当たって倒れる。ジウリアは恐怖で震えている。その夜はパリのトスカナ公使館で一緒にいてほしいと彼女から懇願される。三〇日、宿に戻ると、三色旗がひるがえっているではないか。勝利は間違いない。ブルボン王朝はパリ市民に破れ、大急ぎでチュイルリー宮殿を引き払っていた。

シャルル一〇世のあとをルイ‐フィリップ王が受け継いだ。

スタンダールは、その反乱に積極的には参加しなかったが、かれは有名な自由主義者だったから、勝利者側についていた。一般民衆の感激に惹かれ、新しい時代が始まったと痛感し、さっそく新政府に協力しようと思う。ところが、内務大臣ギゾーはその申し出を拒絶する。というのもかれを知事にしたくないからだ。

アンリ・ベールはいきなり現実に引き戻され、再び就職のために奔走する。八月二五日、大臣モレ伯爵に宛てて、イタリアでのフランス領事職を請願する。明らかに、その手紙の文言は、生計を立てたい欲望が、請願の唯一の動機だということを示している――

「もし領事の職がわたしには高望みだとお考えでしたら、ナポリかローマの第一書記でも結構です。トリノはまだイタリアではありませんし、フィレンツェの書記は俸給が低すぎるはずです」と書いている。

一カ月たっぷり待たされた。一八三〇年九月二五日に、勅令がやっとおりた。これでアンリ・ベールはトリエステ駐在フランス領事に任命され、年俸は一万五〇〇〇フランだった。かれはうれしさでいっぱいだ。殿様になったような気分で友人たちに招待状を送る――「領事の手始めとして、領事館に半年でも一年間でもお越しください」とサント‐ブーヴ宛に書き、フレデリック・メルセーには「領事館に、冬季の三カ月を過ごしに来てください……」と書き送っている。

一一月六日、かれはパリを出発するが、『赤と黒』の最終校正に目を通す暇もなかった。同じ日に、ジウリアに宛てた結婚申し込みの手紙を出している。

＊仮　面

メリメは自分の指輪の頭部に「自分を疑うことを忘れるな」と刻ませていた。レオトーのほうは、信条として「わたしにとって、不信は常に知性の表れであり。信用は愚鈍を示す」と言っている。

かれらより早く、両者の精神的師匠としてスタンダールは「自分の生活を隠せ」という教訓を述べている。また生涯を通じて、その教訓にしたがい、仮面（ペンネームを使う）やアリバイ（手紙や日記で偽りの日付や情報を流す）や暗号的な記述を増やしている。自分を隠し、変装し、人を欺く傾向は、幼稚で気取りだとみなされた。批判精神と洞察力が協調できないはずはない。スタンダールが冗談好き、あるいは気取り屋だとみなすのは、結局、自然の基本的法則の存在を決して疑わなかったということになるのではないか。なぜなら傷つけられないために身を隠し、またしばしば、攻撃されないために攻撃することになるからである。

＊ミラノでの危険人物

幾度も言われてきたことだが、スタンダールは一八二一年にミラノから追放された。実際に国外追放の判決がくだったのは、それから七年後である。このとき、ミラノの警察署長はウィーン当局に宛てて、きわめて詳細な報告書を送っているので、その重要な箇所を引用しよう――

「ウィーン警視総監ゼドルニッキー伯爵殿

ミラノ警察総監トレンサニ男爵

一八二八年一月二九日、ミラノ

慈愛深き閣下！

去る一月一日の深夜、アンリ・ベールなるフランス人が、中部イタリアからの帰途、当地に到着しました。この外国人はナポレオン帝国のもとで国務院書記としての職務を果たしましたが、現在ではド・スタンダール氏著『ローマ、ナポリ、フィレンツェ』と題する悪評高い本の著者であります。この作品において、かれはきわめて危険な政治的原則を発展させたばかりか、この地方のみならず他のイタリア諸国に住んでいる多くの方がたの名声を中傷的言論でもって、ひどく傷つけました。さらにオーストリア政府に対し、きわめて悪辣な詭弁を弄しています。

ベールは健康と、今回のイタリア半島旅行の主目的として娯楽と観光を口実にした長期にわたる滞在を申請しましたが、帝政にして王政の世襲制イタリア諸国家から即時退去の命令が出されました。この措置に対してベールは異議を申し立てましたが、この処置は、かれがオーストリア政府――この政府はみずからの権力と尊厳を意識し、外国作家どもの愚かな批判などを無視するでしょうが――、に対して大胆にも怒りをぶちまけたというよりは、むしろその作品において一八一六年から一八二一年にいたるまで、ミラノにおいて鷹揚な歓待を受けておきながら、多くの貴婦人たち、ことに尊敬すべき婦人たちの評判を傷つけるような罪深い態度のためであることを率直に返答してやりました。

ベールはこの注意に対してひどく混乱した様子でしたが、そんな作品の作者ではないと強く抗議し、パリのオーストリア帝国大使館を通じて、自分の健康のためにきわめて良好な気候のロンバルディア地方（自分でそう言っていますが）に落ちつきたかったという事実の証明書をできるだけ早く当方に送らせると申しました。

しかしながら、自分の有罪性を密かに意識したらしく、追放令のわたしの同意書をもって政府首脳へ異議申し立てをすることもなく、ただちにシンプロン峠経由でフランスへ旅立ちました。

この危険な外国人が再び現れても国境を通過させないように厳命するために必要な措置をとってお

きました。おなじく、ヴェネツィアやトリエステ……の帝国・王国警察の首脳部にも通報しておきました。

最後に、慎んで申し上げると、ベールは長年にわたりミラノに滞在しているあいだに無信仰で不道徳、さらに遵法精神の敵として知られ、とりわけ最悪の自由主義者たちときわめて親密に連絡し合っていたのに、わたしの先任者がかれを取り締まることなく、それほど長年のあいだ放置していました。かれは、一八一七年にパリで出した『イタリア絵画史』と題する、きわめて有害な著書の作者だと一般にみなされています……。」

アンリ・ベールはこれほどオーストリア警察からにらまれていたので、トリエステのフランス領事の赴任についてはあまり希望がもてなかったのも当然だ！

＊赤と黒

『赤と黒』〔普通の男性形で赤色と黒色〕というタイトルはあまりにも多くの解釈を生んだ。ルーレット――それでは女性形の「赤と黒」でなければならないだろう――を暗示しているという解釈が多かったが、あるいはジュリアンが行動を開始するにあたって、ヴェリエールの町の教会堂で神学生の長衣の「黒い」色の上に血の「赤い」染みがついていると錯覚したときの暗示を前兆としているのか。事実、作者自身が与えている解釈を受け入れない理由はない。つまり、もしジュリアンがもう幾年か早くナポレオン時代に生きていたら、軍人の道を歩んでいただろう。そうすれば社会的地位をのぼれたかもしれない。ブルボン王朝のもとでは、聖職しか残されていなかった。

第16章　フランス領事アンリ・ベール

息がつまりそうな島流し生活

スタンダールの生涯の最後の部分は憂鬱な寂しさに包まれる。思いもよらぬ、気紛れな人間の運命である！　あれほど愛したイタリア、かれには完全な幸福を具現していたイタリア、三〇歳のとき、あこがれたイタリアは、息がつまりそうな島流し生活の場に変わるとは！　そのかわり、あれほど嫌悪した都会パリをなつかしむことになる。休暇の許可がでるたびに、かれは幸福感に満ちてパリへ行き、できるだけ長く休暇を引き延ばす。しかし悩ましい倦怠から大傑作の多くが出現することになる。

「波瀾に富んだ旅行……」

スタンダールが任地へ赴くためにパリを離れるとき、心配そうな顔つきになる。任命の知らせを受けたときの喜びは恐怖に変わるのである。

新しい勤務地では成功できないという心配だろうか。いや、そのほうは自信がある。かれが恐れるのはトリエステにとどまれなかったように、すぐ元の木阿弥になるのではないか、ということだ。事実、二年前に重大な出来事が起こっていたので、そのことが外交官の道を妨げることになるかもしれない。最後にイタリア半島を旅行したとき、ミラノで逮捕されたことがある。悪い事態になり、すぐオーストリア警察は、帝国・王国元首の諸国から一二時間以内に出国すべしという通告を出した。所轄当局はついに、隠れた存在のド・スタンダール氏の正体をつきとめたのである。つまりイタリアに関する本で自由を説き、外国の独裁者どもの支配もやがて終わりを告げ、またロンバルディア‐ヴェネツィア王国における支配的な精神傾向について「けしからぬ」情報を流して喜んでいる人物である。

スタンダールは自分の災難が広く知れわたるのを避けようと努めていた。もしかれが外務省の事務局で、「大臣殿、わたしをオーストリア諸国におけるフランス領事に任命してくださったが、万が一の用心のために申し上げますが、実は、昨年、その国から追放の処分を受けました！」と、申告していたら、どうなっていただろうか。それほど危険な候補者なら、たちどころに排除されただろう。

かれは策略を用いることにした。かれの計画としては、オーストリア政府に既成の事実を認めさせ、注意を引くことなく、トリエステに着任することだった。この策略は幼稚な単純さだった。しかしそんな無邪気さを笑わないでおこう。なぜなら窮地に陥った人間の、いちかばちかの野戦計画だったから。

そこでアンリ・ベールはオーストリアのビザもとらないで、パリを出発した。途中で、まじめな役人がこの手続きの欠陥に気がついたときには、急遽、そのビザがおりるとあてにしていた。かれはオーストリア警察がヨーロッパでもいちばん厄介だという評判を忘れていた。入市が拒否されているミラノを避けて、その南方を通って行こうとしたが無駄だった。パヴィアで、パスポート係官はフランス領事として勤務するためにトリエステへ向かうこの旅行者がパリのオーストリア大使発行のビザがないので、びっくりした。かれは慌てて疑わしい資料を押収し、早飛脚でミラノへ送った。この事件はミラノ警察署長から重大視された。かれはただちに使者を送り、すぐアンリ・ベールを警察署まで連行するように命じた。もしフランス総領事が介入しなかったら、この一件はどうなっていたか、分からない。この総領事の指示で、証拠物件にされたパスポートは本人に返され、ベールは目的地へ向かうことができた。スタンダールは二度とおなじことを言わせなかった。その夜ただちにミラノを離れた。危ないところだった。かれの心にはあれほど親しかったその都市には二度と来ることはないだろう。

いずれにしても、かれの正体は暴かれた。いままで語ってきたような危険な目にあっているあいだに、オーストリアの宰相で、かの有名なメッテルニヒ伯爵はパリ駐在のオーストリア大使に、ベールの任命に抗議し、撤回させるように命じた。

「〈北〉風を受けやすい港……」

一一月二五日、スタンダールはトリエステに到着。陸路の旅をしてきたので、〔トリエステ〕湾の比類ない光景にしばらく見とれた。かれは読んでいた本の余白にメモしている——「奇妙な眺め。無限に深い海のなかに空、右手に光。それがトリエステだ……」。

気に入った印象。それだけだ。またどれほど、つかの間の印象だったことか！　この上もない不吉な予感に脅かされている。六〇年前、かの有名な美術史家ヴィンケルマンが〔強盗に〕殺されたのはトリエステではなかったか。しかもベールはその学者の故郷の名をペンネームに借用した。トリエステでは何もかもが敵意に満ちているようだ。たとえばこの都会の外観は、愛するイタリアというよりはむしろ中央ヨーロッパの都市に似ている。ここではイタリア語と同等か、それ以上にドイツ語が話され、またドイツ語は公用語である。新領事はその厄介な言語を勉強しなければならないのかと、わびしい気持ちで予想する。せめて気候が温暖であってくれたら！　それどころか、気象はこの都会とおなじように冷たい。たとえばここでは「ボラ」と呼ばれている北風はプロヴァンス地方の「ミストラル」と兄弟のようなアドリア海風で、その地方を絶え間なく吹き飛ばし、住民を家に閉じ込め、寒さで震え上がらせる。

さらに加えて、明日の不安がある。ほかのポストへの任命ならどれほど喜んで拝命することか！　だがそんなことが起こるだろうか！　かれは特別の好意で領事に任命されたのであり、一般には、失策の犠牲者のことなど、かまってくれないことも知っていた……。

そのうち、かれは領事の仕事にかかりはじめる。新しい困難と新しい侮辱。たとえば領事認可状がおりないので、かれの地位はオーストリア政府から正式に認められていない。かれの立場は安全が保証されていながら、それだけ偽りのように見える。たとえば宿舎では不安、所轄警察では疑惑。

待つこと一カ月。クリスマス前夜に、致命的な知らせを受けとる。つまり認可が拒否されたのである。慌てて友人らに知らせて援助を頼む。つまり他のポストを見つけてほしい。パレルモでも、ナポリでも、カディスでも、どこでもいい。とにかく北方でなければいい。新年の挨拶状のおどけたような口調はかれの苦悩をにじませている。たとえばヴィルジニー・アンスロに宛てて――

「惨めなことに！　わたしは倦怠と寒さで死にそうです。きょう、一八三一年一月一日にあたって、新しいことはそれしか言えません……。かつてパリに着いたときのように、自分にふさわしく、品位を失わないためには冗談ひとつ言えません。わたしはテレマックのように道徳的で、正しいのです……。」

また友人アドルフ・ド・マレストには――

「ぼくはアウグストゥスとおなじだ。帝国をあこがれたが、あこがれながら、それを知らなかった。倦怠でくたばりそうだ。ぼくには、だれも悪い態度を示さない。それが不幸を悪化させている……。」

パリでは、かれのためにいろいろと奔走してくれる。事実、かれに対するオーストリアの強硬な態度は恐れていたほど悪くはなかった。皇帝の思いがけない拒絶はオーストリア独裁政治の新しい宣言として解釈された。結局、別のポストがアンリ・ベールに与えられるだろうという噂が確実になる。三月五日に通知がトリエステにいるかれのところに届く。前任者ヴァー男爵に替わってチヴィタヴェッキア領事に任命されたのだ。というのもこの男爵はブルボン王家の本家に忠実だったから、退官せざるを得なかった、というのが少なくとも公式の理由であった。

信じられないかもしれないが、スタンダールはこの任命を知って、大喜びするどころではない。自尊心が傷つけられた。というのも、まず俸給が一万五〇〇〇フランから一万フランに下げられたのがなさけなかったからだ。収入が半減に近くなった者に、おなじような幻滅感を与えるのは当然であろうが、ベールにはそれしか収入源がないことを思えば、仕方がないだろう。

この経験は苦いものだった。なんの未練もなく、かれは三月三一日にトリエステを去ってゆく。

教皇領国のフランス領事

「最近の風評によれば、ヴァー男爵に替わって新しいフランス領事がチヴィタヴェッキアへ赴任するそうだ。不満の声が一般に広がり、依然としてそのままだ。というのもヴァー男爵は誠実さと健全な方針では定評があり、それに反して、ある者たちの意見では、後任者が対立意見で知られているからだ。」

このような言い方で、パリ警察総監は新領事に関して流れている噂を教皇領国政務次官‐枢機卿宛に報告していた。

そこでアンリ・ベールはかなり不愉快な前評判を立てられながら着任したが、実際、他のどんな領事が赴任しても、おなじ苦難を舐めただろう。なぜなら新領事は七月革命から生まれた政府の代表者であり、三色旗を標榜していたからだ。

教皇領国は、オーストリアに倣って怪しい評判の領事を拒否したかっただろうが、時宜を考慮して——キリスト教的慈愛以上に——目をつむることにした。というのもフランスがみずから選んだ新しい政府と悶着を起こすのは、あまり外交的ではなかっただろうから……。

かくてアンリ・ベールは一一年半にわたって、公式のチヴィタヴェッキア駐在フランス領事をつとめることになった。

そのポストは、チヴィタヴェッキアが地中海に面した教皇領国の唯一の港であっただけ要職であった。ローマとリヴォルノを結ぶ陸路がまだ通じていなかったため、すべての交流は海路を通じて行なわれ、すべての郵便物や、またローマへ行ったり、その「永遠の都」から出立した旅行者はチヴィタヴェッキアに寄港し、下船したり、乗船した。やがてその重要性は蒸気船の航行によってますます増大した。たとえば定期航路がチヴィタヴェッキアとマルセイユのあいだを結ぶことになる。

この街にはあまり多くの娯楽がない。そのことはあとで改めて触れることにしよう。ローマに近く、八〇キロメートル足らずだから、いくらでも抜け出す機会がある。ベールがイタリアの首都で暮らすことが好きで、事実、任地を空けることが多かったのも知られている。そのためにかれが「閑職」にいるとか、職務怠慢だとか、陰口をたたかれることになる。しかしかれについて述べた批評家たちはしばしば間違っている。

この欠勤について問われる問題は次のとおりである——スタンダールはチヴィタヴェッキアを逃れて、

かれ自身の表現では「勤務」をおろそかにしただろうか。

ところで、かつてかれが厳しい上司、つまりピエール・ダリュの部下として元帝国軍の経理部で勤務したことを忘れないでほしい。かれは重要な地位と責務につき、常に勤務を立派に果たした。ブラウンシュヴァイク、ウィーン、ザガン、スモレンスクでは、見事な行政官としての素質を示していた。自分でも、知事として立派に成功できると信じていたが、それは間違っていない。行政官の経験で、本質的な特性、組織能力、思考の明晰さ、目的に直進する一種の本能を体得していた。その後、領事として、かれが多少とも職務を怠ったと、どうして想像できようか。もし非難すべき点があるとすれば、それは自分の職務をあまりにも重要視していることだ。だからこそ、かれは通常職務の遂行については、ためらうことなく領事館の事務長に任せ、自分は入手できるかぎりの情報をフランス政府へ伝えることで、いっそうよく、有益に奉仕しようとした。いつも周囲で起こっていることの情報を集めようと努力し、出来事や人事のことについて確実で、正確な資料を外務省へ提供していた。一八三一年四月一八日にこう書いている——「みずから恥じることなく職務を遂行したい」。

そこでかれの領事としての書簡がきわめて強烈な興味を覚えさせる。かれの書簡は無味乾燥な行政的書類どころか、特に教皇領国、さらにイタリア半島全体にわたる政治・経済上の、あらゆる分野の情報でいっぱいである。

そこに、われわれになじみ深いスタンダール、つまり「真の事実」への愛好が見いだされる。

だが当時、かれの仕事が少しずつ重荷になったわけをどう説明すればよいか。外務省はかれの熱意を評価するどころか、かれが領事の権限を逸脱し、大使の真似をしないで一介の役人にとどまるべきだと主張した。同時に、教皇領役所の職員たちからあらゆる種類の嫌がらせを受けた。というのも事あるたびに仕事の邪魔をされ、たくさんの面倒なことを押し付けられ、絶え間なく、くだらないことで奔走させられた。そんなことが船の入港や出港のたびに繰り返されたのである。

したがってかれは自分の仕事に期待していたような高級な満足感が得られなかった。一八三四年一一月一六日に、かれは嘆いている——「頭のなかは、仕事の妥当だが平凡なことでいっぱいだ」。他方、創作の鬼が次第に抗しがたく襲ってきた。

最後に、かれを不快にし、疲れさせた原因の最後のものではないとしても、小さなことでもないが、かれの書記官によって絶え間なく引き起こされた嫌がらせがある。

ギリシア人

スタンダールの領事時代を通じて苦々しい思いでいっぱいにしたそのギリシア人の姓名はリジマック・カフタンジ＝オグルー・タヴェルニエだった。一八〇五年に〔ギリシアの〕サロニカで生まれ、父はギリシア人、母はフランス人フランソワーズ・タヴェルニエだった。この女性は元レヴァント地方駐在フランス領事の娘であり、一八一八年に夫を失い、一八二一年、フランスに帰国したときはトルコ人の抑圧から逃れるためにふたりの息子とともにマルセイユに落ちついた。彼女はフランス国籍を回復するように請求したが、息子たちはギリシア人のままだった。

カフタンジ＝オグルー・タヴェルニエ夫人は活動的で、企業家だった。貿易業を開業し、成功し、改めて一八二六年、フランスを離れてチヴィタヴェッキアに落ちついた。その地で、リジマックはうまく長男を外務書記官候補としてフランス領事館事務局に採用してもらった。当時の領事はヴォー男爵だった。

この男が勤務しはじめると、すぐ厄介なことが起こりはじめ、領事もこの若い新人の偏屈で陰険な心や、悪い性癖に苦情を言っている。

われわれに残された資料によれば、おそらくその若者がすべて悪いのではないが、とにかく、いずれにしても知性や機転に欠けた奇癖ぶりを発揮した悶着からいつまで経っても成長しないように思われる。

リジマックの最大の願いは外務書記官に任命されることだった。それに成功する秘訣は、その任命権者でもある領事に背いてはならないのに、愚鈍さに加えて偽善から、かれは上司を飛び越えて直接、外務省へ訴え、ついでに領事を中傷した。

ヴォー男爵がポストを去るにあたり、新領事に向かって、信用できないこの雇員から数々の不愉快な思いをさせられ、また自分の解任もその男のせいだろうから、信用しないようにと忠告するはずである。アンリ・ベールには不幸なことだったが、リジマックは事態を察し、新領事に包囲網をめぐらし、あまりにも巧みな偽善さで自己流につくった行動記録を示し、ついにうまくベールをたらし込んだ。スタンダールは警戒を怠らなかったが、それでもその若いギリシア人をそばに置くこととし、着任当初は不満がなかったようである。

歳月が流れ経験を積むにつれて、リジマックはますます巧妙さと慎重さにたけ、好機を狙いながら、下ごしらえをうまく準備していた。一八三四年までは、ベールはこの男について苦情を言っていない。リジマックは上司にへつらい、奉仕的で、ご機嫌をとり、慇懃で、また特になんでも見通し、なんでも知っている。模範的な雇員であり、几帳面で、情報通で、領事殿の右腕になり、その疑念を一掃する。

スタンダールはかれを信用し、この醜い町にのしかかり、息もつまりそうな倦怠感に悩まされながら、次第にその部下に領事館の世話をゆだね、チヴィタヴェッキアより、はるかにローマで暮らすことが多くなった。先ほど述べたように、自分の職務をきわめて重要視していたので、雑用的な業務から解放されたいと思うようになり、真の外交官としては、習慣的な業務で時間を浪費することなく、もっと重要な情報を提供しなければならないと思い込んだ。スタンダールは、効果的に手伝ってくれる忠実な助力者ができたと喜び、一八三四年、リジマックの熱望に応えて、かれを正規の外務書記官に任命させたのだ。

残念なことだ！　哀れな領事は着任早々、なんという軽率なことをしたのだろうか……。このギリシア人が正式の任命を手に入れるや否や、戦闘が始まった。それは陰険で、疲労させ、いらいらさせる長い戦いであり、一八四二年まで続くのである。つまりスタンダールの死亡のときまでであり、その死はリジマックにとっては、放っておいてもよい最後の一撃になった。

この「ギリシア人」、いま述べたばかりだが、まさしくそのことが本人の弱みだった。越えなければならない次の段階、それはできるだけ早期にフランス国籍をとらねばならなかった。そうなればついに最後の目的がかなえられるだろう。入れ替わるために、あっさりフランス領事アンリ・ベール氏を排除したのだが……。

そこで外務省に対し、もっと控えめに、もっと巧みに、手の込んだ策略を再開した。幾年か前に、うまく成功した策略だ。しかしそれだけでは満足できず、かれは上司の名誉を傷つけるような申し立てに満ちた手紙を、関連するフランス領事館の領事に宛てて次から次へと送りつける。たとえばナポリ、リヴォルノ、ジェノヴァ、バルセロナ、さらにローマ駐在フランス大使館へ。

「大臣殿

チヴィタ・ヴェッキア駐在の閣下の領事館に関して、嘆かわしい事実を報告申し上げるのが、いくら良心の咎めがあろうと、わたくしの厳正なる義務だと心得ます。

わたくしがいかなる熱意と几帳面さでもって責務、つまり神聖と思われる責務を果たしているかは、報告の頻度数と詳細によってご判断いただきました。しかしわたくしの善意と熱意にもかかわらず、まだ充分ではありません。わたくしは仕事の重荷に耐えかねていますが、とりわけあまりにも重すぎる責務が絶えずのしかかり、自分のような一介の書記官の能力を大幅に越えております。

それでも領事ベール殿は自分の職務とその責任について、まじめに自覚しているとは思われません。かれはわたくしを常時その場にいて、いつも奉仕する協力者とみなしていますから、事実上、ためらうことなく領事館のすべての管理をわたくしに任せています。領事殿は時間の大半をローマで過ごしていますから、そこが本当の住まい——あるいは任地外——であり、事務室に現れることはほとんどなく、必要な署名はわたくしにさせ、次いでまた改めて外出し、すべての指揮やすべての決裁をわたくしの自由に任せていますので、このような厳しい責務については、もっぱら閣下への奉仕と心得て専念していますが、領事殿の個人的な利益とか、放埒な個人的生活のためではありません……。」

この書簡の断片は、例のギリシア人の無数の手紙にヒントを得て、全文を創作したものだが、リジマックが、事あるたびに領事をこきおろし、その地位を失脚させようとして大臣を書簡漬けにし、媚びるとともに、中傷する報告書を忠実に反映し総合したにすぎない。

大臣は、最初は用心深く、慎重だったが、ついには繰り返される告発を信じるようになり、領事に宛てて激しい叱責の手紙を送った。哀れなスタンダールはびっくり仰天した。確かに、かれが領事館を留守にすることは多かったが、決してそうかといって領事の仕事を怠けたのではない。重要な決裁は必ずかれの許可が必要だったし、どんなに微妙な問題もかれの指示がなければ扱えなかった。今日、残っている多くの公文書がそれを証明している。それに反して、外務書記官に昇進してからのリジマックは反抗的になり、御しがたく、何事にも文句を言い、また好きなようにすると言うが、それでもベールはかれが演じている、かなり不愉快な腹黒さに気がつかなかった。だから一八三四年に激しい非難の手紙が届いたときは真っ赤になって怒った。今度はかれのほうで書記官を叱りつけ、書記官も腹を立てた様子をしたので、辞職を勧告した……そして大臣宛にすべての資料を、もちろん、かれ流の注釈をつけて送付した。ところで、ローマ駐在フランス大使館では、特に大使サン゠トレール伯爵がスタンダールを高く評価していたので、その紛争を鎮める努力をした。リジマックはベール宛に謝罪書を書き、ベールのほうは、あまりにも誠実で淡白だったので、相手の卑劣さをよく理解できず、部下として残すことに同意した。

しかしリジマックがパリへ送りつけた資料は、事務局においてそれなりの効果を生み、一八三五年二月、外務大臣リニー元帥はスタンダール宛に、改めて激烈な非難を行ない、今度は最悪の脅迫文を添えていた。

「勅令に対する違反が二度とおかされないことを期待して、今回だけは目をつむることにする。国王陛下から賜ったいまの地位を維持したいなら、以上のとおり勧告するが……。」

大臣の警告がこれ以上に明確なことはなかっただろう。ベールは危うくポストを失うところだった。それこそリジマックの狙いだったのだが。

それ以来、領事と書記官は公然たる敵対関係のまま生活し、領事館は息苦しく、不快な雰囲気におかされていたことが想像できよう。さらに一八三六年以降はもっと悪化する。というのも、その年にリジマックがようやくフランス国籍を取得でき、ますます強力になったからである。

しかし、かれはベールを追い出すこともできず、一八四二年のベールの死後も日常業務を遂行したとしても、あれほどあこがれた領事の肩書きを手に入れることはできなかった。要するに、その地位こそ、かれの虚栄心が願っていた唯一のことだったのだが。

＊チヴィタヴェッキア領事の勅許

「わが国のチヴィタヴェッキア領事の職務を申しつけるに際して、マリー＝アンリ・ベール氏の知力と精勤さ、職務への誠実さ、熱意、忠実さを評価し、当人を上記の任務にあたらせることにした。

一八三一年二月一一日　パリ、パレ＝ロワイヤルにて作成

ルイ＝フィリップ」

＊ロバの足蹴

ベールは留守にするとき、いつも出発に際して書記に白紙委任状を渡して、自分の仕事を手伝ってもらい、また日常業務の遂行に遅延が生じないようにしていた。領事の死がチヴィタ＝ヴェッキアの領事館に知らされたとき、リジマックの当然の処理としては、だれにも言わないで、無用になったその白紙委任状をすぐ焼却すべきだっただろう。

それどころか、かれは極上のペンを使い、大臣に宛てて、その白紙委任状をあずかっていることを知らせ、それをどうしたらよいかを尋ねる手紙を送った！　おそらくかれはそうすることで、自分の実直さと職業的誠意を誇示し、さらに、また特に、故領事ベール氏がどれほど領事としての日常業務を怠っていたか、またどれほど軽々しく扱っていたか、を証明したかった。というのも自分の白紙委任状を部下にあずけて平気だったたではないか。

しかし、それも徒労に終わり、そんな悪辣な行為から少しも利益を引き出せなかった。

＊「安定した地位……」

「親切なお勧めをいただき、深く感謝いたします。政府に雇われているかぎり、何も出版しないことに決めました。わたしの書き方は不幸にして、多くの派閥が真実だと主張する無駄話を傷つけることになります。かつて、『グローブ』紙一派を傷つけたことがあります。現在の派閥については、名称までは知りませんが、おそらく『グローブ』紙のように成功したいでしょうから、かれらの論評において、政府の役人に向けられるべき安定した軽い敬意を損なうことになるかもしれません。」（一八三二年六月二三日、出版者アンリ・デュピュイ宛、スタンダールの手紙）

スタンダールの守護霊が「安定した軽い敬意」を無視させてくれていたら、われわれにとっては、どれほど幸福だったことか！

第17章　倦怠

グルノーブルからチヴィタヴェッキアへ

アンリ・ベールは寂しく醜い都会グルノーブルで生まれたが、この街では、狭苦しい建物が住民の精神的狭量さと競っているようだ。幸い、若くしてこの「ゴミ捨て場」のような街から出た。しかし皮肉で残酷な運命は、せっかく、あまり明日の心配をしなくて暮らせるポストにつけたが、そこは寒村であり、近くの海や輝く太陽に恵まれていても、建物の美しさはなく、住民のおぞましい不潔さや根性は、哀れなスタンダールの故郷よりひどかった。

イタリア半島の地中海沿岸に点在する大小すべての都会のうちで魅力的な都会はひとつもない。ジェノヴァやリヴォルノのような最大の商業的で産業的な街でも、広い道路やきわめて美しい記念建造物のそばに、人々が密集し、ひしめき合っている地区が多い。ただ、その生彩や賑わいは面白く楽しいが。また、確かにただ一カ所、恵まれないチヴィタヴェッキアだけはわびしい例外である。低く、なんの魅力もない海岸沿いに位置し、後背地は醜い。今日でも、かなり広い中央道路があっても街を活気づけていない。スタンダールの時代には、その道路の位置に重厚な城壁が立っていて、古い街を塞いでいた。その街には悲惨な漁民の住む汚い周辺部落が多かった。港はと言えば、美観であるはずが、南側は徒刑場で、一五〇〇人の刑務所にいる徒刑囚を収容した巨大な城塞の暗い全容で塞がれていた。この街の道路は、グルノーブルとおなじように狭くて暗く、汚物がいっぱいで、その悪臭は近隣地帯にまで達していた。チヴィタヴェッキアで生まれた博学にして誠実な偉い歴史家が、ごく最近、自分より前の歴史家とともに、次のような詳細を提供してくれた。むかし、その街の肉屋が屠殺するとき、街の真ん中で行ない、臓物や血や廃物をその場に捨てていた。説明するまでもなく、その結果が想像されよう。ゴミ収集——あえてそう言えば——の作業は刑務所の徒刑囚の仕事になった。かれらは足に重い鉄丸をつけた鎖を引きずり、絶えず路上で陰惨な鎖を引きずる音を立てていた。だから、少しでも兆候があれば——港における輸送とともに頻発するが——コレラの疫病が街に襲いかかり、大量の死者をだした、としても驚くにはあたらない。スタンダールが領事だった一二年間のあいだに、少なくとも二度は深刻な疫病が起こった。この恵まれない都市の悲惨な面について、これ以上、詳しく述べる必要はないだろう。港はきわめて重要であり、活気と精彩ある唯一の場所であったが、姑息で疑い深い教皇領当局は行政的に輸送問題にかかわらねばならない者に対して、業務を不愉快で複雑なものにしようと積極的に動いていた。この場合、フランスの旅行者や貨物にかかわるすべてのことがアンリ・ベールに降りかかってくる。

また新しい領事は聖人扱いをされるどころではない。一八三一年三月三〇日以降、監督官ヴィンチェンゾ・コレイネがベルネッティ枢機卿に宛てた治安報告書では、かれの着任と危険な思想傾向が指摘されている。また一八三一年四月二〇日にも、おなじような意見が現れる。その日に、かれが過激な言論を行なったとして、警察署長ルイジ・ネリから告発されているのだ!

人口七四〇〇人のこの小さな街で暮らしている社会生活については、ごく簡単な説明に尽きると思われる。ブルジョア、あるいは小貴族の家族がいくつか存在し、内輪で交際していた。フランス領事殿は、当然、出入りを認められたが、パリの機知に富んだサロンの、常に新しい魅力になじんだ者にとっては内容が浅薄だった。そこで、たちまち哀れなスタンダールは、この「アフリカ蛮人」のような連中のあいだでは、本当の「社交界」は存在しない「穴蔵」だという感じがして、文字どおり退屈で死にそうだった。

「孤独な海岸」

「こんな孤独な海岸で、生きるべきか、死ぬべきか。恐ろしくなります。このままでは倦怠や意見の伝達不能で、完全にぼけて死ぬでしょう。もちろん、自分の意見が立派だとは申しません。どんな意見であろうと、チヴィタ‐ヴェッキア中の人々が、いくら金を出し合って支払おうとも、この上なく単純な意見すら理解できないでしょう。どうして大食漢か狩猟家にならないのか！　どうして骨董愛好家にならないのか！　しかし、わたしは美しいものと珍しいものが好きです……」

この悲壮な手紙は、スタンダールが一八三四年一〇月二八日付で有名なキュヴィエの親戚ソフィー・デュヴォセル宛に送ったものだが、不幸な僻地住まいの身の状況と精神状態をきわめて正確に要約している。かれは相手に宛てた手紙の多くで、絶えず「退屈すぎます」とか「退屈でくたばりそうです」と繰り返している。「チヴィタ‐ヴェッキアでの退屈きわまる生活に二、三カ月以上は耐えられそうもありません」。そしてリヴォルノへの転勤をあこがれる。それは栄転になるとともに、「金を稼ぐことしか念頭にない」この小都市で暮らすより、少しは楽しい知的な可能性が見つかるかもしれないからだ。

それでもチヴィタヴェッキアにおいて、少なくとも真の友人ひとりを見つけた。ドナト・ブッチは魅力的で、変わった顔つきをしていた。かれはその地方の出身で、チヴィタヴェッキアでは古物商を営んでいた。かれの商いは多くの旅行者のおかげで繁盛していた。というのもローマへ行ったり、そこから戻ってくる客たちが船の出港を待ったり、乗合馬車を待つあいだ、市内を見物してまわったからである。かれは上品で、教養があり、おきまりのがらくた屋とはまったく違っていたので、その評判はいち早く広がり、外国の立派な旅行者も必ずかれの店を訪ねるようになった。

スタンダールはその男と交際したおかげで、嫌な思いや倦怠を忘れることができた。かれに誘われ、またかれを真似て発掘作業に興味を覚えたが、実はエトルリア遺跡が豊富に残っているこの地方では発掘が大規模に行なわれていたのである。タルクィニアやコルネトは、チヴィタヴェッキアからきわめて近い。

ドナト・ブッチとアンリ・ベールの友情は長く続き、親密だった。ベールは遺言書で、この友にチヴィタヴェッキアで所蔵していたすべての図書と私有物を遺贈した。その文言はベールのいとこで、遺言執行人ロマン・コロンによって文字どおり尊重され、また友情に厚いドナトのほうでも、頼まれた若干の清算を良心的に片付けた。

しかしながら、ベールの悩みと孤独感はあまりにも深く、逃れようとして着任後、数年のあいだは結婚しようかと考えたほどである。この点については、不確かであるとともに、完全に馬鹿げたゴシップが流された。洗濯屋の娘で、下女との恋愛談などだ。それらはまったくでたらめである。かれが、みずから選んだ「未来の人」ヴィダウ嬢――その地方の多くの著名人の名はフランス人的な響きがあることに注目していただきたい――は、その街の富裕で指導者的なエリートを代表する上流ブルジョア階級の、五、六家庭に属していた。しかし前者とおなじくその結婚計画も成立するはずがなかった。スタンダールは再び孤独と倦怠に陥る。

「屋根裏部屋で小説を書く」

どうして逃れようか。どのように逃げ出すのか……。逃げる？　それしか解決がない。ローマは近い。記念建造物や博物館の宝物が多く、さらに、スタンダールにはもっと重要なことだが、社交界やサロンが多い。地域のエリート族に国際的なエリート族が加わっていた。後者は、一方では聖座を中心に代表的な外国大使館のスタッフがおり、他方では「聖なる都」に惹きつけられてくる著名な旅行者が入れ替わり立ち代わりやってくる。

そこでスタンダールはできるだけ多く、またできるだけ長いあいだ、ローマへ逃避する。すぐ交友関係や友人ができる。まず、上司にあたるフランス大使サン゠トレール伯爵、そしてイタリア人ではチーニ伯爵、カエタニ家の家族がもっとも親しい。ローマの豪奢な生活に参加し、各国大使館の舞踏会、最高に富裕な銀行家トルロニアから招待された夢のようなレセプションに出席する。見かけは、すっかりうれしそうだ。だが、見かけだけだ。実際は、満たされていない。その豪華さ、その活気、その陽気さのただなかで、もちろん夢中になるが、退屈し、退屈し続ける。それをすべて束ねても、かれがあこがれながら、見つけられないのはパリのサロンにおける会話のすばらしさである。たとえば才気煥発、気の利いた言葉、機知にあふれた言葉の絶え間ない火花、短い言葉ですべてを言い尽くし、すべてを理解するような会話のすばらしさだ。かれはイタリア人のサロンで魅力があり教養の高い人々、ヨーロッパのすべての高名な人々、たくさんの美女に会っている。しかしそこでは、あの軽快さ、パリにしか存在しない何かが欠けている。しかも、フランス語の知識がどれほど完全であろうと、その外国人たちが才気あふれる言葉の微妙な辛辣さ、駄洒落を理解できると考えられようか。しかも、かれ自身、おなじようなことをイタリア語で

スタンダールの自筆

しゃべることができるだろうか。というのも哀れなスタンダールは外国語の才能に完全には恵まれておらず、決してイタリア語に堪能ではなかった。だから、言葉のうえでむずがゆさを感じ、黙ってしまうしかない状態を想像していただきたい！　このタンタロスの苦しさ〔ギリシア神話から――欲しいものが目の前にあっても、手に入らないもどかしさ〕が想像できようか！……

それでは、何が残るか。恋愛か。だが情熱的恋愛でなければ、なんにもならないではないか！　それでもアンリ・ベールは、心にもなく試してみる。あまり確信もなく、と言うべきか。サン＝トレール夫人に少し言い寄ってみる。ところが、それまで優しかった女友達が、たちまち冷淡になる。美しいチーニ伯爵夫人――かれは彼女を、洒落た言い方でサンドル伯爵夫人〔サンドルは灰の意、イタリア語のチェネレに似ている〕と呼ぶ――をちょっと口説いてみる。かれは周りにいる美女たちの気を惹こうとしてみるが、それはすべて本心からではない。無惨にも時間の浪費だと悟る。まだ言うべきことがあり、たくさんあると感じる。「心は、燃え立たさないと消えてしまう火のようだ」と、かれは一八三二年にため息をついている。静かに書き物ができれば、と願う。というのも書くことは、自分でも感じ、分かっているが、「本当の仕事」だ――どうして「〔パリの〕サン＝ロック通りで、ちょっとした住みか、あるいは一五〇〇フランがもてないのか。刺繍で飾られた礼服を着てゆくよりも、たわごとを書いているほうがましだ。収入五フランと小さな部屋、それに小説一編ごとに五フランが稼げたら、最高の幸福になるだろう」。

だれでも自分について盲目である場合が多いが、その点では、スタンダールは間違っていなかった。もしかれがもっと重要な領事の任地、たとえばリヴォルノかナポリの領事になれたら、あるいはローマか他の地の大使館で働けたとしても、決して幸福ではなかっただろう。

一八三二年一一月、かれはこう書き加えている――「……確かに結構な身分だが、退屈でくたばりそうだ。こん畜生（かれはよく自分のことをそのように呼ぶことが多かった）の本当の仕事は屋根裏部屋で小説を書くことだ」。まさしく、そのとおりである。だが「パリの屋根裏部屋」と追加しておこう。

失われた時を求めて

スタンダールはチヴィタヴェッキアという「砂漠」のような土地において、自分の収入で暮らさねばならなくなり、自分の過去を振り返るようになる。そこで一八三二年の中頃に、「エゴティスムについて」と呼びたい回想録において、自分の人生の最後で最近の時期の追憶に没頭する。つまり一八二一年六月にミラノからパリに戻ってきて過ごした歳月と、一八三〇年一一月にトリエステへ出発したときにいたるまで。

一見、この回想録の執筆はまったく作者の個性を示すものではなかった。親友や知り合いを列挙し、その性格や癖や欠点をスケッチし、さまざまなエピソードや悪口を伝え、要するに一〇年間の体験を描くことが、退屈している者の気晴らしになるのだった。事実、『エゴティスム回想』には幾人かの人物像がこの上なく気楽に素描され、エピソードは見事に語られている。しかし、作者がペンを進めるにつれて、いわゆる語りの部分は少なくなり、断続的になり、ついには中断する。

この作品のタイトルから予想できることが起こった。作者が自分の世界の中心になることで、いかなる作り話も回避するつもりだった。しかしまだこれほど近い過去のために、どうすれば心のうちをあからさまに語れるだろうか。ペンネームとか、書き方で表わせる謎なら作中人物の正体を隠せたかもしれないが、読者に、ではない。なぜならスタンダールはその原稿を近い将来に出版しようと考えていたのでなく、勝手な偶然に任せているからだ。スタンダールのためらいは、露出狂とはまったく正反対であり、もっぱらかれ自身から来ている。かれはその密かな羞恥心をうまく破れない。というのも自分の苦悩とともに歓喜をも隠さざるを得なくなるではないか。したがって回想録を作成することはたんなる気晴らしではなくなる。この作者は普通の回想録作者の慣習的手法を用いるどころか、一方で自分を正当化し、他方で得な役割を演じたがるような作者ではない。むしろスタンダールが努力するのは嘘をつかないこと、自分自身を知ることである。

自分を知る必要性は、かれには一種の固定観念になっている。その点について、かれは悲壮な口調でこう書いている――「わたしは自分を知らない。夜中に、そう考えるとなさけなくなる」。しかし人間に自分を知ることができるだろうか。疑うこともある――「なんでも知ることができる。ただし自分のことを除いて」。それでもこの確たる目的に向かって、たゆまない努力は続けられる。繰り返される言明は、その点について疑いの余地がないことを示している。「自分が書いているのは、まことに退屈なものだという気がする。そのまま続けたら一冊の本にもならず、自己反省になってしまうだろう」。別のところでも、「嘘をつかず、自分の欠点も隠さないように努めようとして、この思い出を、手紙のように一回ごとに二〇ページを当てることにした」。もっと先でもその問題に戻る――「もしこの本が退屈なものなら、二年後には、食料品店でバターの包み紙にされているだろう。もし退屈でなければ、エゴティスム〔自己分析主義〕、だが誠実なもの、それは人間の心の描き方になり、それを知ることで、われわれは一七二一年、つまりわたしがあれほど熱心に勉強した偉人モンテスキューの『ペルシア人の手紙』刊行の時期以来、巨大な進歩を遂げたことになると、分かるだろう」。

執筆開始から二週間が経つかたたないうちに、スタンダールの手からペンが落ちる。それは不測の理由によるのか。精神的状況か。それともむしろもっと深い理由によるのか。

とにかく、いったん捨てられたこの原稿を継続しようという計画は二度と浮かばない。だが、もっと重要なこと、それは執筆原稿の最後のページで確かにもう息切れが表れている。これほど近い過去を喚起するのは、現在、悩んでいる倦怠の慰めになるどころか、かれを取り巻いている空虚さをいっそう深刻なものにして、悪化させるだけだったと考えざるを得ない。『エゴティスム回想』というはけ口は期待したほどの鎮静的な効果がなかった。

歳月が流れる。スタンダールは少なくとも外見上、自分の生涯を描く計画をもう考えない。実際、自分を度外視し、自分のいない策略や冒険を空想するのは不可能だ。白紙のノートを前にするや、書きたくなるのは自分のことである。かれは本質的に「エゴティスト」である。

「まもなく五〇歳だ……」

一八三五年の秋も終わるころ、スタンダールはローマにいて、突然、すでに三年前に思った感慨にまた耽る。一八三二年一〇月一六日、ジャニコロの丘の散歩道で、たまたま、サン・ピエトロ・イン・モントリオ教会堂前にある狭い広場で立ち止まった。散歩者の目は機械的に眼前に広がる広大なパノラマを見渡す。なじみ深くなった場所や記念建造物をじっと見つめる。しかしかれの心はそこにはない。以前、『ローマ散歩』で描いたことのあるこの永遠の都から、悲哀の感じがただよってくる——今日でもおなじ印象が、言葉だけではあまり満足したくない観光客には感じられる。それは修辞的飛躍に耽るかわりに自分の心に耳を傾けようとする者だ。あのたくさんの白い大理石、バラ色の城壁、赤褐色の屋根瓦から偉大さと永遠性の印象が立ちのぼり、それは個人の限りない卑小感を痛感させる。そしてスタンダールは、魅せられながら突然、間もなく五〇歳になるのだと自覚する。「わたしはサン・ピエトロ・イン・モントリオ教会堂の石段に座り、一、二時間ほど夢想に耽った。間もなく五〇歳だ。自分を知ってもいいころだ。おれはなんだったか。いまは、何者か……」。相変わらず、おなじ不安な疑問。だが、今度は夢想に耽った結果が異なる。神殿や円柱、聖堂や宮殿はかすんでしまう。そのかわりに、長いあいだ忘れていた他のシルエットがたくさん押し寄せてくる。たとえば生まれ故郷の灰色の風景、両親や友達の面影……。この遠くて近い過去が突如としてよみがえる。アンリ・ベールは突然、四〇年も後戻りする。かくて生まれたのが、一八三五年暮れの『アンリ・ブリュラールの生涯』である。

インスピレーションを受けたとき、いつものように熱狂に取りつかれる。五カ月のあいだ、休みなく書く。身の回りのことをすべて忘れ、「仕事」——領事としての公務——に時間をとられるときは嘆きながら。かれは、感情と知性が形成される幼時のころであるだけ、いっそう強烈に子供のころの最初の感動をよみがえらせた。それこそ、スタンダールのもっとも特徴的な面であり、きわめて早くから形成された。というのもその後に生じるすべては一種の浄化と純化であり、変更や変化ではないからだ。かれには豹変とか矛盾した経過はない。かれほど直線的な進化を歩んだ人間——そして作家——は珍しい。

真実の追求

そこできわめて自然に、かれは五〇歳にして少年のころ、そしてそのころの感情を再発見する。たとえば母の死によって引き起こされた恐ろしいむなしさ、父からの離反、親たちから受けた「暴虐」、祖父と大伯母への愛着、特に後者の立派な性格、つまり「スペイン気質」と呼ぶものに対する尊敬の念。故郷の街に感じる生理的嫌悪、自由を得るための画策、人生との最初の接触で味わう幻滅感、まず中央学校で、それからパリで。

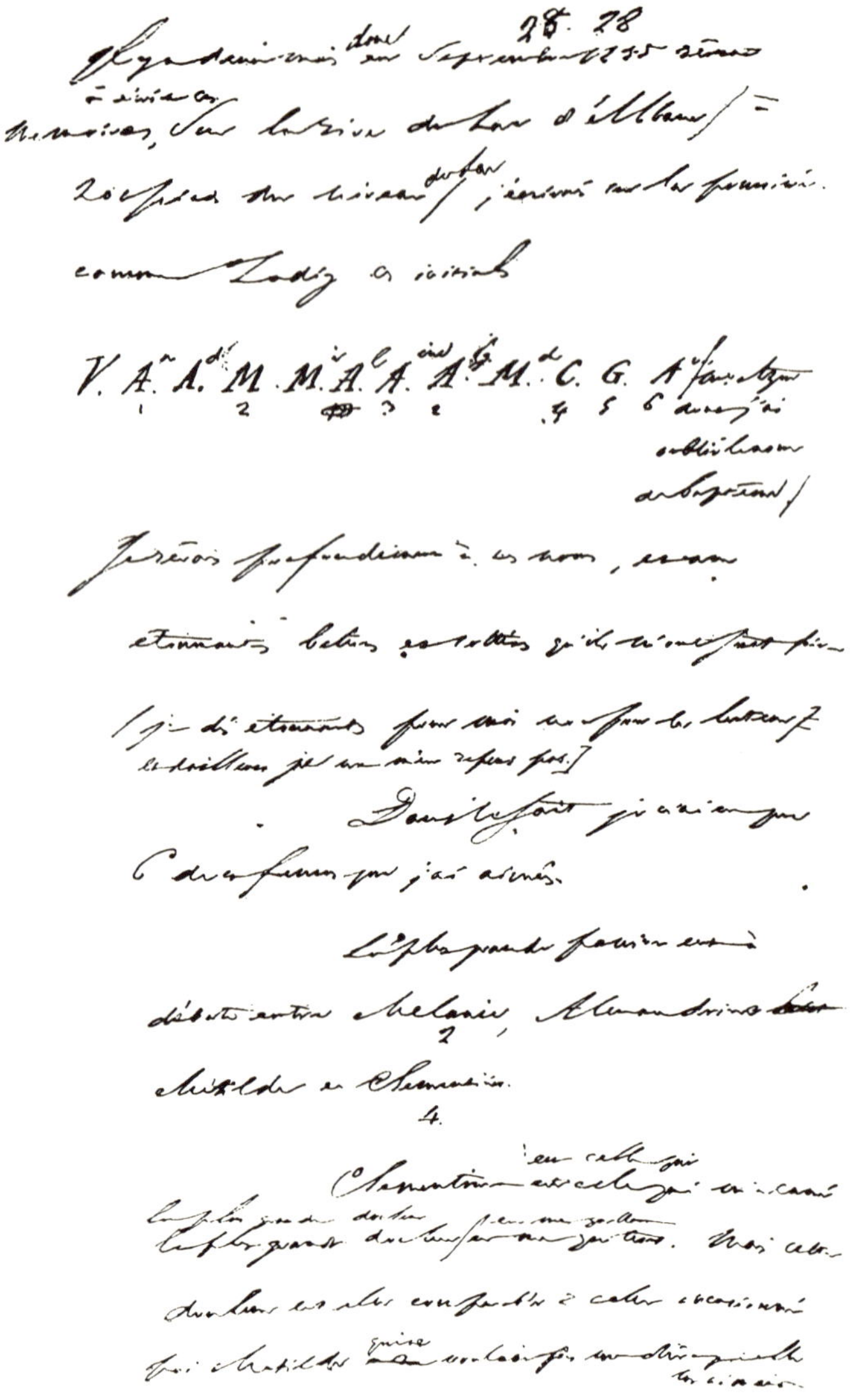

スタンダールの自伝（1835年）

他の作家と異なる点――それがスタンダールの偉大さであり魅力でもある――、それは以上のことすべてがまったく文学に関係していないことである。気難しい批評家たちは批判のなかでスタンダールに無数の非難を浴びせている。もしかれらに誠意があるなら、決してスタンダールが文学をしていると言って非難できないだろう。かれは『アンリ・ブリュラールの生涯』において、できるだけ興味深くするために「語り」を「構成する」とはいささかも主張していない。感じたことを書き留めたいだけだ。「さまざまな事柄をそのまま描くつもりはなく、ただわたしへの効果を述べるだけだ」と言明している。他所で、こう付け加えている――「物語を書くつもりは毛頭なく、ただ、たんに思い出を書き留めて、自分がどんな人間だったか、馬鹿か賢明か、幸せか勇ましかったか、などを推察してみたいだけだ」。このような真実の追求――「自分から逃げ去ってゆく真実に追いつこうと努力する」――は、繰り返して言うと、もっとも非文学的なことばかりである。しかもそこにこそ、まさしくスタンダールの独創性があり、またそのためにその作品を既成のジャンルに限定してしまうこともできない。つまりかれ固有の人生の小説家であり、風刺作家であり、評論家であり、詩人である。かれはいかなる定義からもはずれる。それだけに決して複雑さ、不純さ、不自然さに陥らない。

この作品に挿入されている一〇点ほどのスケッチは、はじめのころの出版者が間違ったようにばらばらにすることができず、試金石のようなものであり、真実の追究を示している。それらの絵はスタンダール的想像力の機能の過程を明らかにしている。視覚的記憶は思い出の現実性を明らかにする。随所で指摘された細部の間違い――あまり多くはない――は、失われた時に対する、きわめて感動的にして独創的な追求機能の正確さをまったく損なっていない。

感じたままを書こうとした

しかし真実の追求は、特にスタンダールの真摯な誠実さに効果がある。誠実とは正しい言い方ではないかもしれない。むしろ偽善のないことだ。スタンダールを読みながら、苛立つ読者――存在することは確かだ――は、本当は、スタンダールが人の胸中をさぐり、見えたものを暴露するようなまなざしの鋭さに気を悪くしているのである。薄明に目が慣れた穴居動物は、太陽の光に弱い。精神的世界においても同様であり、日常的な瑣末事とうまくやっているので、それが見えないだけでなく、ついにはその存在さえ否定するようになる。「ブリュラール」が母を語っているページ、それに反して、生まれ故郷を悪く言っているので、読者はショックを受ける。精神分析に頼っても無駄だ。決定的に重要なこと、それはかれが間違っていたか、正しかったかを知ることではなく、かれが自分で感じたままをあえて書き、繰り返し強調するなら、かれにはまったく露出狂的性癖がなく、今日、あまりにも多くの小説家が行なっているように読者の最低の本能にへつらって「惹き付ける」努力もしないのである。

一八三五年一一月二三日に書きはじめられた『アンリ・ブリュラールの生涯』は、一八三六年三月二六日に停止された。すでに述べたように、スタンダールは別のことを考える暇もないほど、強烈に、また明瞭に押し寄せる思い出に責め立てられながら書きまくった。『エゴティスム回想』の執筆中に起こったこととは違い、外部的な原因でこの作品は中断された。それは休暇の許可がおりたという知らせだ。しばらくのあいだでも、仕事を続けるのが困難な牢獄のようなところから出てゆけるのがうれしくてたまらない。スタンダールは――またそこにもかれの主要な特徴があるのだが――いつも目前の感動に動かされる。

＊監視下に置かれて

フランス領事アンリ・ベール殿はイタリア半島のすべての国の警察からきわめてうさんくさく、危険な人物とみなされていたので、どこへ出かけるときも、すぐ「影」につきまとわれ、尾行され、執拗に追尾された。

次に、一八三二年と一八三三年に、フィレンツェにおいてベールを監視する任に当たっていた警察署長の日常報告書の抜粋を引用してみよう――

「八月一七日、この都市に、シエナから来たチヴィタ＝ヴェッキア駐在フランス領事ベール氏は召使い一名を連れてレグナジョリ通りのスイス・ホテルに投宿した。命令どおりに密かに監視させたが……。

同月二五日、土曜、朝、ベール氏は九時四五分、宿を出て、コロンナ・カフェにおいて一五分ほどで朝食をとり、それから図書閲覧所へ行った。正午に、そこを出て、ヴェッカレチア通りの帽子店へ入った。ホテルに戻ると、すぐヴィユシュー閲覧所へ行き、三時四五分までそこにいて、浴場へ行き……そこを四時一五分に出て、ヴィグナで夕食をとる。五時に、そのレストランを常連の外国人と連れ立って出ると、サンタ・トリニタ広場で、一緒に辻馬車に乗り郊外のほうへ向かったが、ふたりが帰ったのは確認されていない。

監視者は、ベールが監視されていることに気づいているようだから、当面は、監視を中止するほうが望ましいと考えた。

ベールに対する監視を再開して言えることは、昨日、朝、かれは現在の宿サン・ルイジ・ホテルを一一時に出てコロンナ・レストランへ行き、それからヴィユシュー閲覧所へ行った。そこに午後二時までいて、少しアルノ川に沿って散歩し、カフェに戻り、半時間ほどいた。

そこを出て、セルヴィ通りのほうへ向かった。三時に、サン・ミケーレ教会堂の向かい側で待っていた召使いに会った。それからベールは用心深く歩きながら、また行き違う人々を観察しながら、最後に六四〇一番地のフィアスキ家に着き、召使いとともにその家に入った。

召使いのほうがすぐ出てくると、ドアが閉められた。そこで召使いは道路をよくよく探ってから立ち去った。

ベール氏が青いマントに身を包み、顔を隠していた事実を強調しておく……。

今月二八日、午後になってベール氏は九時四五分にスイス・ホテルを出た。ラグナジョリー街のコロンナ・カフェへ赴き、一五分ほど、そこにとどまった。そこからヴィユシュー閲覧所へ行き、正午半までそこにいて、それからあちこちの通りを散歩し、ウフィツィ美術館へ行き、あまり長居をしないで、そこを出るとコロンナ・カフェへ戻り、新聞を読んだ。そこからプリンチピ礼拝堂へ行き、長いあいだ瞑想に耽った。それからパラッツォ・リカルディの中庭に入り、それからサンティーシマ・アヌンティアータ修道院の中庭回廊へ入った。そこを出たのが三時四五分。その後、スピエンツァ通りでかれの姿を見失い、再発見できなかった。

一八三三年五月三一日、フランス領事ベールは去る二九日午前九時四五分、スイス・ホテルを出た。ひとりでラグナジョリ通りのコロンナ・カフェへ行き、間もなくヴィユシュー閲覧所へ行き、正午の鐘が鳴るまでそこにいた。

コロンナ・カフェ、それからなじみのヴィユシュー閲覧所に戻った。そこを五時に、弁護士サルヴァニョーリと一緒に出て……行きつけのレストランでともに夕食をとった。ふたりは六時四五分にそこを出て、アルノ川に沿ったトーレ時計店へ行き、そこから戻るとき、ふたりはロンディネッリ通りで別れた。ベールはサンタ・マリア・マッジョーレ教会堂の近くで、ジョヴァンニ・バティスタ・ニコニーニ教授に出会い、一五分ほど話した。それが済むと、すぐココメロ街のヴォルピ・カフェへ行き、テラスで席をとった。間もなく、そこへ弁護士サルヴァニョーリがやってきて、さらに見知らない男がすぐ同席した。ベールは弁護士と連れ立って、セルヴィ街にある弁護士の家へ行った。ベールはしばらくそこにいたが、やがてひとりでそこを出ると、ココメロ通りのほうへ向かい、五つの聖体ランプがつけられているマドンナ聖櫃のある場所を通り過ぎてから貸し部屋のある家に入った。その二階にはボローニャから来た娘が住んでおり、その名前は目下のところ不明。ベールは彼女の部屋に九時までいたが、その時刻に監視者は去った。」

＊ 名誉勲章（「レジオン・ドヌール」）

スタンダールはずいぶん前から、いわゆる「叙勲」を期待していた。すでに述べたように、かれはロシアからの〔ナポレオン軍〕大退却のあいだ、非常に見事な活躍ぶりを発揮したあとで当然、勲章をもらえると期待していた。その当時は不当にも――また理由も分からず――勲章をもらえず、不満だった。一八三五年になってようやく、かれの領事の礼服が深紅の略綬で飾られる。当時、その栄誉は行政官としてではなく、文学者の肩書きとして授与された。それがかれには非常に残念だった。スタンダールのこの反応は多くの友人たちを驚かし、いまでも驚かしている。だがその叙勲はかれには大変ふさわしいと思われる。なぜなら書くことはかれにとって欲求であり、特に緊張緩和になり、喜びであったからだ。悦びに見返りを求めるべきではない。逆に、行政官としては、職責が重荷となるときが多かった。かれが見事にその職務を果たしたとしても、それは義務感と職業的な勤勉さからであった。かれはオーストリアやドイツにおいて、権威とともに立派な行政官ぶりを発揮した。かれはロシアでは英雄であり、効果的に活躍し、最後にチヴィタ－ヴェッキアでは、税関や警察の不可解な規制だらけのなかでフランスの法律をできるかぎりまもらせた。だから、好んで作家となったド・スタンダール氏というよりは、むしろ有能にして熱心な行政官としてのアンリ・ベールに褒賞が与えられるべきだと、当然、かれは判断したのである。

自分の功績や尽力の記憶があてにしていたほど評価されないかもしれないと思っていたが、あまりにも遅すぎた叙勲については、苦々しい後味しか残らなかった。

　自分の略綬を見て感じる不愉快な思い出に加えて、最後にちょっとした事実が挙げられる。例の卑劣な裏切り者で外務書記官リジマック・カフタンジ＝オグルー、この不誠実で狡猾な男が次々に関係者を悩ませ、陰で巧みに人を動かし、結局、かれもまた勲章を獲得することができた——どのようにしてかは興味深い——、しかもスタンダールの叙勲のすぐあとである。そこで、まったく皮肉なことに、フランス領事アンリ・ベール氏自身が、伝達式において、この上なく憎い敵の胸に勲章をつけるはめになった。

＊スタンダールの「英語まじりのフランス語」

　スタンダールは私的な書き物のなかで、不謹慎な連中の好奇心をそらすためにフランス語と英語を絶えず混ぜていたが、かれは英語の「エゴティズム」とか「ツーリズム」という語をフランスにおいて常用化し、普及させた最初の人々に属していた。その用語はかれの二作品、『エゴティスム回想』と『旅行者の手記』の表題に現れている。

「エゴティスム」に関しては、イダ・ド・サン＝テルムが『現代女性の思い出の記』巻八（一八二八年）において次のように説明している——

　「イギリス人には、エゴティズムといううまい表現がある。それはフランス語のエゴイスムのような嫌らしさがない。なぜならこの語は話をするときにわたしはとかわれという人称代名詞を優先させたがる傾向や、ときにはその必要があるからだ。」

第18章　臨時休暇

最初の息抜きの旅

息づまるような憂鬱と倦怠の大海のまっただなかで、赴任後二年半が過ぎ、一八三三年九月一一日から一二月四日まで、わずか三カ月というけちくさい休暇許可が、アンリ・ベールにどんな意義をもたらしたか。新鮮な空気に触れ、過ぎてゆく太陽の光のせいで、消え去っていた牢獄がいっそう陰鬱なものになる……。すぐ戻らなければならないと思えば、すべての歓びも台無しになってしまう。実際、この最初の息抜きの休暇は平凡きわまりないものだった。ベールは友人たちに再会し、親交を暖め、特にプロスペル・メリメとよく会ったが、事実、当時、メリメが親友になった。

しかし年末の祭日のころには、すでに任務に復帰している。かれはイタリアの海岸で、ため息をついている。他所のどこにでもふんだんに見られる美しさがここにはないからだ。帰るとすぐ、かれは心配事や厄介に悩まされる。やがて外務省とのあいだでひどく面倒なことが始まる。それはリジマック・カフタンジ＝オグルーの卑劣きわまりない策動から生じたのだが、すでに述べたように、この男を領事館の書記官のポストにつける手助けをしたために、かえってとんでもない弱みをつくってしまったのである。

三年間の休暇

この僻地での暮らしから改めて解放される希望が湧くまで、まだ二年半という死ぬほど辛い歳月を経験しなければならなかった。『アンリ・ブリュラールの生涯』の一章に没頭していたとき、休暇が認可されたという知らせが届いた。かれは歓喜と感激のあまり、いまの作品を書き続けることができないほどだった。執筆の途中でぴたりと中止する。あまりにも自由になりたかった！　かれの想像力は燃え上がる。心のなかでは、何もかもがどっと押し寄せる。たとえば旅程の計画、宿の選択、さらにたくさんのちょっとした雑事など。「黄色い手袋八組を買うこと」、かれはそのように、たまたま紙片か本の表紙にメモしている。日用品への気遣いだが、それがすでにかれを牢獄から出しているのだ。準備ができると、アンリ・ベールはすぐ出立した……。

かれが幸せなのも当然だった。今回の休暇は本当の解放であり、長期間の休暇になるから、そのあいだに自分の機知と才能の発揮を楽しみ、幸福の絶頂にあって、その三年間を通常なら人の一生を満たせるようなことでいっぱいにできそうだ。

なぜなら三年間も、あのわびしい駐在地に戻らないで済むからである。

ベールを快く思っていなかったリニー元帥〔外務大臣〕はティエールに交代されたが、ベールはこのティエールともあまりうまくゆかず、すでに悶着を起こしていた。ティエールは嫌々ながら、あまりにも独創的で、独立しすぎた領事に三カ月の休暇を与えた。幸いにして、今度はかれが退く番で、間もなくモレ伯爵が入れ替わった。モレは首相と外務大臣を兼任した。

モレは、パリにいて、ベールとも大いに共鳴し合っていたナポリの政治的亡命者ドメニコ・フィオレときわめて親密な関係にあった。ベール自身もモレと会ったことがあるが、ベールの短い休暇が三年間に延長されたのは、おそらくフィオレの口添えのおかげだろう。ベールは一八三六年五月一一日に出発し、一八三九年八月一〇日に戻る予定だった……。

というわけでかれはパリに来て、歓喜に浸り、解放感に酔った。年齢を別にして、というのも五三歳だった。また健康を別にして、というのも痛風を病み、腎結石にかかっていた。それらを除けば、一八〇〇年当時のままである。逃げた馬のようであり、「狂ったような幸福感」に陶酔した。

かれは再び心地よくパリ生活に浸る。サロンや劇場にかよう。しかし間もなく、そうしたことも気ままに駆ける想像力にはもの足りなくなる。自分のせっかくの自由をもっと実感する必要がある。じっとしていられない。だれに気兼ねもせず、厄介な責任もなく、旅行ができればすばらしいではないか。また二年のあいだに、まずフランスを北から南、東から西へ、全土を飽くことなく旅行したが、それだけでは満足できないで、ヨーロッパの広い地域、たとえばスイス、ドイツ、オランダ、そして最後にベルギー、それらの地域を勇ましい先駆者として汽車で駆けまわるだろう！

だがこれらすべての移動は、かれのきわめて激しい旅行趣味の現れであるだけでなく、旅をしながら、もうひとつの目的があった。イタリア旅行記がたくさん出ているとしても、それ以外の国々、さらにフランスの旅行記もほとんど存在していなかった。かれには、まずフランスの旅行記、それから他の国々のものを出そうと計画し——ただし後者の旅行記は結局、出されなかった——、『旅行者の手記』は旅程だけでなく、各地の風俗や、たんなる記述以上に有益な経済・政治的状態が描写されている。

だから熱心に旅行記をまとめる。そこから自分の作品の資料を汲み上げることだろう。

『旅行者の手記』

『旅行者の手記』は一八三八年六月末に出版、発売される。スタンダールはこの著書の資料としては一八三七年の旅行メモ、そして南フランス、特にラングドック地方の部分ではもっと以前の旅行の思い出を利用しただけである。フランスしか扱われていないので異国趣味も安易な効果もない。しかし自分の商会の市場調査をしている鉄鋼商人を名乗る主人公とともに旅をしながら、どれほどたくさんの興味深い発見ができることか！

この本についても、気難しく軽薄な批評家たちは、作中人物の選択が少し滑稽だとしてあざけり、作者が独創性を求めすぎたので、不自然で通俗的な作品になったと批判した。

最初に、その問題を片付けよう。それがこの作品を理解するうえで本質的なものだと分かるだろう。この本の内容は見かけより、はるかに広くて深い。

スタンダールは最初から、「文学作品をつくる」ことを避けようとした。記念建造物や景色について杼情的で退屈な記述は性に合わない。また、いわゆる旅行案内記を書き、付録として推奨する旅程や旅館の料金表を挙げたいとも思わなかった。とんでもない！　だが、まったく別のジャンルでありながらも、やはり案内記である。その対象は、自分の時代の一般問題に関心を抱き、観察と具体例や正確な問題の追求によってその問題点を明らかにすることで認識を深めようと努めるすべての知的な教養人である。読んで分かるように、常に時局性、常に「真実の詳細」だ！　だからかれは支柱として当然、具体的な光景をおおまかに描くが、特にフランスの精神的、政治的、経済的な現状を略述したかった。それ自体が目的であるが、それを出発点にしてもっと一般的な領域へ脱線することも含まれる。現代世界に適用される政治的ジャンル、風俗と芸術への影響、社会生活――またその点では、かれはまことに驚異的な先駆者である――、労働者階級と、生まれつつある産業化の役割など。それは省略しよう。

外国で、フランス国王陛下ルイ‐フィリップ――アンリ・ベールの酷評によれば〈国王たち〉（*Kings*）のうちでもっとも破廉恥なやつ――の政府を公式に代表する役人にとって、自由に自分の考えや感情を述べる、つまり、自国の状況を検討し、忌憚なく述べ、そこから結論を引き出すことで、他の国々の問題をも判断するヒントを与えるのが困難だったことは、よく分かる。だからスタンダールには仮面をつける必要があったし、またその仮面は選びぬかれたものだった。『一八一七年のローマ、ナポリ、フィレンツェ』の場合と同様に、そのときは若い騎兵将校という罪のない変装だったが、今度は、目立たず、だれにも危険が及ばず、まったく過激派に見えない人物になりすます。

かれは安全な逃げ道をつくっておいて、好奇心の赴くままにペンを走らせる。すべてに興味を感じているので、鋭い目で住民や状況を観察し、特に個人的な判断をくだし、印象や評価を述べる。そこに、もちろん、この作品のもっとも興味深い部分、反省させられる部分、スタンダールが書きたかった部分があり、その他は「見せかけ」で、口実である。とはいっても、その「見せかけ」がつまらないものだと思わないでいただきたい。それどころか、スタンダールを読みながら、決して退屈しない。旅回りの純朴そうな商人、つまり鋭い、知的な視線を備えた人物の国内旅行についていくのは、まことに楽しいことだから。

もうひとこと。どこかに厳しい批判者がいて――必ず、いるものだ！――、アンリ・ベールが無気力で、意見をずばりと言えない、と非難する場合に備えて、である。ベールが自分自身を舞台に登場させなかった真の理由については、すでに述べた。かれは『旅行者の手記』を作者名を載せないで出版した。ただ表題の下に「『赤と黒』作者の作」と記されていただけである。これほど一般読者に対して身をまもっていても、また当局や上司らのほうで、言わば礼儀がまもられていても、この作品の作者を見破ろうとすれば、透明な匿名の作者を見抜くことはやさしかった。なぜならスタンダールに欠けていない長所があるとすれば、それは勇気、穏やかで誇示しない勇気だからである。

ルネサンスの熱気に燃えるイタリア

別の作品シリーズがあり、それはスタンダールが職務柄、公刊しにくかったが、かれの死後、『イタリア年代記』という表題で集められた短編集である。もちろん、描かれている事件は遠い昔のことだが、その精神的効果はあまりにも時局的であり、教皇領国の政府をあまりにも厳しく批判させることになるので、教皇権力の膝元では、たとえ作者が直接、この物語に関与していないとしても、領事の名では出版できなかった。

スタンダールは三年間という天佑の休暇を利用して、教皇領からも遠く、ある意味では市民生活に戻れたので、その短編を一編ずつ『ルヴュ・デ・ドゥ・モンド』誌に掲載する。ある作品は、匿名で発表され、他はペンネームで出るだろう。その幾編かをスタンダールの名で、一冊の本にまとめる。これらの作品の原典はすべて真正のものである。

一八三三年に、スタンダールはローマで、ルネサンス時代に起こった愛と死の物語を述べた古文書の束を発見していた。それらの物語の多くの写本は、ときには形式的に少し異本であったが、当時でも流布していて、かなりたやすく見つかった。それは、書物が珍しいので、行商人が農村や集落で古文書の写本を売り歩いていた時代の埃まみれの遺物だった。当時としては、今日の恋愛雑誌とか推理小説シリーズに相当した。

スタンダールはいつもルネサンスに心を惹かれていた。あらゆる領域に現れた情熱の激しい奔放さ、それこそすばらしいエネルギーの世紀だと信じられた。かれがあれほど賛美し、人間の精神力の真骨頂とみなしていたエネルギーではないか。

実際には、かれはエネルギーと暴力を混同していたのだろうか。一方は知性であり、他方はたんに動物的な本能である。それはここで触れられない問題であるが、スタンダールがそんな物語を特に好んだのは、乱行や流血を好む病的な趣味をまったく表わしていないことを強調したいからだ。というのも、かれがかなり平凡あるいは卑劣に見えるかもしれない危険な物語を、まったく精神的な構想へ置き換えたからである。

これらの物語は素朴な写実的手法で、不器用な様式で書かれているので、ベールはその物語をどのように取り扱うか、あるいはもっと正確には、どのように表現したらよいのか、よく分からなかった。はじめは、文字どおりの単純な翻訳を試み、物語にぎこちなさと味気なさをそのままにしておいた。そんな形式で『ヴィットリア・アコランボニ』、次いで『チェンチ一族』を一八三七年に発表し、『パッリアノ公爵夫人』を一八三八年に発表した。だがそれらの語りが、あまりにも簡素で生硬すぎると思うようになった。そこでもう少し内容の豊かな状況に置き直し、物語らしくした。それが『カストロの尼』である。

その古文書のなかからスタンダールの傑作が生まれる。それが『パルムの僧院』である。

『年代記』から『パルムの僧院』へ

ローマで発見されたイタリア年代記の一編は「ファルネーゼ家の繁栄の起源」と題された短い物語である。有名なアレサンドロ・ボルジア、未来のローマ教皇パウルス三世の出世と恋の物語であり、かれはサンタンジェロ城塞監獄に幽閉され、危険な脱獄をやり遂げ、聖職界で出世する。ふたりの婦人の姿が物語の進行を女性的魅力で満たしている。ふたりとはヴァノッツァとクレリアである。

一八三八年八月一六日、スタンダールはいつものように英語とイタリア語を混ぜながらメモしている——「この簡単な素案でもって、ちょっとした小説を書くこと」。ちょうど、イタリアの古文書から引き出した「年代記」を出版した時期である。しかし今度は、別の作品だった。

九月初めに、アレサンドロ・ボルジアの波瀾に満ちた生涯を一九世紀へ移し、かれを現代の主人公にし、ワーテルロー合戦の描写を結びつけるという案が浮かんだ。かれの想像力は生きいきと活動し、作中人物らも具体化し、さまざまなエピソードが心にどっと押し寄せる。古い年代記の逸話で見られた心理的に貧弱な人物たちは消えてしまう。『パルムの僧院』の若々しく情熱的な主役たちが、作者の周りで、生きいきとし、笑い、愛し合い、戦い合う。スタンダールは感興が湧くまま、ルネサンス時代における物語の筋書きだけを残して、あとはすべて創作する。それは自分にしかない何かであり、実際、自分自身を作中人物らのうちに投影するだけである。

かれは一一月四日に書きはじめる。それから五二日後に原稿を渡す。一八三九年初めから出版者アンブロワーズ・デュポンはこの小説を販売しはじめている。表題は『パルムの僧院——「赤と黒」と同じ作者』となっている。

表紙のアンブロワーズ・デュポンの名の下に宣伝用として「フレデリック・スリエ作『悪魔の回想』発行者」と刷られている。

『パルムの僧院』はバランスのよくない作品である。巻頭の調和があり、賑やかな豊かさに対して、慌ただしく、ほとんど手っ取り早く片付けられた結末になっている、と言われるかもしれない。はじめの数

LA

CHARTREUSE

DE PARME

PAR L'AUTEUR

de *Rouge et Noir.*

Gia mi fur dolci inviti a empir le carte
I luoghi ameni.

ARIOST, sat. IV.

I.

PARIS,

AMBROISE DUPONT, ÉDITEUR

DES MÉMOIRES DU DIABLE, PAR FRÉDÉRIC SOULIÉ,

7, RUE VIVIENNE.

—

1839.

『パルムの僧院』初版本表紙

章では、人物たちが大変ぜいたくにも詳細にわたって紹介され、些細な危険も細かく描かれているが、他方、結末では、いわば簡単な素描しかない。ただ数行で片付けられたファブリスとクレリアの愛はもう一冊分の材料を提供したかもしれない。たとえばそのなかで〔愛の結晶としての〕サンドリノの誕生と死は多くの章を占めただろう。ファブリスが修道院へ引退し、死ぬのも、それなりの論理的な展開が見られたかもしれない。

それなのに、どうしてそんなに急ぎ、走り書きのように述べ、お粗末なものにしたのか。本質的な理由はスタンダールが早くも息切れしているからである。その息切れ、その急な脱力は書き方、つまり即興性の代償である。

即興性は、この本のページごとに、不完全なつながり方、ときには矛盾した細部によって感じられる。それはかれが調査や調整に専念するどころか、読み返す暇もなかったからである。もっぱらかれが気にしていたのは物語の脈略を見失わないことだ。

しかしながら、『パルムの僧院』は傑作である。それ以上に、この小説はスタンダールの傑作である。

一九世紀の年代記

すでに述べたように、スタンダールはルネサンス時代の「逸話」にヒントを得たが、その原典から提供される枠を破り、『赤と黒』の場合のように、結局、一九世紀の年代記的作品を世に送った。

事実、この小説はその時代に根ざしている。『パルムの僧院』を一七九九年におけるフランス軍のミラノ入城とワーテルロー合戦から書き起こすことは、勇壮な断片を記述するための口実ではなかった。考えてみると、ナポレオン時代を力強く要約し素描したすべての章は、指標的価値を獲得している。というのも、これから読もうとする小説を正確な歴史的状況に置いているからである。ワーテルローは王政復古を意味する。スタンダールは『一八一七年のローマ、ナポリ、フィレンツェ』のテーマ、つまり「栄光のあとに、泥沼」を再度、取り上げたのだ。ナポレオンのおかげで自由をかいまみることができたイタリアは、「神聖同盟」によって、この上なく復古的で反動的な絶対主義へ逆戻りした。

この作者が小説の舞台をパルム〔現地イタリアではパルマ〕に置いたとしても、何か秘密の好みがあったからではなく、むしろ選択の余地がなかったからである。フランス領事アンリ・ベールとしては、小説の舞台をオーストリア領のロンバルド゠ヴェネツィア王国にするとか、衛星国にするのは問題外だった。パルム公国なら、以前、ナポレオンの妃で、怠惰なマリー・ルイーズに統治されたこともあり、まったく危険性がなかった。この小説において、パルムはイタリア全体の「王政復古」を総合し、象徴している。

パルムの街の中心部に作者が、はばかることなく巨大なファルネーゼ塔……決して存在したこともない塔を配置したので、読者はびっくりし──ときには憤慨した。事実、この恐るべき城塞の天守閣は、有名な牢獄を見倣ったもの、たとえばローマのサン゠タンジェロ城、モラヴィアのシュピールベルク牢獄、マントヴァの城塞であり、パルムの場合もまた絶対主義の明白な象徴である。この小説全体に重くのしかかっているのはファルネーゼ塔の不吉な影であるが、小説の表題は当然、危険性の少ない「僧院」という語に置き換えられている。

しかしこれほどの洞察力と細心さで準備されたすばらしい歴史的背景描写の行間に、もうひとつ、おなじような細心さと洞察力で準備されているものが読みとれる。それがファブリスであり、波瀾に満ちた人物であり、ドン・ファンとサン゠プルー〔ルソー作『新エロイーズ』の主人公〕を合わせたような理想的典型である。つまりスタンダール自身が、身をもって愛した女性たち、たとえばメティルドの面影から多くを借用した愛の化身とも言うべき女性の理想的典型としてのクレリアのそばで、そうありたいと願ったようなスタンダール像である。

人物たちの危険な体験を詳しく語りながら、スタンダール自身もその経験を味わっていた。『パルムの僧院』の小説的な筋立ては、すべてスタンダールが自分を語り、自分で恍惚としている一種の夢であり、少しは夢幻的な物語である。その二つの発想が結ばれ、また絶えず絡み合う。それが『パルムの僧院』に、これほど独特の調子を与えているので、作者を理解しないか、誤解し、作者のふたつの変わらない関心事を知らない読者には少し当惑を感じさせる。それは自分の心をとおして人間の心を学ぶこと、および政治問題に対する深い興味であり、おなじくナポレオン失脚が自分の周囲に及ぼした影響――かれがその最初の犠牲者だった――を痛感した深刻さもある。

『パルムの僧院』と『赤と黒』の比較が当然、必要になるが、事実、これら二編の小説のいずれがかれの芸術の頂点に達しているのかが問題だろう。

答えは疑う余地もない。つまり最高傑作は『パルムの僧院』である。

傑作

『赤と黒』は粗暴で暗い感じのする小説である。ジュリアン・ソレルはその時代の社会秩序、つまり法則を無視しようとする根なし草の野心家を情け容赦もなく打ち砕くような社会の犠牲者である。ジュリアンのほうでも、自分の出世の妨げになるようなものを良心の呵責もなく打ち砕く。かれは自分のことしか考えない。かれこそ、この小説の唯一で真の主人公であり、意義深いテーマを形成するのは自我への熱烈な追求である。ヒロインたち、たとえば優しいレナール夫人、気性の激しいマティルド・ド・ラ・モールはたんなる手段にすぎない。目的のための別手段である。『赤と黒』はこわばっていて、厳しい物語である。打算と熟慮の作品である。最後に、スタンダールが若干の状況や、いくらかの個人的な思い出を利用して、それを『赤と黒』へ移したとしても、かれを小説の主人公と同一視することはできない。それどころか、ジュリアンは野心家と頑固な出世主義者の典型であり、したがって人間のうちでも、もっとも私利私欲から遠いアンリ・ベールとは正反対の人物である。

それに反して、『パルムの僧院』は暴力のシーンや暗い描写を含み、結末があのようであっても、明るく、はつらつとし、幸福な小説である。ファブリス・デル・ドンゴは無頓着で、向こう見ずであり、美青年ファブリスはスタンダールの性格の一部と、かれがそうありたいと願ったような格好よく大胆不敵の若者を併せている。

スタンダールの独創性は、写実的に――悲劇的に――真実の舞台を背景にしながら、ファブリスの波瀾に満ちた危険な人生と、クレリアとの田園恋愛詩というフィクションを織り上げることにあった。またかれは、まさしく音楽的とも言うべき雰囲気を作り出すのに成功した。これは一八一二年のモスクワにおいて「ぼくの作品がチマローザの音楽に類似してほしいものだ！」と言明した祈念を実現している。

この驚くべき小説の二大要素は現実と非現実である。両者は矛盾しているだろうか。絶対に矛盾していない。両者は高いレベルで融合している。そんな奇跡を起こしたのは芸術の特質である。

三編の小説……

スタンダールは生涯を通じて三編の小説を完成し、刊行した。つまり『アルマンス』、『赤と黒』、そして『パルムの僧院』である。最初の作品はほとんど世に知られなかった。第二作目は同時代の読者を唖然

combat. Mais les gens instruits se souviennent de la guerre faite à M. de Châteaubriand, sous l'empire, elle fut tout aussi acharnée et plutôt appaisée parce que M. de Châteaubriand était seul et sans le *sipante catervâ* de M. Hugo, sans l'antagonisme des journaux, sans le secours que fournissaient aux Romantiques les beaux génies de l'Angleterre et de l'Allemagne, plus connus et mieux appréciés.

Quant à la troisième Ecole, qui participe de l'une et de l'autre, elle n'a pas autant de chances que les deux premières pour passionner les masses qui aiment peu les *mezzo termine*, les choses composites, et qui voit dans l'éclectisme un arrangement contraire à ses passions en ce qu'il les calme. La France aime la guerre en toute chose. En paix, elle se bat encore. Néanmoins Walter-Scott, madame de Staël, Cooper, Georges Sand me paraissent d'assez beaux génies. Quant à moi, je me range sous la bannière de l'Éclectisme littéraire par la raison que voici : Je ne crois pas la peinture de la société moderne possible par le procédé sévère de la littérature du dix-septième et du dix-huitième siècles. L'introduction de l'élément dramatique, de l'image, du tableau, de la description, du dialogue me paraît indispensable dans la littérature moderne. Avouons-le franchement ? Gil Blas est fatigant comme forme : l'entassement des événemens et des idées a je ne sais quoi de stérile. L'Idée, devenue Personnage, est d'une plus belle intelligence. Platon dialoguait sa morale psycologique.

La Chartreuse de Parme, est dans notre époque et jusqu'à présent, à mes yeux, le chef-d'œuvre de la littérature à idées, et M. Beyle y a fait des concessions aux deux autres écoles, qui sont admissibles par les bons esprits et satisfaisantes pour les deux camps.

Si j'ai tant tardé, malgré son importance, à parler de ce livre, croyez qu'il m'était difficile de conquérir une sorte d'impartialité. Encore ne suis-je pas certain de la garder, tant à une troisième lecture, lente et réfléchie, je trouve cette œuvre extraordinaire.

Je sais combien de plaisanteries excitera mon admiration. On criera, certes, à l'engouement quand j'ai tout simplement encore de l'enthousiasme, après le temps où il aurait dû cesser. Les gens d'imagination, dira-t-on, conçoivent aussi promptement qu'ils l'oublient, leur tendresse pour de certaines œuvres auxquelles le vulgaire prétend orgueilleusement et ironiquement ne rien comprendre. Des personnes simples, ou même spirituelles et qui de leurs superbes regards effleurent les surfaces, diront que je m'amuse à des paradoxes, à donner de la valeur à des riens, que j'ai comme M. Sainte-Beuve, mes chers inconnus. Je ne sais pas composer avec la vérité, voilà tout.

M. Beyle a fait un livre où le sublime éclate de chapitre en chapitre. Il a produit, à l'âge où les hommes *trouvent* rarement des sujets grandioses et après avoir écrit une vingtaine de volumes extrêmement spirituels, une œuvre qui ne peut être appréciée que par les âmes et par les gens vraiment supérieurs. Enfin, il a écrit *Le Prince moderne*, le roman que Machiavel écrirait, s'il vivait banni de l'Italie au dix-neuvième siècle.

Aussi, le plus grand obstacle au renom mérité de M. Beyle, vient-il de ce que *La Chartreuse de Parme*, ne peut trouver de lecteurs habiles à la goûter que parmi les diplomates, les ministres, les observateurs, les gens du monde les plus éminens, les ar-

バルザックの『パルムの僧院』評

とさせ、苛立たせた。それでも、この読者たちは漠然とこの作品の重要さを予感し、一般の作品とどれほど違っているかを悟った。

三作目の『パルムの僧院』はさらに多くの読者を苛立たせたが、他の読者の激賞を呼び、特に「人間喜劇」シリーズの権威ある著者バルザックが『ルヴュ・ド・パリ』誌上で華々しい論評を掲載し、ためらうことなく、こう批評した――「ド・スタンダール氏は、どのページでも天才的才能を輝かしている作品を書いたばかりだ」。

かくて長いあいだ、以上の二作品だけでスタンダールが一般の読者層から知られ、またその名声だけで判断された。

……そして未完の作品

実に多くの未発表の断片が、きわめて重要な作品として世に出たのは、かれの死後においてであり、それだけでも作家スタンダール没後の名誉を確定し、増大するのに充分だろう。

これらの断片は長いものから短いものまでさまざまである。数百ページに及ぶ小説で、ほとんど完成している『リュシアン・ルーヴェン』のような小説、また清書された一三〇ページの原稿に加えて山積みされるほど多くの、さまざまなサイズの用紙からなる原稿が『ラミエル』のような重要な作品の草案を形成しているのに対し、幾ページかの素描や、さらには幾行かで構想や思いつきを書き付けたものまである。『パルムの僧院』についてバルザックが批評したように、これら多くの原稿でも「天才的才能が輝いている」。

『リュシアン・ルーヴェン』について述べると、これは特殊な部類に属している。これは一八三四年五月から一八三五年四月まで、一一カ月にわたって、チヴィタヴェッキアにおけるスタンダールが倦怠感と懸念のいちばん憂鬱な時期に書かれたものであるが、役人としては公表できないと思って意識的に未完成のままにされた。それでも、この作品はスタンダールの主要なものであり、スタンダールの真の傑作だとつぶやく人々もいるほどである。しかしそれは主観的な批評である。間もなくそれに続く『パルムの僧院』や、その他のスタンダールの例外なくすべての物語作品に見られるように、筋立て、つまり小説的な部分は独立した全体を形成しているが、それでも作品の舞台の背景となる当時の歴史的、政治的な情勢に即している。ときにはその舞台があまりにも重要なために、物語的フィクションと一体になったり、そのフィクションより優先することもある。たとえば『リュシアン・ルーヴェン』第二部がそうである。

また、おそらくこの小説の主人公のうちに、スタンダールはもっとも自我の多くを投入した。もしファブリス・デル・ドンゴが、スタンダールの願望を理想化し、総括したとするなら、リュシアンは、スタンダールが恋しさのあまり不器用で臆病になりながら、悩みと歓喜のうちにメティルド・デンボウスキーに言い寄ったときの、ありのままの自分を感情的に表わすことになる。リュシアンとシャステレール夫人の愛の物語ほど、甘美にして機微に触れた恋物語はほとんど存在しない。

しかし今日、たんなる詮索好きな読者とおなじく専門的研究者の注意をますますかき立てていること、それはこの作品の第二部であり、そこでは歴史的状況のほうが小説自体の筋立てを凌駕している点である。つまり当時の政治・財政界の正確にして詳細な描写であり、そこには現実から得られた新しい情報が絶えず発見され、またスタンダールが描いている人物のなかには、その時代の社会から借用したモデルがいて、かれらはときにはきわめて重要な人物であり、作者のおかげで新しい生を享《う》けることになる。

最初に刊行された一八九四年以降、この豊かで複雑な作品への興味は増大してやまなかった。

奇妙な不毛

遠隔地での窮屈さのあと、長期にわたる休暇の幸福感に浸れたおかげで、スタンダールは真の頭脳的発奮を起こした。一八三七年と一八三八年に急テンポで出現した著書のほかに、執筆中の作品もあった。たとえば『ラミエル』、『シスター　スコラスティカ』、『ミナ・ド・ヴァンゲル』、『フェデール』、さらに『深情け』、『バラ色と緑』、『サン・フランチェスコ・ア・リパ』、『サン＝ティミエの騎士』がある。構想、プラン、草稿、すべてがかれの精神において乱雑に生み出される。『ラミエル』はまず、すばらしい「生まれ」のようだ。どの章もすべてがあまり苦労もなく書かれていて、ばらばらのエピソードもまとめられる。だが疲れていることは確かであり、実際に息切れしている。創作力は残っていても、ほとんど病的な一種の興奮にすぎない。もはや脈絡はなく、明晰さに欠ける。

この小説は、スタンダールがはじめて中心人物としてのラミエルという女性を選んだが、批判的で、必要に応じて辛辣な作品であり、同時に快活で揶揄的、特に軽快で、全体が繊細な皮肉と鋭い観察に満ちているが、構成の上では成功しなかった。今日、この小説を読み直してみると、反対に、全体が苦々しさと人間嫌いに浸っている。調子を変え、語りを軽快なものにしたはずの滑稽な描写も重々しく、しつこいようである。スタンダールが構想や作中人物たちを変えても無駄だろうし、また幾度、若干の箇所を書き直しても無駄だろう。というのもかれの創作力は消滅していたのだから。

「篤信家が言うように、おれは不毛さに陥った」と、すでにかれは一八三九年四月九日にメモしている。この不毛性は、かれに残る、あと三年のあいだも休みなく進行するだろう。

かれは死亡する日の朝まで、『ラミエル』、『シスター　スコラスティカ』の原稿に、苦労しながら手を加えている。しかしまとまったものは何も得られないだろう。

スタンダールがナポレオンについて書こうと試みた研究に触れないで、かれの遺作について語ることはできない。一八一八年の最初の試み、『ナポレオン伝』は未完のままだった。一八三六年の新しい試み、『ナポレオンについての回想』もまた完了に達しなかった。しかしながら、これら断片的な二作品は、そのままの状態で、違っているどころではない。スタンダールは、ナポレオンを歴史上に深い影響を与えたと最初に理解したひとりであり、その作品に、当時の状況を超越した研究の価値と意義を与えようとしている。

個人的にかかわる点では、スタンダールの作品全体がナポレオンを標榜していると言えよう。作品のどれを取り上げても、皇帝への直接的、または間接的な暗示のないものはないほどであり、ナポレオンはかれにとって象徴的な存在になっている。

これら二編の膨大な断片的作品は、もっと研究が進み、最近まで二義的なものとみなされていたが、いまやスタンダールの作品において重要な地位を占める。

＊ 栄光の免許状

それはバルザックが、一八四〇年九月二五日発行の『ルヴュ・ド・パリ』誌に載せた『パルムの僧院』についての響きわたるような書評において授与した免許状である。たとえば――

『パルムの僧院』は、現代において、また現在までの理念文学の傑作だと思われる……。重要なことであったにもかかわらず、この本について書くのが遅れたのは、一種の公平さに達するのが困難だったからだと思っていただきたい。それでもなお、公平さを保てるかどうかは確実ではないが、三度もゆっくり反省しながら読み返しても、この作品はまったくすばらしいと思われる……。ベール氏は、章から章へ崇高なものが輝くような本を書いた。普通なら、この上なく精神的な本を二〇冊も書いて、それでも容易に偉大なテーマが見つからないという年齢で、真に卓越した心や精神によってしか正しく評価されないような作品を生み出したのだ……。

無限の才能に恵まれながら、わずかの優れた人々の目にしかその天才が理解されず、また精神的卓越性のおかげで、一般読者におもねる連中が追い求め、偉大な精神から軽蔑されるような、その場かぎりのはかない人気から見捨てられた人物を正当化しようというのは正しいことではないだろうか……。」

＊ そのとき、スタンダールはジョルジュ・サンドの前でダンスのステップを踏んでみせる

一八三三年一二月、スタンダールが最初の休暇を終えて、チヴィタヴェッキアへ戻る途中、ローヌ川をくだる船の上で、ヴェネツィアへ向かうジョルジュ・サンドとアルフレッド・ド・ミュッセに出会った。若い詩人は、ダンスのステップを踏んでみせるその小説家の素描を描いた。ジョルジュ・サンドは『わが

人生の歴史』において、この出会いの話を書き留めている。そのページはよく知られている。それでも改めて引用する価値がある。なぜなら面白い証言になるからだ。

「リヨンからアヴィニョンへ向かう蒸気船のなかで、今日のもっとも注目すべき作家のひとりであるベール、つまりスタンダールというペンネームの人物に出会った。かれはチヴィタ－ヴェッキアの領事だが、パリに少し滞在してから、任地へ戻る途中だった。かれには才知が輝き、話しぶりはラトゥシュを思わせるが、それほど繊細さや優雅さはなくても、深みはあった。一見したところ、ふたりともおなじような人物で、でっぷりし、ぼってりした顔つきだが、いたって繊細な表情をしていた。しかしラトゥシュは、ときには、急に憂鬱そうになると美しい表情になるが、ベールのほうは、見ているうちにしばらくは皮肉っぽく、人を馬鹿にしたような顔つきになった。昼間しばらく、かれと話をしたが、非常に愛想がよかった。かれはイタリアについてのわたしの幻想をからかい、すぐさま、いやというほどそんな幻想に取りつかれるだろうが、あの国に美しいものを求めようとするのは野次馬的根性に等しい、と断言した。辺鄙な任地に赴任し、嫌々ながら戻ってゆくのを見ると、かれの話もあまり信用できなかった。かれはイタリア人的タイプを、まったく面白おかしくからかい、我慢できないやつだと言って、まったく不当な批評をした。特にかれは、わたしがこれまで味わったこともないような苦痛を感じ、楽しい雑談もできず、かれによれば知的な生活、書籍、新聞、流行、要するに時事的なことから遠ざけられるだろうと予告した。かれを評価し、刺激してくれる環境から遠く離れ、あれほど魅力的、独創的で、気取った精神の持ち主に欠如していると思われるものがよく理解できた。かれは特にいかなる虚栄も軽蔑し、どの話し相手にも連発的にからかい、やっつける糸口を探そうとしていたようだ。それでも意地悪な人間とは思われない。そう見られないように大変努力していたようだから……。

ある村のお粗末な食堂で、ほかの選ばれた乗客と一緒に夜食をとった。というのも蒸気船の操縦士が夜明け前にサン－テスプリ橋を越えられないというからだった。その席で、ベールは狂ったように陽気で、ほどほどに酔っぱらい、テーブルの周りを革長靴をはいた姿で踊っていたが、その光景は少し醜悪で、まったく不格好だった……。

それでも、かれは傑出した人物であり、かれが評価した何事も、正当というよりはむしろ巧みな慧眼を示し、独創的で真の才能に恵まれ、書く文章はまずくても、読者の心を激しく打ち、面白く語っている……。」

第19章　「おれは虚無と戦った」

チヴィタヴェッキアに戻る

一八三九年六月二四日、アンリ・ベールはパリを出発して、任地へ向かう。少し遠回りの旅程を選び、チューリヒまで行き、それから宿駅を点々とする。痛風のために遅れたと言い訳しても無駄だろう。チヴィタヴェッキアに戻りつくのをできるだけ遅らせたという印象は免れない。

「きょう、八月一〇日、チヴィタヴェッキア領事館の業務に復帰した……」と、スタンダールはなんの感銘もなく書いている。しかし結局、否応なしに管理の業務に戻り、ようやくローマへ赴くのは九月一日になってからである。そして自分のノートブックを開き、メモしたものを読み返しながら、『ラミエル』の執筆を続けるのは、もっと遅く、一〇月一日である。しかし最初の二年間の休暇のときほど高揚した異常な熱気はもう消えていた。かれは努力するが、もはや働くことに悦びを感じない。

自分で言うように、この「不毛さ」はほとんど健康状態からきている。

病んでいる痛風に加えて、間もなくもっと深刻な兆候が加わる。すでに幾年も前から目まいがしていたが、危険というよりは不快な、軽い健康上の不調だった。一八四〇年一月一日には、突然、失神に襲われる。「『ラミエル』の原稿の三五ページ目を推敲していて、暖炉の火のなかに落ち込んだ」と、かれは簡単に、なんの釈明もなく書いている。しかしこの簡潔さは無関心の表れではない。それどころか、かれは非常なショックを受け、この不安は作品の構想をかき立てることもなく、仕事をはかどらせることもない。しかもその不安は不幸にしてあまりにも的中していた。なんとか一年が過ぎたが、一八四一年三月一五日、卒中で倒れ、今度は危険な兆候だった。幾日間も生死のあいだをさまよう。「おれは虚無と戦った」と、かれは苦悶のうちでも明晰にメモしている。徐々に立ち直る。かれは死の思いに取りつかれ、精神的な鬱状態が健康の回復を遅らせる結果になる。ジュネーヴやパリにいるかかりつけの医師に診てもらいたくなり、仕方なく一八四一年八月、もう一度、休暇を願いでて、問題なく認可される。

わずかな「慰め」

病気や精神力の減退で、以前にもまして最後のイタリア滞在は陰鬱なものだった。スタンダールが、この二年間の単調と心配を癒し、あまりにも短い幸福な日々を形容した表現を借りるなら、わずかな「慰め」に恵まれただけである。

最初の「慰め」は、一八三九年一一月一〇日、チヴィタヴェッキアに到着したメリメの来訪だろう。このふたりはナポリまで一緒に短い旅をするが、さらに足を延ばしてパエストゥムやポンペイまで出かける。しかしベールはナポリ女性特有の美しさをあまり評価しないし、メリメの「ひどい虚栄心」にはいらいらさせられる。

かれの滞在中に含まれるもう二件の注目すべき休戦状態のあいだにもたらされた別種の気晴らしがある。一八四〇年初めの幾週のあいだ、かれはまだ憔悴していて、特に一月一日に気分が悪くなり、暖炉の火の上に転げ込んだことで不安と悲痛なショックを受けている。かれは自分の主義に忠実だから、悲観的な

LA

CHARTREUSE

DE PARME,

PAR DE STENDHAL

(HENRY BEYLE),

AUGMENTÉE D'UNE NOTICE SUR L'AUTEUR

PAR ÉMILE DE LA BÉDOLLIÈRE.

EDITION ILLUSTRÉE DE 43 VIGNETTES PAR BERTALL.

PRIX : 1 FRANC 50 CENTIMES.

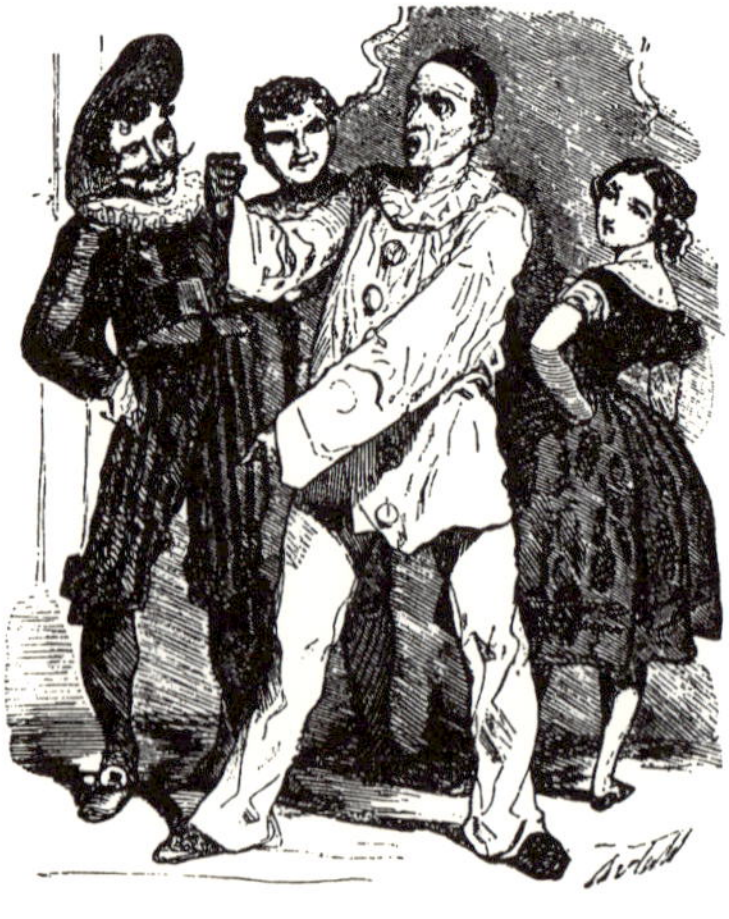

PARIS,

PUBLIÉ PAR GUSTAVE BARBA, LIBRAIRE-EDITEUR,

RUE DE SEINE, 31.

136.

『パルムの僧院』初版本の表紙

考え方に気晴らしをしたかったと考えるべきだろうか。だからそれほど長続きしなくても、心からの誠実さで信じたはずの――年甲斐もなく――片思いをすっかり思い描いていただろうか。二月一六日付のページの余白に書き込んだメモを読むなら、少しはそのように思われるかもしれない。その日から数日経って、自分で「最後のロマンス」……最後の清純な恋と呼ぶはずの出来事の「現実であり、空想でないことの始まり」と書いている。しかしこのエピソードはごく短いあいだ、つまりやっと三、四カ月しか続かない。アーライン（Earline）という名でかれが示しているヒロインは隠されたままであり、指名するのは困難だが、ほぼ確かなことは、幾年も前からスタンダールの知り合いであり、かれがローマやカステルガンドルフォへ行くたびに、よくその家に立ち寄った「かわいいチーニ伯爵夫人」だったのだろう。アールは英語で「伯爵」を意味する。だからアーラインというかわいい愛称はスタンダールが「かわいい伯爵夫人」を表わすのに思いついた特殊な隠語であり、それがチーニ夫人にまったくふさわしいだろう。そこで一八一〇年にダリュ夫人とのあいだに起こった一件の繰り返しになる。長いあいだ知っていて、友情で結ばれていたが、突然、アンリ・ベールがお義理で口説きはじめる――確かに「納得ずく」と言えるかもしれない。結果はいずれにしても同様であった。今度の場合も、確かに「最後のロマンス」と題した「ノートブック」や、ノートの余白に書き残した悶着のあとで、「アーライン闘争」はアンリ・ベールにとっては「負け戦《いくさ》」で終わるが、要するに、あまり打撃を与えなかったようだ。

かれはその小事件で得るところがあった。倦怠の薬になり、心配なことも忘れられた。それが肝心なことだった。おかげでしばらくは心地よいメランコリーに浸ることができ、それがかれには苦痛というよりはむしろ快楽になった。

結局、チヴィタヴェッキアでの砂漠のような滞在中に起こった最後の「慰め」には、はるかに現実的な側面があったようだ。一八四一年七月初めに、この街にブショ夫人という魅力的な若い女性が来ていた。彼女はレマンという画家の助言役だった。彼女は近くの小さな海水浴場に遊びに来ていて、チヴィタヴェッキアには数週間滞留した。スタンダールのいとこでエルネスト・エベールという画家の紹介状をもらい、フランス領事として世話をし、要するにそんなすばらしい美女と付き合えて、かれは幸せだった。彼女は退屈していた。かれも。彼女はかれの才知を評価できるほど知的な女だった。今日残っている断片的で秘密のメモによると、アンリ・ベールは「生涯で最後」に、まったく思いがけず恋の勝利を味わい、さらに数日おいて、また楽しんだ。そのうち、名目上の愛人で画家のレマンがその女性のそばに戻ってきたので、すべてはおしまいだった。おかげで、三月の危険な発作以来、死の恐怖に取りつかれていたスタンダールにとっては、楽観論と自信を取り戻すことができ、またわれわれにとっては、かれの最後の感動的な肖像画が残された。というのもレマンが八月八日にその絵を描き、スタンダールは作者名を加え、面白いことに日付をさかのぼらせて八月二日にしているが、その日がおそらく「勝利」の日だったのだろう。またかれはその前日にノートブックの余白に書いた一文を、その署名の下に写した――「砂漠のようなチヴィタヴェッキアの生活におけるオアシス〔慰め〕」。

次の日に、彼女は乗船してナポリへ向かい、アンリ・ベールはパリに宛て、健康上の都合による休暇願いを発送した。

帰らざる出発

一八四一年一〇月二一日、アンリ・ベールは、フィレンツェの弁護士サルヴァニョーリと一緒にパリを目指して出発する。

一八三六年にチヴィタヴェッキアを出発したときとは、なんと違うことか！　歓喜、感激、夢はどこへ行ったのか！　もはや意気込みはない。気力は落ちた。前の休暇のあいだに発揮した知的で肉体的な、すごい活動力が、かれの抵抗力をすっかり消耗させたと言えるかもしれない。その年の三月に起こした卒中の発作という恐ろしい経験からまだすっかり立ち直っていない。

今度は仕事や旅行のプランでなく、病気の休暇という名目で出発したのだ。疲労感のために、余儀なくマルセイユで幾日間か休養してから、ジュネーヴへ直行するが、それはかかりつけの医者プレヴォの診察を受けるためだった。

パリに戻ると、まず、ヌーヴ－デ－ゾーギュスタン通りのホテルに落ちつくが、それからセーヌ右岸のヌーヴ－デ－プティ－シャン通りにあるナント・ホテルへ移る。友人たちと連絡をとり、パリ生活を始めるが、元気はない。何をしても、楽しむというよりはむしろ肉体的に消耗していないことを確かめるためだ。幾週間かが過ぎるが、仕事に戻り、書きはじめた小説の草稿を推敲する気力も意欲もない。それでも精力的に治療を受けたおかげで、明らかに体調は改善する。打ちのめされたようなかれに会ったローマの友人やドナート・ブッチに宛てた手紙では、むしろ楽観的で、陽気なほどの印象を与えている。

一八四二年三月初めに、気分がよかったので、書類を開くと、小説の素案や草稿が長いあいだ眠っていた。しかし創作の生命は、もう決定的にかれから遠のいていた。訂正、加筆、新しい思いつきはノートブックに記されているが、その字は病気のせいで、書いた本人でさえ読めなくなっていて、形のないつぶやきにすぎない。それでもかれは執筆しようと粘る。今日残された原稿の紙片で、かれの努力の跡をたどって明晰な考えにたどり着こうとしても、逃げて行き、語りの筋をたどろうとしても、行き詰まり、錯綜して混乱し、紛糾しているのは、まことに痛ましい。

M

Vous êtes prié d'assister aux Convoi, Service et Enterrement de Monsieur HENRY-MARIE BEYLE, Chevalier de la Légion-d'Honneur, Consul de France à Civita-Vecchia (Etats-Romains), décédé à Paris, rue Neuve-des Petits-Champs, n° 78, le 23 de ce mois, qui se feront en l'église de l'Assomption, le Jeudi 24 Mars 1842, à midi précis.

On se réunira rue Neuve-des-Petits-Champs, 78

De Profundis.

De la part de Madame veuve PÉRIER-LAGRANGE, de Monsieur et Madame MALLEIN et leurs Enfans, ses Sœurs, Beau-Frère et Nièces.

故スタンダールの葬儀案内状

三月二一日、かれは『ルヴュ・デ・ドゥ・モンド』社との契約書に署名し、五〇〇〇フランの原稿料をもらうかわりに、これから中編小説を提供することになる。

翌朝、自信に満ちて、仕事に取りかかる。

だが、その日、午後七時、領事アンリ・ベール氏は、ヌーヴ－デ－カピュシーヌ通りの歩道で、外務省のすぐ近く、自分の住居のそばで、卒中の発作に当たって倒れた。住居に移され、いとこ、ロマン・コロンに見守られながら、意識を取り戻すこともなく、三月二三日、午前二時に亡くなった。

その翌日、マドレーヌ教区のアソンプシオン教会で宗教的な葬儀を済ませてから、モンマルトル墓地に埋葬される。

アンリ・ベールは、かねて願っていたように、苦しむこともなく急逝した。そして、かれが願っていたように、また正当に予感していたとおり、現在、かれは数少ない熱烈な愛好者のみならず、友人や崇拝者の一大家族に取り巻かれている。

墓の変身

ここで、スタンダール小伝の、ちょっとしたエピソードのために短い注釈を加えておこう。

スタンダールはごく若いころから死の観念に取りつかれていた。また特に、急死を予想し――また、それを願い――、生涯を通じて、驚くほどたくさんの「遺言書」を書き残していた。

それらの遺言書の大部分において、ライトモチーフのように現れるのが、静かで美しい場所に埋葬される願望であり、その希望は最後の遺言作成のときも言明されている。たとえばモンモランシーの谷あいにあるアンディイ墓地で眠りたかった。当時、そこは田舎じみた場所であり、スタンダールが好んだように大木が茂り、空気は清らかで、沈黙が支配していた。

しかしまた、かれは付け足して、もし遺体をアンディイまで運ぶのが無理なら、モンマルトル墓地に埋葬してほしいと言っていた。また「美しい眺め」と場所を正確に指定している。

アンリ・ベールがそんなに突然、死亡して、いとこ、ロマン・コロンは困ってしまった。かれは譲歩して「仮に」という名目で、モンマルトル墓地の、いちばん下方で、出入口に向いた場所に埋葬させた。言うまでもなく、その「仮に」が長く続いた。一八六三年、パリ市が墓地の、その区域の上方に巨大な醜いコランクール陸橋を建設したので、その重々しい鋳鉄製のアーチがスタンダールの墓を埃と影で覆い尽くした。それ以来、アンリ・ベールの最後の住みかの周囲は、絶えず地獄のような騒音におびやかされた。

かれの友人や崇拝者は、そのような事態を長いあいだ嘆いていたが、一八九二年には、崩れかけたその墓を修復するところまでいったとしても、恐ろしい牢獄から哀れなアンリ・ベールを救い出そうという発意を抱くものはひとりもいなかった。

一九六二年というスタンダールの逝去一二〇年を記念する年になって、ようやく「スタンダール・クラブ」の呼びかけで国際的な募金が行なわれ、新しい墓地の使用権の購入と遺骨の移転に必要な資金の一部を集めることができた。パリ市とセーヌ県が気前よく補助金を提供し、土地を譲渡してくれた。一九六二年三月二三日以来、ついにアンリ・ベールが希望したように、美しい樹木の下で、静かな明るい場所に眠れるようになったのは、われわれにとっても大いなる喜びである。それ以降、スタンダール愛好者たちがかれの墓に参拝するのは、モンマルトル墓地、ラ・クルワ並木道の真ん中の第一列目である。

＊狩猟家スタンダール

スタンダールはすばらしい狩猟家で、優れた射撃家だった。街にいるときは射的をしたり、射的場のパイプ撃ちにかよった。そして射撃の巧みさを自慢していた。

あるとき、ブラウンシュヴァイクで、「乗っている馬車が全速力で走っているとき、四〇歩離れたところにいるカラスをピストルの一発で」撃ち殺した。おなじく、ウサギ狩りに参加したが、皆殺しに耐えられなかった。あるとき、とどめの一撃をしなければならなかったが、かれは「雌シカを殺すのが怖い。その恐怖が大きくなった」と言っている。また、こうも書いている、「今日では、きれいな鳥を四オンスの死んだ肉に変えてしまうことほど、味気ないことはない」。

＊動物の友

スタンダールは動物を愛した。それも知的な好みで愛した。たんに美しさや、それを自慢する虚栄心のためだけでなく、動物そのもののために、その個性とそれと引き替えに受けとるかわいさを愛した。かれがチヴィタヴェッキアにいたとき、「ローマ人馬車引き」の犬に似ている犬を飼ったと聞いて、知り合いのローマ貴族たちがショックを受け、納得しなかった、と語っている。しかしわれわれには、それがどれほど感じよく思えることか！　まともな「雑種の犬」が純血種の犬より賢く、よくなつくことをスタンダールは知っていた。かれは一八四一年、いとこに宛てて書いている――「ぼくは二匹の犬を飼って、かわいがっている。一匹は黒く、イギリス種のスパニエル犬で、美しいが、陰気で、憂鬱そうだ。もう一匹はルペットという名で、ミルク入りコーヒー色で、陽気で、活発で、ひとことで言えば、ブルゴーニュ産の若牛のようだ。何も愛するものがいなくて、寂しかったのだ」。

＊死亡証明書

セーヌ県　パリ市役所
一八四二年三月二三日、午前一〇時。
死亡証明書――アンリ－マリー・ベール氏、チヴィタヴェッキア駐在フランス領事、五九歳、名誉勲章シュヴァリエ佩用者、独身、グルノーブル（イゼール県）生まれ、住所、パリ市、ヌーヴ－デ－プティ－シャン通り七八番地にて本日、午前二時、死亡。
以上、証明する。
申告者　ジョゼフ－ロマン・コロン、経営者、五七歳、住所――パリ市、ノートル－ダム・ド・グラス通り三番地。デュラン・ケロル、ホテル管理人、二四歳、住所――パリ市、ヌーヴ－デ－プティ－シャン通り七八番地。両者はわれわれとともに本証書確認のうえ、署名する。

パリ市第一区戸籍事務担当者、区長代理。

R・コロン、ケロル、マルボー

＊宗教的埋葬の儀

かなり一般的な評判に反して、スタンダールは宗教的葬儀を受けた。かれのいとこであり、遺言執行者ロマン・コロンはみずからそのように取りはからった。したがって以下のような証明書がマドレーヌ教区、アソンプシオン教会副司祭から発行されている。その文書に現れる二人目の証人はジェノヴァの画家アブラアム・コンスタンタンである。かれはスタンダールと共著で、イタリア絵画についての本を刊行した。
「八三号。一八四二年、三月二四日、ヌーヴ－デ－プティ－シャン通り七八番地において死亡したアンリ＝マリー・ベール、享年五九、の遺体は本教会に差し出された。証人はコロン、住所――ノートル＝ダム・ド・グラス通り三番地、およびコンスタンタン、画家、住所――パリ市、ノートル＝ダム・デ・プティ＝シャン通り七八番地、

上記の者は、われわれ本教区の副司祭とともに署名した。」

スタンダールよ、永遠なれ

今日、世界文学においてスタンダールが占める地位を説明するには長たらしい文を必要としない。事実はおのずから語ってくれる。しかし一二〇年以来の名声の進展ぶりをたどるのは興味のないことではない。ただしそこでも事実に語らせるだけでよいだろう。

この伝記を通じて、アンリ・ベールが決して自分と同時代の人々を無関心のままにしていなかったことは、これまでに述べてきたとおりである。辛辣で鋭敏、からかい好きなこの精神は、相手をいらいらさせるかと思うと、魅了したりして、いつも離さなかった。かれは途方もないこと、革命的あるいは背徳的な理屈を述べて婦人や近視眼的なブルジョア連中を震え上がらせたが、自分では言ったことを頭から信じておらず、背を向けるとすぐ忘れてしまった。

軽妙で、華々しく、かなり気取り屋で、背徳的で、軽薄な精神という評判は、結局、かれの文学作品を正当に、また公平に評価するのに、かれの生前では、大変な損失になった。言うなれば、あたかも著名な喜劇作家が突然、悲劇に挑戦するようなものであり、あるいはその逆でもよい。だれも、かれを本気にせず、また特に新しい役割においてかれを正当に判断するために、かれを普段の性格から引き出すことはできないだろう。

それでは同時代の人々は、この無神経になった社交家、逆説好みで皮肉屋のおしゃべりが書いたもののうちに、かれらが知っている、いやむしろ知っているつもりのこととは正反対の多くのことがあるとどうして考えられただろうか。

芸術、文学、音楽についての造詣の深さ、明敏さ、正当にして繊細さに満ちた見解、だがはるかに味気ない分野、たとえば社会学、政治学、経済学、民族誌学についての一貫した思索もある。どうして、これらの特性や関心の広さが、いつも駄洒落や辛辣な皮肉をとばす赤ら顔をした肥満体の男のものだと信じられようか。

しかし、かれをもっとよく理解している人々は、かれがどれほど完全な友人になれるかを知っていたし、また多くの女性もまた、どれほど並はずれた繊細さと慎み深さが、この「太ったメフィストフェレス」、この精力的なドン・ファンに可能なのかを知っていた。また当時のもっとも立派な人々のなかで、博識者や学者も、この軽率なおしゃべりを相手に長いあいだ、真剣に議論するのが楽しかった……。

だから、当時のベール氏を描いた肖像画も、多様な人物像になり、少なくとも外観は完全に奇妙な人物になっていただろう。かれを判断しようとする者には、あまりにも曖昧であり、困惑することだろう！……。

今日になってようやく、時間をかけ、困難な、愛すべき多くの研究のおかげで——なぜならスタンダールというすごい奇術師は愛されているからだが——、かれの多様な個性も明確に解きほぐされ、それぞれが評価され、最後に、かれの本当の自我に到達できるようになった。驚いたことに、その自我はまったく感受性と愛情と臆病さから成っている。

だが、われわれをここまで誘導してきた事実、つまり批評に語らせよう。かれの困惑や錯誤を確認するか、あるいは反対に、かれの慧眼を賞賛するのは面白いからである。

一八二二年九月、『ジュルナル・ド・パリ』紙は『恋愛論』が出て、間もなく文句を言う、「この反順応主義者は、いったい何者か。普通の人のように書けないのか」。

「……かれ（ド・スタンダール氏）が概して、もっと明確に、もっと磨いた文章を書くなら、（……）もし「フランス文学」において書いている作家たちの慣習、規則、そして趣味にしたがって、一冊の本でもおろそかにしないなら、三、四〇人くらい多くの読者に必ず喜ばれるだろう。」

戦時のスタンダールの古い仲間オベール・ド・ヴィトリは、慎重で、公正さを心がけ、当然、かなりうるさ型だが、一八四四年に出した『会話・読書事典』で書いている――

「……さまざまなジャンルの作品を発表したこの作家は、確かに豊かな才知と才能に恵まれているが、いかがわしい精神、いつもの独創気取り、奇抜で変な思想的自負が非難された……。どうしてこの作者は自分の作品で、もっとまじめさと配慮を示さなかったのか。なぜなら、いくら才知があろうと、また優れて尊敬すべき特質があろうと、あれだけの著書から何が残るか。数年経てば、読み返す気になるだろうか……。」

もし、右で引用した文において、作品の評価が、その人物の評判に左右されることがはっきり感じられるなら、次の断片の調子についてどう言えばよいか。一八五五年五月一八日付の『コンスティチュショネル』紙で書いているアメデ・ド・セゼナ氏は確かにスタンダールを知っていて、かれの放言を聞き、何も分からないくせに、びっくり仰天し、不快を感じたひとりである！

「……もっと精神が大きく創作力があったら、スタンダールは小型のヴォルテールだと言えただろう……。

風変わりというのが、この気紛れな男の特性であり、自分で独創的だと信じているが、それも自分を奇妙な人間に見せかけていたからだ……。

……かれの言葉は、性格が不可解であるように、よく分からない……。

……かれの作品を読めば、いたるところで未完成の考え、理解できない言い落とし、不充分な文節で中断される。(……)スタンダールの、がっかりさせられる凡庸さは、特に想像力の作品に見られる……。


それは香辛料として無信仰と背徳を幾粒か加えて、たっぷり醸成された倦怠だ……。」

また次におなじく一八五五年にエドメ・カロ氏が『ルヴュ・コンタンポレーヌ』誌に書いた文が結論として挙げられるように思われる——

「……それは当分、だれからもまじめに受けとられない評判だ。たまゆらの評判、はかなく、軽薄なものであり、おそらく幾年かは名声と忘却のあいだで意見が揺れうごくが、自然に、また厚い友情の熱意からも見放され、(……)過大な評判や挫折した天才が落ちる沈黙の芸術リンボ〔冥土、古聖所〕へ沈んでゆく……。」

おそらくカロ氏は、今日でも、どこかにいるだろう。しかしスタンダールにとって、その「厚い友情」はあまりにも広がり、全世界に及んでいるではないか!

しかしながら、当時でも、もっと正しい見方をする批評家はいた。その証拠として、かの有名なジャーナリストだったエミール・フォルグ(Old Nick)が一八四二年四月一日付の『ナショナル』紙に載せたすばらしい追悼記事があり、その若干の評価を引用しよう——

「……当代の、もっとも優れ、もっとも独創的な知性に恵まれ、(……)人間の情熱を綿密に観察し、フランスで美術について論じようとした三、四人の真の芸術愛好家のひとりであり(……)、今日のディドロなら、おそらく喜んで握手を求めるような唯一の人物であり、専門家ならこの分野ではなさけない新聞小説でつくられたような、がらくたの山から別扱いを受けるような二編の小説の作者であり、ロッシーニを最初に教えてくれた人物であり、愛とその現象について、もっとも正当に明示してくれた巧みな分析家であり……。」

かくて、理解されるように、最初から意見ははっきり分かれていて、ほとんどすべての記事に見られるような熱のこもった激しい口調は、きわめて特徴的な要素である。たとえば「アンリ・ベールの立場は文学史から提供されるもっとも奇妙な場合である」、とシャルル・ビゴは一八七六年一〇月二五日―一一月一〇日号の『クリエ・リテレール』で確認するだろう。

しかし、すでにこの日付以前に、サント－ブーヴの立派な批評が発表されていた。テーヌも感激している。ついにポール・ブルジェがスタンダールに対する崇拝をゾラと分かち合う。作家としてのスタンダールの名声は絶え間なく勝利し、拡大する。一九世紀末には、かれと同時代の人々はおおかた亡くなっている。かれはもう生《なま》の思い出で煩わされることもない。それがしばしば判断を誤らせることになったが。興奮したスタンダール愛好者集団が総動員でスタンダールをもっとよく理解させようと努力するよりも、もっと落ちついてかれの作品を鑑賞できるようになった。それは遺作の出版が多くなり、さらに書簡集も追加され、再版される。ベールの遺言執行人ロマン・コロンのそばで、忠実な番人がスタンダールの遺稿の破棄に反対し、はじめてかれの書簡集、次いで『ナポレオン伝』を刊行した。グルノーブル図書館の片隅の床の上で、埃にまみれて山積みされた原稿を整理し、さらに傑作を発掘するためにベールの凄まじい筆跡を解読するという勇ましい先駆者の名を挙げないでは済まされないだろう。なぜならかれらは、すべてのスタンダール愛好者からあまりにも感謝されているからである。たとえばジャン・ド・ミティー、カジミール・ストゥリエンスキー、アドルフ・ポープ、レミー・ド・グルモン、ポール・アルブレ……である。

しかし賞賛は一律ではない。矛盾したメモは、さまざまに解読される——しかもそれがすばらしい刺激になり、論争を生み、感激をいっそう高めることになる。

「引き出しの屑《くず》はもうたくさんだ」と、一八九七年に『ナポレオン伝』が出版されたとき、あるジャーナリストが反抗する。さらにその言い方は一九〇二年に別のジャーナリストからも繰り返されるが、後者はスタンダールの記念碑の建立を要求している。

一九〇二年、「かれは悪い巨匠だ」と書いたジャン・カレールは、一九〇五年にも、この「悪の哲学者」に酷評を献呈しているが、同時にスタンダールの未刊の文集を刊行しているとは！

「これは大作家だが、不愉快だ！」と、別の者がまじめに書く。それでも、おなじころ、『ジュルナル・デ・デバ』社がスタンダール全集の増刷を要求し、また礼賛的な記事が世界各国で増加する。

「戦い」の絶頂は一九〇五—一九一〇年のころだった。一九〇九年一〇月には、『タン』紙にすばらしい記事が載せられ、これがよく引用されるという名誉を受ける。未刊の傍注が公刊されたばかりであり、『タン』紙の例のジャーナリスト——匿名のまま——は憤慨している。かれは、スタンダールの栄光の頂点は過ぎたと叫ぶ。徐々に離れてゆき、したがってそんな文書を出版するのは大間違いだ。そのようにスタンダールがなぐり書きしたものは、つまらないことが多い。「そんながらくたを真に受けるのは裏切りだ」。それでもかれはスタンダールの知性を認め、譲歩しているのだ！……「これほど鋭敏な知性が肥満体の人間に宿っていた。そうかもしれない。スタンダールの皮肉はしばしば踊る象のような魅力がある。批評家としては、かれは半可通だ。（……）こんながれきの山をかきまわしてなんになるのか」。

主観でいっぱいではないか……またこの怒りっぽい匿名氏は、四〇年後に、ポール・クローデルが偉い口調で次のように言うのを聞けば、どれほど喜んだことか——「スタンダールは厚皮動物じゃないか！」。クローデルがいくら偉かろうと、その厚皮動物の繊細さが少しでもあったら、と願わずにはおれない！
……

さらに些細なことだが、次の点を指摘しておきたい。それは以上のような酷評のうちに半世紀が過ぎ去り、スタンダールの栄光は消滅するどころか、増大してやまず、また常に、ますます高く、ますます遠くまで輝いてやまなかった。

そのような変動と上昇を、かれに捧げられた幾千という論文をとおして綿密にたどるつもりはない。だがおそらくかれを明らかに示す特徴があり、それは強調すべき特徴である。つまりすべての時代の若い人々にスタンダールが与えた影響と魅力である。一八五四年に、もうサント＝ブーヴは書いている——「(スタンダールが亡くなって) 一〇年経つか経たないうちに、新しい世代全体がかれの作品に熱中しはじめ、かれを求め、まるで古典作家のように古い作家として、あらゆる面から研究しはじめている……」。

一八九二年、ジュリアン・ルクレルクは『七賢人と現代の青少年』において、当時の若者たちに影響を与えている七人の作家を挙げているが、そのなかでスタンダールは上位に置かれている。

マルセル・プレヴォは一九〇〇年四月号の『ルヴュ・ブルー』誌にスタンダールについて長い立派な評論を載せる。要するにかれの言いたいことは、スタンダールが同時代の作家でなく、前へ進んでいたのであり、現代の人々の注目を浴びている。

もっと明白なのはジョルジュ・ルコントである。かれは一九一三年三月二六日付の『マタン』紙に「大作家の復讐」と題する評論を載せている。

「……だがほとんど奇跡的なことは、わが時代において (……)、実証主義理論が若い世代にはあまり魅力がなくなり、文学のリアリズムも時代遅れになり、国民的感情が世界主義の魅力に勝り、エレガントな趣味がもはやディレッタントを生まなくなっているとき、おなじスタンダールが唯物主義的で、無神論者で、個人主義者で、国際人であり、また快楽と権力以外の道徳をもたないくせに、あれほど賛美された多くのものが廃れ、偶像も廃墟と化したのに、かれは今日の青少年層から、相変わらず大変な尊敬を受けている。」

引用を多くするまでもない。ただ最近の批評文で引用を飾りたい。というのもこの文は純朴さと出自のうえから、何にもまして、作用してやまないスタンダールの魅力を証明しているからである。以下に、一九六四年六月号の『サリュ・レ・コパン』誌の読者通信欄からの引用である。

「ぼくはヴェルコレックス・コンクールに参加して、スタンダールのおかげでシルヴィーのレコードを獲得しました（……）。フランソワーズが習慣的に毎月、自分の読書を見倣って本を読むように勧めてくれなかったら、妹はまったく文学に興味を感じなかっただろう。きょう、妹は『パルムの僧院』を読んで、もうスタンダールしか崇拝していません……。」

親愛なる妹さんよ！　彼女の言うとおりだ！　間違って軽薄だと言われたり、早熟すぎる幼稚な無神経さをもっている若者でも、大先輩スタンダールのメッセージを聞くことができ、またその作家のうちに自分らとおなじく感じやすく、内気で、秘められた心を察知し、信頼して親しんだら、どれほどまともな人間になれることか。

右に挙げた先駆者たちを先頭にして、スタンダール愛好者の系譜は引き継がれ、刊行物や論評がさかんに見られるようになってきた。かれらの数はいまではあまりに多くなり、すべての名を挙げることはできないほどである。ただその軍団のなかで、いちばん輝いている人々を適当に挙げるとすれば次のようになるだろう——アンリ・ドブレー、ピエール・マルティノ、アンリ・マルティノ、エミル・アンリオ、ルイ・ロワイエ、レオン・ブルム、アンドレ・ビイ、ジャン・プレヴォ、フランソワ・ミシェル……その他、著名な人々だけでも大勢見いだされる。

そして今日、その伝統をまもろうと努力しているあいだにも、若い人々の集団が伝統を受け継ごうとしている。特に強調しておきたいことは、この若い人々のあいだで、国際的な要素が支配的であるという事実である。日本人をはじめ、オーストラリア人、ドイツ人、イギリス人、オランダ人、アメリカ人、イタリア人、スイス人、ベルギー人、その他の人々であり、かれらは今日、スタンダールについて研究論文や著書を発表し、また学位論文を準備している。

スタンダールの作品が今日、全世界で出版されていて、その部数がいまでは仰天するほどの部数であり、天文学的数字になっていても驚かされないほどであり、ときには幾百万部になっていることを確かめるには、ユネスコ協会から発表される統計や「スタンダール・クラブ」学会誌に掲載された年間のスタンダール文献目録を調べるだけでよい……。

しかし次の点を強調しておこう。スタンダール研究は、たんなる学殖にとどまらない。それは一種の文学活動である。現代の多くの作家はスタンダールの精神的な息子であり、「ヌヴォー・ロマン」と呼ばれる文学活動もスタンダールの作品に深く根を下ろしている。

スタンダールの作品を初期に出版したひとり、老アドルフ・ポープは、『パルムの僧院』の作者に対して熱烈に、偏見なく惚れこみ、次のような標語を採用したので、それをうれしい結びの言葉として利用したい——「スタンダールよ、永遠なれ」。

年譜

一七八三年　一月二三日。フランス、グルノーブル、ヴィユー‐ジェジュイット通り（今日のジャン‐ジャック・ルソー通り一四番地）にて、マリー‐アンリ・ベール生まれる。高等法院弁護士「貴族シェリュバン‐ジョゼフ・ベールと、その妻カロリーヌ‐アデライッド‐アンリエット・ガニョン」の長男。父の性格を表わすような陰気臭い通りと実家。

一七八六年　ポリーヌ‐エレオノール・ベール生まれる。彼女は一八〇八年、フランソワ‐ダニエル・ペリエ‐ラグランジュと結婚。この夫は破産してから、一八一六年に死亡。ポリーヌはスタンダールのかわいい、親密な妹。それに反して、一七八八年一〇月一〇日生まれの下の妹マリー‐ゼナイッド‐カロリーヌに対しては、まったく愛情なし。

一七九〇年　アンリエット・ガニョン、産褥で病死。母の死は息子の心に空白を残し、決して満たされることはない。スタンダールはもっとも深く愛した女性たちに、母の乳房を求めていた。

一七九一―一七九五年　母の死後、ますます憂鬱になった家で、スタンダールはますます自分の殻に閉じこもるようになる。この少年と、父から押しつけられた家庭教師とのあいだには、まったく好意が生じない。その教師ライアヌ神父は、スタンダールによれば、「圧制者」であり、「嫌《いや》なやつ」だ。唯一の慰めは、母方の祖父アンリ・ガニョン医師のきれいな家で過ごすことであり、そこは一方ではグルネット広場に面し、他方では市の公園があった。ガニョン医師はスタンダールの精神を育成した。大伯母エリザベットは、いわゆる「スペイン気質」の趣味をかれに与えた。四〇年ほど経ってから、かれはこう書いている――

「わたしはガニョン家の一員だと思い、ベール家の者を考えるときは、いつも嫌悪感がして、それは一八三五年の今日でも変わりなし」。

一七九六―一七九九年　スタンダールはイゼール県「中央学校」の授業を受ける。「文芸」と「デッサン」で優等賞を獲得。特にかれは数学に熱中。

一七九九年九月、「数学」で優等賞を獲得。

一〇月三〇日、「理工科学校」において最終試験を受けるため、パリへ出発。しかし首都に到着しても、試験場に出頭しない。衰弱し、発病する。

一八〇〇―一八〇一年　一月。スタンダールは母のはとこにあたるダリュ家に引き取られる。のちの大陸軍経理部長ピエール・ダリュの世話で陸軍省の下役として働く。

五月。予備軍にしたがってイタリアへ出発。

六月一〇日。ミラノ着。この街の思い出は忘れられない印象を与える。『パルムの僧院』の冒頭において、その反響が認められるだろう。

九月二三日。スタンダールは臨時職として、騎兵少尉に任命される。一一月二二日。第六竜騎兵隊に配属される。

ロンバルディアとピエモンテの小さい駐屯地での軍隊生活は、間もなく嫌になる。文学のほうに関心が向けられる。ゴルドーニの戯曲『ゼリンダとリンドロの恋』を翻訳する。規則的に日記を書きはじめる。

一八〇一年一二月。病気回復期の休暇をもらったので、軍隊生活からきっぱり足を洗うつもりで、グルノーブルへ帰る準備をする。

一八〇二―一八〇五年　一八〇三年六月から一八〇四年三月まで、スタンダールは故郷ドフィネ地方に滞在するが、苦い思い出が残る。それからパリで「哲学的な生活」をする。大詩人を目指して猛勉強をする。結果は幻滅だ。すべての文学的計画（叙事詩、悲劇、喜劇）は次々に挫折する。しかし時間の浪費ではない。ペンをとりながら、読書に耽る。「思想狩り」をし、そのとき、かれの知的な育成が決定的に完成する。

一八〇五年一月。スタンダールは若い舞台女優メラニー・ギルベール（『日記』ではルアゾンと呼ばれている）に惚れる。幾カ月も、誘惑するためにこみ入った策を練る。生活費としては父から送金される手当しかなく、困窮から脱するために、銀行家になる野心を抱く。

一八〇六年

七月二五日。計画を実行に移すためにマルセイユに着く。香辛料と植民地産物の輸入を扱うシャルル・ムニエ商会につとめる。メラニーは同地の大劇場で初舞台を踏んだばかりだ。そしてかれを待っていた。彼女はかれの愛人になる。

つかの間の幸福だ。かれはメラニーに退屈する。他方、財産家になる夢はすっかり消える。「私生児」（かれの父）は、自分の投資に専念しているので、資金を回してくれない。しかもマルセイユの商売は大陸封鎖によって危機に瀕している。

ピエール・ダリュは国務院評定員と経理部長に任命されていたので、スタンダールは野心のなんたるかを知っている。かれは一八〇二年に辞職したことでこの権力者に悪い印象を残しているので、それを忘れてもらおうと懸命に努力する。

七月。スタンダールはパリに着く。一〇月一六日、ドイツに向けて出発。同月二九日、陸軍会計監査官臨時補佐としてブラウンシュヴァイクへ派遣される。

一八〇七―一八〇八年　ブラウンシュヴァイクに滞在。会計監査官補佐に任命される。元オッカー県の皇帝領地司政の任務につく。

一八〇八年一月。公務と世俗的生活で忙しいが、文学は忘れられていない。たとえば、スタンダールは『王位継承戦争史』を書こうとしている。ドイツ語を学ぼうとして無駄な努力をしてから、イギリスの作家を読む。

一八〇九年

一二月。スタンダールはパリに戻る。

三月。スタンダールは会計監査官の資格でオーストリア戦役に参加。戦闘中の都市をいくつも通過しながら、乗っている馬車が「戦火で焼け崩れた死骸」の上を押しつぶして走ってゆくのを見て、「吐き気」をもよおす。だが特に、自分と仲間のあいだが「堅い壁」で隔てられているのを確認する。

五月―一一月。ウィーンに滞在し、特に陸軍病院の運営を管理する。

六月一五日。ショッテン教会において、五月三一日に亡くなったハイドンのためのミサで、モーツァルトの《レクイエム》を聴く。

六月。ハンガリーへ出張。

一〇月。アレクサンドリーヌ・ダリュ伯爵夫人がウィーンに到着。スタンダールは熱心に彼女を口説く。彼女には当時、五人の子供がいた。

一八一〇年

一月。パリに戻ったスタンダールはダンディーの暮らしを送る。しかし暇を見て、政経学の研究に励む。

八月一日。国務院書記、軍事部、に任命される。

八月二二日。帝室動産・建物監察官に任命される。その資格で、フォンテーヌブロー宮殿動産管理の任務につく。ナポレオン美術館（ルーヴル美術館）目録の作成を監督する。

一八一一年

一月―四月。スタンダールは相変わらずダリュ夫人を口説いている。かつてメラニー・ギルベールを口説き落としたときとおなじ器用な策略を使う。そのかわりに、イタリア座の歌手アンジェリーナ・ベレイテルを愛人にする。

四月二九日―五月三日。幼友達フェリクス・フォールとルイ・クロゼとともに、ルアン、ル・アーヴルへ旅行。スタンダールは大西洋をはじめて発見する。その景色はあまりかれを夢中にしない。「海岸で暮らしている人々は内陸に住んでいる者ほど、こせこせしていないだろう。無限の観念を含んだ海は眼下に……」。

一八一二年

八―一一月。イタリア旅行。ミラノ、ボローニャ、フィレンツェ、ローマ、ナポリ、ポンペイ。帰途、アンコナに寄る。ミラノで、アンジェーラ・ピエトラグルアから厚遇を受ける。一八〇〇年のときは、かれはプラトニックな情熱を抱いていたのだが。この旅行から持ち帰ったのはイタリア絵画史を書こうという計画だ。書店では、そのようなテーマの本が旅行者には一冊も見つからないからだ。その作品は一八一七年に出版される。

六―七月。スタンダールは絵画史執筆のほかに、ルイ・クロゼとともに文体の研究に励む。

七月二三日。ロシアに向けて出発の命令を受ける。同時代の大部分の人々とおなじように、その戦役は「六カ月の狩猟大会」くらいに考えていた。

九―一〇月。モスクワに駐留し、この街の火災を目撃する。

一一月。スタンダールはスモレンスクでの備蓄用食糧調達総指揮を命じられる。かれは「オルシャとブブル川のあいだの軍隊がやっと受けとれるだけのパンを供給した。ダリュ氏は、ブブルで、皇帝の名においてその奉仕を認めた」。

一八一三年

一月三一日。スタンダールはパリに到着するが、二カ月半にわたり、ヴィルナ、ケーニヒスベルク、ダンツィヒ、ベルリン、フランクフルトを経由しての行進で、心身ともに疲労困憊。

しかしその戦役に参加したことはまんざらでもない。なぜならそのおかげで、「座りきりの文学者が千年かかっても推測できないような経験を実感してきたのだから」。

四―八月。ドイツ戦役。スタンダールはシレジアのザガンで経理部勤務。

発病。ドレスデンで治療を受ける許可をもらう。

九月二〇日。医師アンリ・ガニョン死亡。享年八五。

九―一一月。回復期の養生休暇をもらって、ミラノへ行く。アンジェーラ・ピエトラグルアと再会。逢い引きの暇にモリエール研究。

一八一四年

一―二月。国務院書記として、グルノーブルへ派遣され、第七軍管区の防衛軍編成の任務につく。

一―二月。グルノーブル。スタンダールは過労で発病。生まれ故郷の雰囲気に失望する。「市民的狭量さの参謀本部」。

二月二七日―三月一四日。サン‐ヴァリエにしたがってシャンベリーへ行く。

三月二七日―七月二〇日。スタンダールはパリに戻る。連合軍のパリ入城を目のあたりに見る。悲痛な思いを忘れるために仕事にかかる。他人の書を剽窃して音楽書をつくり、翌年に出版。国務院書記団は解散。スタンダールは祖国を捨てる決心をする。

八月一〇日。スタンダールはミラノに落ちつく。

「倦怠で死なないためには、この無に等しいいまの状態で、何か仕事をしなければならない」。その仕事とはイタリア絵画の歴史を書くことだ。その仕事が、打ちのめされたような悲惨さから脱出する助けになる。お金の心配、不安定な健康状態、紳士的孤独。それに加えて、アンジェーラ・ピエトラグルアの怪しい態度。「この心臓を引き裂くことができたらうれしいが……。おれの幸福は女にかかっているのか」。

八月二九日―一〇月一五日。スタンダールはジェノヴァ、リヴォルノ、フィレンツェ、ボローニャ、パルマを周遊。

一八一五年

一月。スタンダールは処女作、『著名なる作曲家ヨーゼフ・ハイドンに関して、オーストリアのウィーンより、ルイ‐アレクサンドル‐セザール・ボンベによって書かれた手紙。付モーツァルト伝、メタスターシオおよびフランスとイタリアにおける音楽の現状についての考察』を自費出版する。このペンネームの名は偶然に選ばれたのではない。現代性への暗示である。つまりルイ一八世、ナポレオン、カエサル、ロシア皇帝アレクサンドル。

この本は売れなかったので、スタンダールは一八一七年に、新しい表紙にし、表題も短くし、「ハイドン、モーツァルト、メタスタージオの生涯」となる。また、一八一五年に考えたペンネームも抹殺される。スタンダールはその年の暮れまでミラノに滞在するが、一月にはトリノ、夏はヴェネツィア地方へ旅行する。

一月六日。アレクサンドリーヌ・ダリュ伯爵夫人、死去。スタンダールはその知らせを一月一四日、新聞で知る。『イタリア絵画史』の原稿の表紙に献辞を書く――「アレクサンドラ・Z夫人の永遠の思い出に」。

三月五日。ナポレオンのジュアン湾上陸を知る。イタリアにとどまる決意をする。「生まれてはじめて祖国愛を痛感する」。

一八一六年

一月―三月。ミラノ。

四月五日―六月一九日。グルノーブル旅行。ジャン‐ポール・ディディエによって計画された陰謀事件の流血結果を目撃。ブルボン王家に対する憎悪は深まるばかり。

六月末―一二月八日。スタンダールはミラノに戻り、いままで沈んでいた精神的孤独から抜ける。スカラ座のロドヴィコ・ディ・ブレーメの桟敷に集まってくる国際的な社交界に出入りする。バイロンやヴィンチェンゾ・モンティと知り合う。『エディンバラ・リヴュー』誌を発見し、歓喜する。

一二月。ローマへ行き、システィナ礼拝堂の壁画を研究する。

一八一七年

一―二月。ローマとナポリに滞在。

四月。夫を亡くしたばかりの妹の問題を片付けるためにグルノーブルへ呼ばれる。

五―七月。パリ滞在。

九月。M・B・A・A・(元国務院書記ベール氏)著『イタリア絵画史』を自費で出版。その扉で、次の献辞が読まれる、「幸福を分かち合える少数の人々へ」。この献辞は、のちの『ローマ散歩』や『赤と黒』、『パルムの僧院』でも掲げられる。この作品は、フィレンツェ派のことしか述べていないが、その調子や目的は一八一一年以来、すっかり変貌していて、半ば文学的、半ば政治的な風刺冊子シリーズとなり、スタンダールがそんな構成を試みているのである。

八月一一五日。ロンドン旅行。

八月一六日―九月。パリ。

九月。騎兵将校ド・スタンダール氏著『一八一七年のローマ、ナポリ、フィレンツェ』。ここで、はじめて有名なペンネームが現れる。

一〇月―一一月一七日。グルノーブル。

一一月二一日。スタンダールはポリーヌを伴ってミラノに戻る。この旅行で、そのころまで兄と妹のあいだにあった兄妹愛が座礁する。かれは妹がむしろ偏狭だと気づく。

スタンダールは、新しい風刺冊子の執筆に取りかかる。この『ナポレオン伝』は、出版できないと知って、未完成のままにする。

『一八一七年のローマ、ナポリ、フィレンツェ』の書評において、『エディンバラ・リヴュー』は著者を「軽薄」だと評している。スタンダールは腹を立て、その作品に訂正と加筆をして『一八一八年のイタリア』と題して再版を準備する。ついで、その計画は放棄されるが、そのために一八二六年の改訂版が「第三版」となる。その他の風刺冊子の編集もおなじく中止された。スタンダールはすっかり魅せられながら、ミラノのロマン派の機関誌で、『イル・コンチリアトーレ』と題する雑誌を読む。これで一度ならず古典主義派に対する闘争に参加する意図を示す。

一八一八年

三月四日。メティルド・デンボウスキー、旧姓ヴィスコンティニ、つまりスタンダールがもっとも愛したが、一度もかれを受け入れなかった女性への情熱が芽生える。

一八一九年　ヴォルテッラの一件。その町までメティルドのあとを追ったスタンダールは、彼女から不謹慎で失礼な男として扱われる。
六月二〇日。シェリュバン・ベール死去、享年七二。
八—九月。スタンダールは父の財産の相続問題でグルノーブルへ赴く。残されたのは負債だけだと知る。
一〇—一二月。パリに少し滞在して、ミラノへ帰る。

一八二〇年　メティルドは、惚れてきた男がうるさくなり、訪問の間隔をもっとあけてほしいと言う。
一二月二九日。スタンダールは恋愛について本を書こうと思いつく。

一八二一年　スタンダールは『恋愛論』の原稿をパリへ発送。その包みが行方不明になる。一四カ月後にようやく発見。
ミラノで、政治的状況が次第に悪化する。ピエモンテやナポリで起こった反乱運動の結果、オーストリア警察は自由主義者たちを追求する。
六月一三日。スタンダールは意気消沈しながら、ミラノを去る決心をする。
一〇—一二月。再度、ロンドンへ行く。「大木への好みから激しくなったシェイクスピアへの情熱にかられて二度目のイギリス旅行になる」。

一八二二年　以後、一八三〇年まで、スタンダールは独立した文学者としてパリで暮らす。アンスロ夫人、カバニス夫人、ド・トラシー夫人、ドレクリューズ、キュヴィエ、ジェラール男爵のところへ、足しげくかよう。才人という名声を獲得。文学活動も大きい。イギリスの雑誌社へ記事を送るが、それが王政復古フランスの真の年代記になる。
八月。『恋愛論』。『イタリア絵画史』、『ハイドン、モーツァルト、メタスタージオの生涯』とおなじ作者で、モンジー出版である。その書は整然とした理論で、なんとなく科学的に見えるが、実は告白だ。スタンダールはメティルドへの情熱を語り、理解してもらえなかったことを嘆いている。

一八二三年　三月。最初のロマン派宣言書、ド・スタンダール氏著『ラシーヌとシェイクスピア』発刊。

一〇―一二月。イタリア旅行。ジェノヴァ、リヴォルノ、フィレンツェ、ローマ。

一一月。ド・スタンダール氏著『ロッシーニ伝』、二巻本、オーギュスト・ブラン出版。

これは時局的作品。ロッシーニはパリに落ちついたばかり。

一八二四年　三月。パリに帰還。

五月二二日。スタンダールからマンティーと呼ばれるクレマンティーヌ・キュリアル伯爵夫人が、かれの愛人になる。彼女は五歳年下で、情熱的な気質。ふたりの関係は二年続く。

スタンダールは『ジュルナル・ド・パリ』紙に寄稿しはじめる。絵画と音楽について。

一八二五年　三月。ド・スタンダール氏著『ラシーヌとシェイクスピア』続編、あるいは『フランス学士院会議におけるオージェ氏の反ロマン派宣言』刊行。

五月一日。ミラノでメティルド・デンボウスキー、死去。

一二月。ド・スタンダール氏著『生産企業家に対する新たな陰謀について』という冊子がソトレ出版から刊行。

一八二六年　六月。マンティーから捨てられて、イギリスへ慰安旅行をする。ランカスター、カンバーランド湖沼地帯、ヨーク、マンチェスター、バーミンガム。

四―五月。スタンダールは『アルマンス』の原稿を一〇〇〇フランで、ユルバン・カネルに売却。

ド・スタンダール氏著『ローマ、ナポリ、フィレンツェ』。第三版、二巻本。ドローネ出版。

一八二七年　七月二〇日。イタリアへ出発。ジェノヴァ、リヴォルノ、エルバ島、ナポリ、イスキア島、ローマ、ナポリ、ヴェネツィア。

一八二八年

八月。スタンダールの処女作『アルマンス、または一八二七年のパリにおけるサロンの情景』三巻本、出版。表紙には、まったく作者を示すものなし。

一八二九年

一月一―二日。スタンダールはミラノに着くと、一二時間以内にオーストリア領内から立ち去るように勧告を受ける。警察署長は、特に「悪評高い」『ローマ、ナポリ、フィレンツェ』と題する本の著者だと非難する――「この作品において、かれはきわめて危険な政治的原則を発展させたばかりか、この地方のみならず他のイタリア諸国に住んでいる多くの方がたの名声を中傷的言論でもって、ひどく傷つけました。さらにオーストリア政府に対し、きわめて悪辣な詭弁を弄しています……」。

二月二三日。グルノーブルにおいて、神学生アントワーヌ・ベルテがブラング村の教会堂で、ミシュー・ド・ラ・トゥール夫人をピストルで撃った罪で処刑される。スタンダールはその犯罪を『ガゼット・デ・トリビュノー』紙に載った裁判記録でしか読んでいないが、自分の小説『赤と黒』の骨子として利用することになる。

スタンダールは財政困窮のため、職を探す。提供された勤め口はどれも紋章鑑定士補佐のような名誉職ばかり。

王立図書館の司書に採用してもらおうとするが失敗。

六月。アルベルト・ド・リュバンプレ（アジュール夫人）と恋愛関係になる。それはまさしく本能的な感覚の狂乱だった。

九月。ド・スタンダール氏著『ローマ散歩』二巻本、ドローネ出版。

九―一二月。南フランスとスペインを旅行――ボルドー、トゥルーズ、カルカソンヌ、モンプリエ、グルノーブル、マルセイユ。

一〇月二五―二六日。マルセイユで、はじめて小説の構想が浮かぶ、それが『赤と黒』になる。

一八三〇年

一二月。『ルヴュ・ド・パリ』誌に、中編小説『ヴァニナ・ヴァニーニ、教皇領におけるカルボナリ党員最後の集会』が掲載。

三月二二日。スタンダールが三年来、付き合っていた若いイタリア女性ジウリア・マルティーニが、かれに身を任せる。

四月八日。ルヴァヴァスールとの『赤と黒』出版契約に署名する。かれは一五〇〇フランを受けとる。

五月。『ルヴュ・ド・パリ』誌に中編小説『櫃と幽霊』が掲載。

六月。『ルヴュ・ド・パリ』誌に『媚薬』。この中編小説はスタンダール作とされ、一八三七年、『ドデカシオン、または一二人の書』に載る。

七月二九日。スタンダールは「フランス座の柱廊から」七月革命を見る。その夜は、「怖がっている」ジウリアのところに泊まる。

八月三日。スタンダールはギゾーに知事の職を求めるが、ギゾーが拒絶したので、モレ伯爵に公使館書記か領事の職を請願する。

九月二五日。モレ伯爵の支持のおかげで、トリエステのフランス領事に任命される。

一一月六日。スタンダールはジウリアに結婚を申し込む。彼女の後見人ダニエッロ・ベルリンギエリが拒否。

同日。かれはトリエステへ向けて出発。

一一月。ド・スタンダール氏著『赤と黒、一九世紀年代記』。

一二月二四日。スタンダールは、オーストリア政府から正式に、自分の領事認可状が拒否されたことを伝えられる。

一八三一年

二月一一日。ルイ－フィリップは、スタンダールを教皇領国、チヴィタヴェッキアのフランス領事に任命する勅許状に署名する。

一八三一年

四月一七日。領事に就任。チヴィタヴェッキアは、考古学的発掘と狩猟以外はきわめて限られた気晴らししかできないので、できるだけローマへ出かけるか、旅行をすることに決める。任地不在のために外務大臣から叱責を受け、また絶えず領事補佐、つまりギリシア人リジマック・カフタンジ゠オグルー゠タヴェルニエと悶着を起こす。しかしスタンダールが悪い官僚だという噂は偽りである。かれの外交書簡によれば、かれがきわめて熱心で有能だということが証明される。

ローマでは、チーニ家やカエタニ家と付き合っている。

一八三二年

一月。ナポリ旅行。

三月。スタンダールはアンコナで下船したフランス人旅行団の経理・支払いの任務につく。『ルヴュ・ド・パリ』誌はスタンダールの評論二編を掲載する。『プリナ伯爵の出現』と『一八三二年のローマと教皇』。

六月二〇日。スタンダールは『エゴティスム回想』を書きはじめ、そこで一八二一年にミラノから戻り、一八三〇年までのパリ生活を回想するつもりだったが、実際には、七月四日、一一章で中断する。

八月。ジウリアに会うため、トスカナへ旅行する。

九月一九日。スタンダールは新しい小説、『社会的地位』を書きはじめる。ローマにおけるフランス大使館の雰囲気を描くつもりだったが、完成にいたらず。

一〇月。アブルッツオ地方へ旅行。

一一月。スタンダールは新たにシエナを訪れる。

一一―一二月。再びシエナへ旅行。

一八三三年

三月。スタンダールはローマで、古文書を発見し、それを読んで情熱が湧く。急いでコピーをとらせる。それから幾編かの有名な物語を引き出し、それがまとめられて『イタリア年代記』になる。
五―六月。リヴォルノとフィレンツェへ旅行。
六月二四日。ジウリア・リニエリはジウリオ・マルティーニと結婚。結婚後も、彼女とスタンダールとの関係は終わらない。
九―一二月。スタンダールは休暇をパリで過ごす。

一八三四年
一月。領事館に帰着。
五月。小説『リュシアン・ルーヴェン』の執筆を始め、一年間ほど続ける。翌年四月に執筆を断念する。「第三部を抹消する、なぜなら提示部分や多くの作中人物を飲み込めるのは若さや愛の最初の熱意にしかできないからだ。ある程度、年をとったら、不可能だ」。

一八三五年
一月一五日。スタンダールは文学者として名誉勲章を受ける。かれとしては、軍人か官僚としての叙勲を願っただろうに。
二月。チヴィタヴェッキアの若い娘ヴィダウ嬢との結婚話。
一〇―一一月。ラヴェンナとボローニャへ旅行。
一一月。スタンダールは青少年時代の感動的な物語『アンリ・ブリュラールの生涯』を書きはじめる。ほとんど中断することなく、一八三六年三月二六日まで執筆。

一八三六年
一二月。画家シルヴィオ・ヴァレリに肖像画を描いてもらうために、領事の礼服を着る。
五月一一日。休暇をもらい、パリに向けて出発。モレ伯爵の好意で、その休暇は三年間になる。
一一月。スタンダールは『ナポレオンについての回想』を執筆。完成せず。

一八三七年
三月一日。『ルヴュ・デ・ドゥ・モンド』誌に、匿名で『ヴィットリア・アコランボニ』が載るが、これはスタンダールがローマで見つけた古文書から引き出した最初の物語。
四月。『バラ色と緑』。この中編小説の執筆は二カ月後に放棄される。

一八三八年

五―七月。スタンダールは『旅行者の手記』を執筆しはじめたので、資料収集のためにフランス西部を旅行――ナント、ヴァンヌ、ル・アーヴル、ルアン。

七月一日。匿名で、『ルヴュ・デ・ドゥ・モンド』誌にイタリア年代記の第二作目『チェンチ一族』が載る。

八―九月。ブルターニュとドフィネを旅行。

三―六月。フランス南西部と南東部を旅行――アングレーム、ボルドー、アジャン、トゥルーズ、バイヨンヌ、ポー、タルブ、カルカソンヌ、ナルボンヌ、モンプリエ、ニーム、マルセイユ、トゥーロン、ドラギニャン、カンヌ、アルル、アヴィニョン。

六月。『赤と黒』の作者著『旅行者の手記』、二巻本、アンブロワーズ・デュポン出版、発売になる。

七月。ドイツ、オランダ、ベルギーへ旅行――ケール、マンハイム、フランクフルト、ケルン、ロッテルダム、アムステルダム、ハーグ、アントワープ、ブリュッセル。

八月一五日。『ルヴュ・デ・ドゥ・モンド』誌に、F・ド・ラジュヌヴェ著『パッリアノ公爵夫人』が掲載。これは「イタリア年代記」の三番目の作。

八月一六日。『パルムの僧院』をはじめて着想。九月二日、スタンダールはワーテルローの合戦の語りを素描する。

一〇―一一月。ブルターニュとノルマンディーを旅行――ナント、レンヌ、カーン、ル・アーヴル、オンフルール、ルアン。

一八三九年

一月二四日。『パルムの僧院』出版の契約で、アンブロワーズ・デュポンと調印する。スタンダールは二五〇〇フランを受けとる。

二月一日。『ルヴュ・デ・ドゥ・モンド』誌に、F・ド・ラジュヌヴェというペンネームで『カストロの尼』第一部が掲載。これは「イタリア年代記」の第四作。第二部は三月一日号に出る。

三月。スタンダールは『シスター　スコラスティカ』を書きはじめる。この物語は次の月に放棄され、一八四二年三月にまた続けられるが、この小説家の命を奪うことになる卒中発作が起きる前日だ。

四月。『赤と黒』の作者著『パルムの僧院』、二巻本、発行。

四—五月。スタンダールは多くの中編小説の執筆に専念——『深情け』、『サン‐ティミエの騎士』、『フェデール、または強欲亭主』、さらに小説『ラミエル』。すべての作品は未完了。

八月一〇日。チヴィタヴェッキアに帰着。

一二月。デュモン出版から『カストロの尼』が出る。作者名は、『赤と黒』、『パルムの僧院』、等々の作者ド・スタンダール氏、となっている。この本には『ヴィットリア・アコランボニ』と『チェンチ一族』も含まれる。

一八四〇年

二—三月。スタンダールは年甲斐もなく、また女に惚れる。チーニ伯爵夫人（アーラインン）に心が躍る。

六—七月。フィレンツェでジウリアから厚くもてなされる。

八月。フィレンツェにおいて、ヴィユシユー出版から『名画に関するイタリア人的感想』が出版。これはスタンダールとジェノヴァの画家コンスタンタンの協力から生まれた。

八—九月。フィレンツェへ、その年、二度目の旅行。

九月二五日。バルザックが『ルヴュ・ド・パリ』誌に『パルムの僧院』を絶賛する批評を発表する——「ベール氏は、章から章へ崇高なものが輝くような本を書いた。普通なら、この上なく精神的な本を二〇冊も書いて、それでも容易に偉大なテーマが見つからないという年齢で、真に卓越した心や精神によってしか正しく評価されないような作品を生み出したのだ……」。

スタンダールがその書評を読んだのは一〇月一五日。この同僚に感謝の気持ちがいっぱいになり、その助言を受け入れ、小説を手直ししはじめ、文体を訂正するが、それはバルザックの気に入られなかった箇所である。

一八四一年

三月一五日。スタンダールは発作に襲われる。「おれは虚無と戦った……」。

七月。最後の情事――相手はブショ夫人。

八月八日。アンリ・レマンはスタンダールの肖像を素描する。それは今日までに残っている、もっとも魅力ある肖像画だ。

一〇月二一日。スタンダールが健康上の理由で提出した休暇願いが認可され、チヴィタヴェッキアを離れる。二度と帰らない。

一八四二年

三月二一日。スタンダールは『ルヴュ・デ・ドゥ・モンド』誌に四編の中編小説を書く契約をする。五〇〇〇フランの印税になったはず。

三月二二日。午後七時、スタンダールはヌーヴ゠デ゠カピュシーヌ通りの路上で卒中の発作に襲われる。意識を回復することなく、翌未明二時に逝去。

スタンダールの遺言執行人ロマン・コロンから頼まれた宗教的儀式が終わると、遺体はモンマルトル墓地のロータリーに埋葬される。

それから数十年後、不快なコランクール陸橋が金属的な粉塵でいっぱいの陰気な空で、その墓を覆い尽くす。しかし、スタンダールは「美しい眺め」を見ながら眠りたいと願っていたのに！　一九六二年三月二三日になってようやく、「スタンダール・クラブ」の発意でもって、その墓は日陰や粉塵や陸橋の騒音から逃れ、二〇〇メートルほど離れた場所に移され、ラ・クルワ並木道に沿って、光が当たり、太陽に恵まれるようになる。

訳者あとがき

本書は *La Vie de Stendhal*, Récit de Victor Del Litto, Éditions du Sud, Éditions Albin Michel, 1965 の全訳である。

著者ヴィクトール・デル・リット（一九一一―二〇〇四年）はイタリア人だが、ムッソリーニ配下のファシストたちが政権を掌握した一九二二年の翌年にフランスのグルノーブルに移住し、大戦中はフランスのレジスタンス運動に参加。戦後一九四七年にはフランス国籍を取得。デル・リットは若いころからスタンダールに傾倒し、フランスに落ち着くまでに、すでにイタリアでスタンダールの『ローマ散策』に関する学士論文を書いていた。『スタンダールの知的生活』でフランスの学位を取得し、一九五九年からグルノーブル大学教授、のちに文学部長を務めた。

デル・リットはスタンダール学者として世界の第一人者であり、その権威は、いい意味での「ローマ教皇」的存在とみなされた。スタンダールに関する画期的な著書や『全集』五〇巻をはじめ、『書簡集』など新しい編纂も多いが、三七年間にわたって学会・研究誌『スタンダール・クラブ』（一四八号まで）を発行し、国際的な学会誌に発展させ、ヨーロッパをはじめアメリカや日本の研究者の論文を掲載し、その影響も大きい。また、その主催でグルノーブルのみならず、イタリアのアオスタなど、各地で国際スタンダール学会を開催し、世界中から多くの参加者を集めた。またみずからも世界各地を歴訪し、たとえば日本では、一九九三年に東京をはじめ、京都、仙台などで講演を行ない、熱い歓迎を受けた。

本書は、表題の示すとおり「スタンダールの伝記」である。しかし堅苦しい本ではなく、原題にあるように著者の「語り」であり、さらにスタンダールこと、アンリ・ベールに関する興味深い多くのエピソードがほとんど各章に挿入されていて、今日読んでも古典的であるとともに、それ以上に、「生きた、書いた、恋をした」というみずから書き残した墓碑銘のように、普通の作家には見られないほど、波瀾に満ちた生活体験が具体的、客観的に「語られ」、さらにスタンダールに対して古くから流された誤解や批判を訂正し、ときにはアンリ・ベール自身の「思いこみ」に対して女性の弁護もしている。つまり私生活や社交生活において、客観的に、公平にベールを扱おうと努力していることがうかがわれる。また、それほどスタンダールの生活や行動は複雑だったとも言えよう。

よく言われたことだが、スタンダールは故郷のグルノーブルをくそみそにけなしていたが、その点についてもデル・リットは、アルバム的な著書 *Stendhal en Dauphiné*（『ドフィネのスタンダール』）において、スタンダールがみずから称したように「ミラノ人かドフィネ人か」（ドフィネとはグルノーブルを中心地とした地方名）という終章で、次のように述べている——「かれのように豊かで複雑な人間性においては両者が共存しても不思議ではない。ミラノはかれの美的感覚や想像力を深めたが、生来のドフィネ人的資質は、葛藤や衝突を生じさせることで、われわれの愛する、あの奇妙な言動、あの皮肉、あのユーモアを生じさせ、スタンダールをしてユニークな人物にしたのである。スタンダールはドフィネ地方がなければスタンダールになれなかっただろう」。まことにベール＝スタンダールをよく理解した言葉である。

訳出に当たっては、「序章」と第1章から第10章までを岩本和子、第11章から第19章までと「終章」、「年譜」を鎌田博夫、がそれぞれ担当した。

本書の翻訳は、著者デル・リットが二〇〇四年八月九日に九三歳で亡くなった折に、このイタリア人でありフランス人でもあるスタンダールの世界的な権威者を記念するために思いついたのであるが、その希望をこころよく理解してくださった法政大学出版局編集長の平川俊彦氏に心からあつく御礼申しあげるとともに、実際の編集作業において、たいへんお世話になった同編集部の藤田信行氏に、改めて深い感謝を捧げたい。

二〇〇七年一月

鎌田博夫
岩本和子

《叢書・ウニベルシタス　864》
スタンダールの生涯
2007年3月10日　初版第1刷発行

ヴィクトール・デル・リット
鎌田博夫／岩本和子 訳
発行所　財団法人　法政大学出版局
〒102-0073 東京都千代田区九段北 3-2-7
電話03(5214)5540／振替00160-6-95814
製版，印刷　平文社／鈴木製本所

Printed in Japan

ISBN978-4-588-00864-1

著者

ヴィクトール・デル・リット
(Victor Del Litto)
1911年イタリア生まれ．スタンダール学者としての世界的権威．ムッソリーニ配下のファシストたちが政権を掌握した1922年の翌年にフランスのグルノーブルに移住し，大戦中はフランスのレジスタンス運動に参加，戦後にフランス国籍を取得．早くからスタンダールに傾倒し，『スタンダールの知的生活』で学位取得．1955からグルノーブル大学教授，その後文学部長を務めた．2004年死去．スタンダールに関する多くの著書のほか「全集50巻」「書簡集」などを編纂し，また37年にわたり学会・研究誌『スタンダール・クラブ』を発行して国際的な活動を展開し，研究者に大きな影響をあたえた．1993年に来日し各地で講演やシンポジウムを行なっている．

訳者

鎌田博夫（かまた ひろお）
1924年東京に生まれる．大阪外国語大学フランス語部・京都大学文学部文学科（フランス文学専攻）卒業．1988年東北大学文学部教授退官，同大学名誉教授．フランス共和国パルム・アカデミック勲章（シュヴァリエおよびオフィシェ）受章．著書：『スタンダール――夢想と現実』．訳書：ヴェーヌ『古代ローマの恋愛詩』，同『パンと競技場』，同『歴史と日常――ポール・ヴェーヌ自伝』，ル・ゴフ『中世の人間』，同『ル・ゴフ自伝』，ズムトール『世界の尺度――中世における空間の表象』(以上の刊行書は法政大学出版局)，ほか．

岩本和子（いわもと かずこ）
1959年島根県に生まれる．神戸大学大学院文化学研究科単位取得（文学修士）．現在，神戸大学国際文化学部助教授．共著：『フランス知ってる？』(青山社)，『スタンダール変幻――作品と時代を読む』(慶應義塾大学出版会)，『欧州諸国の言語法――欧州統合と多言語主義』(三元社)，ほか．